莫言

M O
Y A N

初戀|神嫖

代前言／

神祕的日本與我的文學歷程

——一九九九年十月二十八日在日本駒澤大學的即席演講

一、梶井基次郎的檸檬

我是第一次踏上日本的國土，儘管在此之前，在我的小說裡，已經有了很多關於日本的山川河流、風土人情的描寫。那是完全的想像，閉門造車，來到日本後，發現我的想像與真實的日本大相逕庭。我小說中的日本，是一個文學的日本，這個日本不在地球上。

這次短暫的日本之旅，可以說是一次文學之旅，更可以說是一次神祕之旅。

前天我們到達伊豆半島中央那個有很多溫泉和旅館的地方時，正是黃昏時刻。暮色蒼茫，深不可測的貓越川裡水聲喧嘩，狹窄的道路兩旁生長著許多溼漉漉的大樹和攀緣植物，我感覺到那裡邊活動著很多神祕的精靈。駒澤大學的釜屋修先生首先帶我來到了湯本館——

這是當年川端康成寫作《伊豆舞孃》時居住的地方，一個小小的旅館。釜屋修先生不知用什麼樣的花言巧語，說服了那個看門的老太太，使她允許我參觀川端康成居住過的房間。我坐在通往那個著名房間的樓梯上照了一張相，然後還坐在川端康成坐過的墊子上照了一張相，想從那上邊沾染一點靈氣。我知道樓梯是真的，但座墊肯定是假的。這是一個小小的但是十分雅致的房間，與川端康成的氣質十分相似，我感到這個房間好像是為他特意布置的。

從湯本館出來，走過一段彎曲而晦暗的山路，就到了梶井基次郎寫作《檸檬》時居住的小旅館。梶井是一個少年天才，寫完了《檸檬》不久就吐血而死，據釜屋修先生說，《檸檬》是一部才華橫溢的作品，可惜至今還沒有中文譯本，而大多數的日本人也不知道有這樣一個作家曾經寫過這樣一部作品。釜屋修先生說，在七十多年前，這個地方還沒有電，也不通車，人煙稀少，冷僻荒涼。每天晚上，梶井都頂著滿天的星光或是月光，沿著曲折的山路，到湯本館去，與川端康成談論文學。談到深夜，再一個人走回來。我想知道川端康成會不會送送這個面色蒼白的青年呢？在深夜的星光閃爍的曲曲折折的山路上，行走著一老一少兩個文學的精靈。釜屋修先生說他不知道，文獻上也沒有記載。但我心中固執地認為一定有過這種情景，這是一種感人至深的情景。釜屋修先生說，梶井死後，為了紀念他，日本的作家們就設了一個檸檬節，在每年的梶井忌日召開，到時會有很多日本作家從各地趕來參加。但現在這個節好像日漸衰微，人們已經忘記了梶井，也忘記了他的《檸檬》，當然也不會有多少人遠路風塵地來參加這個檸檬節了。

出了梶井的旅館，沿著陡峭的小路，爬上山包，釜屋修先生帶我去看梶井的墳墓。在山包上，還能看到一縷血紅的霞光照耀著孤零零的墓和墓前紫色的石碑。石碑的頂端，有一個金黃的東西在閃閃發光。是一顆檸檬。釜屋修先生驚奇地說：這個季節哪裡來的檸檬呢？而我在想，是什麼人趕在我來之前放上了這顆檸檬呢？

二、川端康成的幽靈

當天夜裡，我們下榻在距離湯本館不遠的綠色天城旅館。這家旅館的規模比湯本館大一點，現代化的氣息濃一些，但旅客寥寥，似乎只有我們幾個人。晚飯之後，各回寢室，熄燈就寢。隔著窗戶，聽到貓越川裡的流水聲愈加響亮。幾分寒意、幾分怯意伴隨著我進入夢鄉。深夜起來解手時（這家飯店的房間裡沒有衛生間），我拉開門，一陣涼風撲面而來，風裡似乎還有一股濃烈的脂粉香氣。我的心中不由地一陣緊張，似乎是害怕，但更像是興奮。當我穿越長長的走廊走向衛生間時，聽到在身後的樓梯上，響起了一陣清脆的木屐聲。我駐足等待，望著那樓梯的出口，希望能看到一個像白蓮花一樣不勝涼風嬌羞的日本美人從那裡出來。但沒有人出來，木屐聲也消逝了，只有貓越川的流水在響亮著，好像那木屐聲從來就沒有出現過，出現的只是我的幻覺。我帶著幾分遺憾進入衛生間。衛生間裡有不少的間隔。我推門進去時，就聽到抽水馬桶嘩嘩地一陣響。如果說剛才從樓梯口傳來的木屐聲是我的幻覺，那這次，馬桶的響亮水聲絕對是真實的，聽，那排過水之後的抽水聲還在繼續著。這說明衛生間裡有一個起夜者，他很快就要走出來的。但一直等我離開衛生間時，也沒有人從那個水聲響亮過的間隔裡走出來。當我冒著冒犯別人的危險拉開那個間隔的門時，結果你們應該猜到了，裡邊什麼人都沒有。回到房間後我再也沒有睡著，一直側耳聽著外邊的動靜，但除了川裡的水聲，再無別的聲響。後來，臨近天亮時，從很遠的地方，竟然傳來了幾聲公雞的啼叫。這又是一種讓我感慨萬端的聲音。我已經多少年沒有聽到公雞的叫聲了，我一輩子從來也沒有在這樣的環境裡、在這樣幽靜的神祕的凌晨，聽到從遙遠的彷彿隔了幾百個歲月的地方傳來的公雞叫聲。我想起了「雞聲茅月店，人跡板橋霜」的意境，想起了偷雞的時遷、給顧客燒湯的店小二，想起了刺配滄州的林沖。在那個時代裡，雞是人家的報曉鐘，洗腳水不叫洗腳水，叫「湯」，洗澡水肯定也叫湯，川端康成先生住過的那家旅館不就叫湯本館嗎？我住的旅館的底層有一個非常不錯的溫泉澡堂，頭天晚上我們幾個人一起去泡過。裡邊蒸氣繚繞，湯從石縫裡咕嘟咕嘟地冒出來，澡堂裡充溢著一股濃烈的硫磺氣味。反正已經睡不著了，天亮後就要告別伊豆，當然也就告別了可愛的溫泉，何不再去泡它一泡呢？

我一個人下樓進了澡堂，因為沒有人，我連溫泉和更衣室之間的推拉門也沒關。我躺在熱水裡，迷迷糊糊地想著夜裡發生的事情，這時候，面前的推拉門無聲無息地闔上了。我以為是旅館的工作人員幫我拉上了門，但門是無聲無息、緩緩地闔上的，根本就沒有人。我回去和同來的朋友說起這件奇遇，他們不相信。他們說可能是電動的感應門，但下去考察之後，發現根本不是什麼電動門，而且顯然是很少關過，用手推著都有些費勁，還發出咯咯吱吱的響聲。接著，我們去吃早飯，吃飯時又說起這件事，朋友們還是不信，以為我是在裝神弄鬼，但正在這時，擺放在我面前的一雙連結在一起的一次性木筷子「啪」地一聲裂開了。這件事就發生在大家的眼皮底下，但他們還是不願意相信。

我願意相信，從夜裡到早晨發生的這些事情，如果不是川端康成先生在顯靈，就是那個小舞女薰子（《伊豆舞孃》中的女主角）在顯靈。

三、井上靖的雪蟲

昨天上午，釜屋修先生帶著我們參觀了井上靖的故居，還有他就讀過的小學校。在學校後邊的操場邊上，立著一塊井上靖親筆題寫的詩碑。詞兒自然是精彩，但可惜我把它們忘記了。學校前邊的水池邊上有一組雕塑。左側是一個大腦袋的小男孩，身上揹著一個包袱，手裡舉著一片楓葉，臉仰著，似乎是在追趕他的雪蟲（井上靖有一篇著名的小說，題目就叫〈雪蟲〉。據釜屋修先生說，這是一種非常美麗的蟲子，每當深秋楓葉紅了的季節，在黃昏的時候，就會出來飛舞，像紛紛飄揚的雪片。後來在伊豆的「森林、文學」博物館裡，我見到了雪蟲的標本，那是一種透明的小飛蟲，果然十分美麗。據說井上靖少年時期，放學回家的路上，就追趕著飛舞的雪蟲奔跑，他的〈雪蟲〉寫的就是童年時期的一段生活）。在男孩雕像的右側，塑著一個老奶奶，這或者是井上靖的母親，或者是他的奶奶。她坐姿，舉起一隻手，既像召喚孩子回家，又像鼓勵孩子遠行。這組雕像讓我十分感動，我感到彷彿回到了自己的少年時期，彷彿看到了少年的井上靖在放學回家的路上，手持楓葉追趕雪蟲的情景。

回到東京的晚上，釜屋修先生打電話到旅館，告訴我他也有一個神奇的遭遇：他回家打開報紙，一眼就看到了一篇關於伊豆半島的雪蟲的文章，而且還配著一張照片。文章裡說，這種神奇的小飛蟲，幾十年前在秋天的黃昏時漫天飛舞，但現在已經絕跡了。至此，我的腦子裡已經有了三篇小說的題目：第一篇是〈梶井基次郎的檸檬〉，第二篇是〈川端康成的幽靈〉，第三篇是〈井上靖的雪蟲〉。

四、東京街頭的狐狸姑娘

昨天晚上到了繁華喧鬧的東京，我在伊豆半島醞釀出的文學靈感就逃逸了三分之一。晚上到了新宿的街頭一看，那種伊豆式的優雅文學靈感就只剩下十分之一了。因為大街上活動著許多狐狸一樣的姑娘。她們染著五顏六色的頭髮，穿著比京劇演員的朝靴還要底厚的鞋子，臉上沾著許多小星星，嘴唇塗成銀灰色。她們臉上的星星和她們的嘴唇在電燈照耀下閃閃發光。她們臉上的表情和動作行為都讓我聯想到狐狸。這時，跑掉的小說靈感又回來了，當然這已經不是伊豆式的靈感，而是東京式的靈感。我的第四篇小說的題目也有了：〈東京街頭的狐狸姑娘〉。

在東京除了發現許多狐狸姑娘之外，我還在大學的門前發現了一群烏鴉青年。他們都穿著漆黑的衣服，頭上戴著明檐的黑色帽子。他們在大街上遊行時，我還沒把他們和烏鴉聯繫在一起，只是當他們遊行完畢，一個新生為他們的學長、也是校旗的旗手卸下身上的皮帶時——那個新生在為學長卸皮帶前後都要連連鞠躬、哇哇怪叫——我突然感到，他們與烏鴉是那樣相似。不但嘴裡發出的聲音像，連神態打扮都像。我想〈大學門前的烏鴉少年〉應該成為我的第五篇小說題目。

我發現好像日本的年輕人都在馬路上玩耍，女的變成了狐狸，男的變成了烏鴉，而日本的老人卻在努力地工作。高速公路上收費的是老年人，維修道路的也是老年人。開出租車的是老年人，收垃圾的也是老年人，研究中國文學的更是老年人。我想這也許是日本的一種嶄新的人生哲學：年輕時就拚命玩，玩不動了就開始工作。廢話說得太多了，下面我想應該談談嚴肅的文學問題了。

昨天中午，我與釜屋修先生和毛丹青先生一起穿越那條因為被川端康成在小說裡描寫過而著名的天城隧道時，正好與沼津中學的一群女孩子同行。穿越隧道時，大家都不約而同地發出了尖叫，使出吃奶的力氣發出各式各樣的尖叫。其中一個女生的尖叫持續了足有三分鐘。她的尖叫大致可以分為三節，前邊是興奮地尖叫，中間是憂傷地尖叫，結尾是瘋狂地尖叫。一聲尖叫可以分成三段，包含了三個深刻的人生主題。現在我的第六篇小說的題目又產生了：〈女中學生的尖叫〉。

其實在穿越隧道的時候，我想得最多的還是川端康成的《伊豆舞孃》。我這次去伊豆之前有一個美麗的夢想，那就是希望能在那裡遇到一個像薰子一樣美麗動人、情竇初開的藝妓，但我跟薰子的幽靈擦肩而過，卻跟一群與薰子年齡相仿的女中學生結伴而行。隧道還是那條隧道，姑娘還是那樣年輕的姑娘，但生活已經發生了翻天覆地的變化。

五、牽過一條川端康成的狗

八十年代中期的一天，我從川端康成的小說《雪國》裡，讀到了這樣一個句子：「一隻黑色壯碩的秋田狗，站在河邊的一塊踏石上舔著熱水。」我感到眼前出現了一幅鮮明的畫面，彷彿能夠感受到水的熱氣和狗的氣息。我想，原來狗也可以堂而皇之地寫進小說，原來連河裡的熱水與水邊的踏石都可以成為小說的材料啊！

我的小說《白狗鞦韆架》的第一句就是：「高密東北鄉原產白色溫馴的大狗，流傳數代之後，再也難見一匹純種。」這是我的小說中第一次出現「高密東北鄉」的字眼，也是第一次提到關於「純種」的概念。從此之後，一發而不可收拾，我的小說就多數以「高密東北鄉」為背景了。那裡是我的故鄉，是我生活了二十年、度過了我的全部青少年時期的地方。自從我寫出了《白狗鞦韆架》之後，就彷彿打開了一扇閘門。過去我感到沒有什麼東西可寫，但現在我感到要寫的東西源源不斷地奔湧而來。我寫一篇小說的時候，另一篇小說的構思就冒了出來。常常有這樣的情況：一篇小說還沒寫完，幾篇新的小說就構思好了，等待著我去寫它們了。一九八四至一九八七這幾年中，我寫出了大約一百萬字的小說。這一時期的作品，有許多個人的親身經歷，小說中的不少人物都有真實的原型。

六、用想像擴展「故鄉」

我的成名作《透明的紅蘿蔔》就寫了我個人的一段親身經歷。當時，我在一個離家不遠的橋梁工地上給一個鐵匠拉風箱，白天打鐵，晚上就睡在橋洞子裡。橋洞子外邊就是一片生產隊的黃麻地，黃麻地旁邊是一片蘿蔔地。因為飢餓，當然也因為嘴饞，我在勞動的間隙裡，溜到蘿蔔地裡偷了一個紅蘿蔔，但不幸被看蘿蔔的人捉住了。那人很有經驗，把我的一雙新鞋子剝下來，送到橋梁工地的負責人那裡。那時我的腳只有三十碼，但鞋子是三十四碼的，為的是能夠多穿幾年，因為小孩子的腳長得很快。我穿著一雙大鞋，走起路來就像電影裡的卓別林一樣，搖搖擺擺，根本跑不快，否則那個看蘿蔔的老頭子也不可能捉到我。

橋梁工地的負責人在橋墩上掛上了一張毛主席的寶像，然後把所有的民工組織起來，在橋墩前站成了一片。負責人對大家講了我犯的錯誤，然後就讓我站在毛主席像前向毛主席請罪。請罪的方式就是先由犯罪人背誦一段毛主席的語錄，然後就懺悔自己的罪行。我記得自己背誦了「三大紀律八項注意」，這段語錄裡有「不拿群眾一針一線、不損壞老百姓的莊稼」的條文，與我所犯錯誤倒是很貼切，儘管我只是一個飢餓的頑童而不是革命軍人。我痛哭流涕地對毛主席說：「敬愛的毛主席，我對不起您老人家，忘記了您老人家的教導，偷了生產隊裡一個紅蘿蔔。但是我實在是太餓了。我今後寧願吃草也不偷生產隊裡的蘿蔔了……」橋梁工地的負責人一看我的態度不錯，而且畢竟是一個孩子犯了個小錯誤，就把我的鞋子還給我，讓我過了關。

但我在大庭廣眾面前向毛主席請罪的場面被我二哥看到了。他押我回家，一路上不斷地對著我的屁股和肩背施加拳腳，這是那種抓住弟妹把柄時的半大男孩常有的惡劣表現。回家後他就把這事向父母做了匯報。我的父親認為我丟了家庭的面子，大怒。全家人一起動手修理我，父親是首席打手。父親好像從電影裡汲取了一些經驗，他找來一條繩子，放在醃鹹菜的鹽水缸裡浸淫，讓我自己把褲子脫下來——他怕把我的褲子打破——然後他就用鹽水繩子抽打我的屁股。電影裡的共產黨員寧死不屈，我是一繩子下去就叫苦連天。我的母親一看父親下了狠手，心中不忍了，就跑到嬸嬸家把我的爺爺叫了來。爺爺為我解了圍。爺爺說：「奶奶個熊，小孩子拔個蘿蔔吃，有什麼了不起？值得你這樣打？」我爺爺對人民公社這一套一開始就反感，他自己偷偷地去開小荒，拒絕參加生產隊裡的勞動。我爺爺一九五八年時就預言：人民公社是兔子的尾巴長不了，後來果然應了驗。但當時他是被當成了阻擋歷史前進的老頑固看待的。根據這段慘痛的經歷，我寫出了短篇小說〈枯河〉與中篇小說《透明的紅蘿萄》。

我的小說《紅高粱》裡有一個王文義，這個人物實際上是以我的一個鄰居為模特的。我不但用了他的事跡，而且使用了他的真實名字。我知道這樣不妥，但在寫作的時候，感到只有使用了真實的名字，筆下才能有神氣。本來我想等寫完後就改一個名字，但是等我寫完之後，改成無論什麼名字都感到不合適。後來，電影在我們村子裡放映了，小說也在村子裡流傳，王文義認識一些字，電影和小說都看了。他看到我在小說裡把他寫死了，很是憤怒，拄著一根棍子到我家找我父親。他說，我還活得好好的，你家三兒子就把我給寫死了。我對你們家不錯，咱們是幾輩子的鄰居了，怎麼能這樣子的糟蹋人呢？我父親說，他小說中的第一句話就是「我父親是個土匪種」，難道我是個土匪種嗎？這是小說。王大叔說，你們家的事我不管，但我還活著，把我寫死我不高興。我父親說，兒子大了不由爺了，等他回來你自己找他算帳吧。我探家時買了兩瓶酒去看望他，也有個道歉的意思在裡邊。我說大叔，我是把您往好裡寫，把您塑造成了一個大英雄。他說：什麼大英雄？有聽到槍聲就捂著耳朵大喊「司令司令我的頭沒有了」的大英雄嗎？我說後來您不是很英勇地犧牲了嗎？大叔很寬容地說：反正人已經被你寫死了，咱爺們也就不計較了，這樣吧，你再去給我買兩瓶酒吧，聽說你用這篇小說掙了不少錢？

過了這個階段後，我發現一味地寫自己的親身經歷和家鄉那點子事，也不是個辦法，別人不煩，我自己也煩了。我想我的「高密東北鄉」應該是一個開放的概念，而不是一個封閉的概念；應該是一個文學的概念，而不是一個地理的概念。我創造了這個「高密東北鄉」，實際上是為了進入與自己的童年經驗緊密相連的人文地理環境，它是沒有圍牆甚至沒有國界的。如果說「高密東北鄉」是一個文學的王國，那麼我這個開國王君應該不斷地擴展它的疆域。在這種思想的指導下，我寫了《豐乳肥臀》。

在《豐乳肥臀》中，我為「高密東北鄉」搬來了山巒、丘陵、沼澤、沙漠，還有許多在真實的高密東北鄉從來沒有生長過的植物。翻譯這部作品的吉田富夫先生到我的故鄉去尋找我小說中的東西，展現在他眼前的是一望無際的平原，沒有山巒也沒有丘陵，沒有沙漠更沒有沼澤，當然也沒有那些神奇的植物。我知道他感到非常失望。前幾年翻譯我的《酒國》的藤井省三先生到高密去看紅高粱，也沒有看到，他也上了我的當。當然，所謂擴展「高密東北鄉」的疆域，並不僅僅是地理和植被的豐富與增添，更重要的是思維空間的擴展。這也就是幾年前我曾經提出的對故鄉的超越，誇張一點說，這是一個深刻的哲學命題，我心中大概明白它的意義，但很難用清晰的語言把它表述出來。

十五年前，當我開始了真正意義上的文學創作時，我就寫過一篇題為《天馬行空》的短文，在那篇文章裡，我認為一個小說家最寶貴的素質就是具有超於常人的想像力，想像出來的東西比真實的東西更加美好。譬如從來沒見過大海的作家寫出來的大海，可能比漁民的兒子寫出來的大海更加神奇，因為他把大海變成了他想像力的實驗場。

前幾天，一位記者曾經問過我，在我的小說中為什麼會有那樣美好的愛情描寫。我說我實在想不出我的那篇小說裡有過美好的愛情描寫。根據中國某些作家們的經驗，一個寫出了美好愛情的作家，一定會收到許多年輕姑娘們寫來的信件，有的信裡還附有姑娘的玉照，但我至今也沒有收到過一封這樣的信。前幾年在學校學習時收到過一封十分肉麻的，但後來知道那是一個男同學的惡作劇。我回答記者的提問，說如果你認為我的小說中有美好的愛情描寫，我自然很願意承認，要問我為什麼能寫出這樣子美好的愛情，其根本原因就是我沒有談過戀愛。一個在愛情上經驗豐富的人，筆下的愛情一般地說都是索然無味的。我認為一個小說家的情感經歷，或者說他想像出的情感經歷，比他真實的經歷更為寶貴，因為一個人的親身經歷畢竟是有限的，而想像力是無限的。你可以在想像中與一千個女人談情說愛甚至同床共枕，但生活中一個女人就夠你忙活的了。我想在我今後的小說中很可能出現日本的風景，東京的狐狸姑娘和烏鴉青年很可能變成我小說中的人物，如果我願意，我可以把這些全部移植到我的「高密東北鄉」裡來，當然要加以改造，甚至改造得面目全非。過去曾經有過一個響亮的口號，叫作「無產階級沒有國籍」，但現在看來這個口號是一句浪漫的空話。但是不是可以說：小說家是有國籍的，但小說是沒有國籍的呢？今天我能夠坐在這裡胡說八道，就部分地證明了這個口號。

謝謝各位浪費了許多寶貴的時間前來聽講。

目次

初戀・神嫖

天花亂墜

一

在我的童年印象裡，凡是有一條好嗓子的女人，必定一臉大痲子，或者說凡是一臉大痲子的女人，必定有一條好嗓子。當然她的面部輪廓是很好的，如果不是痲子，她肯定是個美女。當然她的身體發育也是很好的，如果遮住她的臉，她肯定是個美女。

有一年春節前夕，青島的歌舞團下來慰問他們的知青，到我們這裡來演出革命現代舞劇《沂蒙頌》。露天的舞台搭在一座小山下，舞台上鋪上了嶄新的葦席。還特意從公社駐地牽來了一條電線，電線上結了一個大喇叭兩個大燈泡，就像一根藤上開了一朵喇叭花結了兩個放光的瓜。演出定在晚上，但剛吃過午飯，山坡上就釘滿了人。舞台前的平地上人更多，鬧鬧鬨鬨，擁擁擠擠，活活地就是開水鍋裡煮餃子。到了傍晚，人更多，全公社的貧下中農和地富反壞右的子女都來了。地富反壞右分子不准來。怕他們趁機搞破壞，便將他們集中到生產隊的豬圈裡，由手持紅纓槍的民兵看守著。演出一開始，民兵們也忍不住了，有的爬到樹上，有的爬到房頂上，往舞台的方向看，看不明白，就聽音樂。電流一通，電燈就放了光，照耀得天地通明，遠看還以為起了一把大火。電喇叭哧啦啦地一陣響，一個青島來的大胖子上台講話，拖著長腔，很是張狂。大胖子講完話下去了。公社的那個小瘦子上來講話，小瘦子講完話下去了。一個知青代表上來講話。知青代表下去了。終於都下去了。音樂起，像颳風一樣，嗚嗚地響。演出開始了。先是出來幾個人在舞台上蹦蹦跳跳，個個活潑，劈腿下腰，一躥老高，男的像猿猴，女的賽花豹。他們在舞台上蹦來蹦去，打著各種各樣的手勢，看得我們眼花撩亂，腦袋發暈。但他們一句話也不說，有時候看到他們的嘴唇打哆嗦，好像那話就到了唇邊，但最終還是什麼也不說。我們起初還覺得新鮮、驚奇，但漸漸地就生出厭煩來。青年們另有關注點，饞得口水流過下巴，但老人和孩子就齊聲抱怨。說這青島怎麼派來一群啞巴，比比畫畫的，什麼意思麼！就算我們聽不懂青島話，懶得給我們說，但他們的知青總能聽懂青島話吧？大老遠地跑了來裝啞巴，真他娘的不像話！正當我們失望到極點時，突然從舞台後邊發出了驚天動地的聲音。俺的個娘，可了不得了！我們興奮無比，當然也吃了一驚。旁邊那些有文化的人就說：聽，幕後伴唱！在幕後伴唱的那個女高音激起了我們無窮無盡的聯想。她的嗓子實在是太好了、太美妙了，我們活了十幾歲，還從來沒有聽見過這樣好聽的聲音。人的嗓子怎麼能發出如此美妙的聲音呢？不像公雞打鳴，也不像母雞下蛋；不像鮮花，也不像綠草；不像麵條，也不像水餃；比上述的那些東西都要好聽好看好吃。難道我們聽見的都是真的嗎？能發出這種聲音的女人會是個什麼樣的女人呢？她在幕後高聲唱道：

「蒙山高，沂水長，俺為親人熬雞湯……」幾句歌兒從幕後升起來，簡直就是石破天驚，簡直就是平地一聲雷，簡直就是東方紅，簡直就是阿爾巴尼亞，簡直就是一頭扎進了蜜罐子，簡直就是老光棍子娶媳婦……百感交集思緒萬千，我們的心情難以形容。這時候舞台上的戲也好看了，那個穿著紅棉襖綠棉褲的小媳婦也活起來了，她打著飛腳，摹仿著一把把往灶裡填柴的樣子，後邊伴唱道：「加一把蒙山柴爐火更旺……」她用腳尖點著地走路，拿著個大水瓢，一趟趟地往鍋裡倒水，後邊伴唱道：「添兩瓢沂河水情深意長……」

第二天，我們一到學校，議論的必然是頭天夜裡看到的演出，看電影是這樣，看舞蹈也是這樣。那時候我們的文化生活雖然沒有現在豐富，但印象極其深刻，看一次勝過現在一百次。現在的人是用皮肉看演出，當年我們是用靈魂看演出。大家議論最多的，毫無疑問是那個幕後伴唱的女高音，竟然就有人說了：她是個身材高大的女人，一臉黑麻子，非常難看，但她的嗓子是一等第一的好，是無法替代的好，全青島找不到第二個，於是就給她安排了一個幕後伴唱的角色，這也算是廢物利用吧。張小濤說他到後台去看過，說那個女人坐在一把椅子上，身上裹著一件軍大衣，戴著一個大口罩，把大部分的臉都遮了，只露出兩隻眼，目光十分嚴肅，誰都不敢惹她的樣子。說輪到她伴唱了，就慢吞吞地站起來，從耳朵上摘下口罩帶子，露出了半個臉，臉上一片黑麻子，嘴很大——這是一個偉大發現，唱歌的或是唱戲的，絕對找不到一個櫻桃小口，一個個都是血盆大口——然後她張嘴就唱，沒有一點點預備動作，譬如清理嗓子運氣什麼的。我們學校的音樂教師唱歌之前，一般地都需要十分鐘的準備時間，就像運動員上場之前的熱身運動，伸伸腿，抻抻腰，嗚嗚啦啦，一般地還要喝上幾口胖大海。那是一種中藥，據說對嗓子特別保養，即便你是個天生的公鴨嗓子，喝上幾口，嗓門立刻就變得像小喇叭一樣，哇哇的，特別嘹亮，特別清脆，無論唱多麼高的高音，哪怕比樹梢還要高，都不在話下。還是說那個女大麻子，人家張口就唱，那條嗓子，光滑得像景德鎮的瓷器，連一點兒炸紋都沒有，簡直是絕了後了，蓋了帽了，沒法子治了，只能用天生地養來解釋了，除此之外別無解釋。後來我進了也算是文藝界，見了一些唱歌的，聽了一些別人封的或者是自己吹的金嗓子銀嗓子，但都比不上三十年前青島歌舞團下來慰問他們的知青演出革命現代舞劇《沂蒙頌》時在寒冷的露天幕後披著軍大衣戴著大口罩身材高大健壯皮膚黝黑一臉大麻子的那個女人的嗓子好。那個嗓門氣沖牛斗的青島的大麻子女人，你如今在哪裡？如果一個人真的有來生，我一定要去苦苦地追求你，就像資本家追求利潤一樣，就像政治家追求權力一樣，就像那個先被財主的女兒追求後來又轉過來追求財主的女兒的黑麻子皮匠一樣。

二

所謂皮匠，就是補鞋的。這個名稱有點古怪，因為在我們那裡，很少有人穿皮鞋，補鞋的基本上只跟麻繩子和針錐打交道，但硬把補鞋的叫皮匠，也沒人反對。我說的這個皮匠也是個黑麻子，也有一條好嗓子，他不唱歌，他唱戲。皮匠的故事大概發生在清末民初，太早了太晚了都不合適。這個故事是我在棉花加工廠當臨時工時，聽看門的許老頭講的。許老頭說，那個皮匠是外地人，年紀大概三十出頭，身體不錯，手藝也不錯，如果臉上沒有麻子，應該算條好漢子，可惜讓那一臉大麻子給毀了。他白天在街上縫補破鞋，手藝好態度好生意當然就好，生意好收益自然就好。光棍一條，不攢錢，什麼好吃就吃什麼。到了晚上，回到租住的小店裡，要上二兩黃酒，用錫壺燙了；切上半斤豬頭肉，用蒜泥拌了；再要上兩個燒餅，切開用肉夾了。吃飽了喝足了，靠在被窩上養神，這一刻賽過活神仙。許老頭特別嚮往這種生活，每每說到此處，眼睛裡就放出光來，但放光也白搭，二兩黃酒，半斤豬頭肉，兩個燒餅，在我們的年代，別說沒錢，有錢也不一定能買到，那時酒要酒票，肉要肉票，燒餅要糧票。皮匠酒足飯飽賽過活神仙的時候，小店掌櫃的就提著胡琴來了。掌櫃的是個戲迷，嗓子不行，但拉得一手好琴，從西皮到二黃，天下的調門沒有他不會拉的，即便有不會拉的，只要讓他聽上一遍，馬上就會了。他拉琴時歪著頭，瞇著眼，嘴巴不停地咀嚼著，好像嘴裡嚼著一塊沒煮爛的牛板筋。掌櫃的一來，住店的客人都興奮起來，圍上來，等著聽戲。那時的店，多數都是大通鋪，大家圍在一起，就像一家人似的。真正會唱戲的人其實都有癮，胡琴一響，他的嗓子就會發癢，你不讓他唱他也要唱，只有那些半會半不會的人，才需要別人三遍四遍的請。話說那小店掌櫃的在鋪前一坐，把胡琴往大腿上一架，擰著旋子，調了兩把弦，然後就吱吱咯咯地拉了起來。皮匠起初還繃著，瞇著眼睛，裝作沒事人兒，但很快就繃不住了，嘴唇巴噠，眼睛放出光來，然後就挺身坐起，放開五分嗓子，和著胡琴，唱了一個小段子。眾人習慣性地喊了一聲好。其實真正好的還在後邊呢。只見那皮匠從鋪上蹦下來，站在掌櫃的面前，舒展了一下腰身，輕輕地咳了一聲，然後就目光流動，手指微顫，進入了大戲《武家坡》，第一句西皮導板，「一馬離了西涼界——」正像那俗話說的穿雲裂石，氣衝霄漢，眾人發自內心地喝了一聲采，一個個也都進入了情況，忘記了人世間的痛苦和煩惱。接下來轉成原板，「不由人一陣陣淚灑胸懷。青是山綠是水花花世界，薛平貴好一似孤雁歸來……」他的歌唱像一群美麗的鳥，在我的故鄉一百年前的夜空中飛翔；他的歌唱像一股明亮的水，從小店裡漫出去，在我的故鄉一百年前的大街小巷裡流淌。他的歌唱進入一般人的耳朵，基本上等於浪費，所謂對牛彈琴大概就是這麼個意思。所以你的嗓子再好，要尋一個知音也不太容易。拉胡琴的小店掌櫃和圍著他聽戲的房客們，頂多也就是一些比較高級的戲劇愛好者，皮匠真正的知音，是一個女人。這個女人，據許老頭說是貌比天仙，好看得無法子形容，究竟有多麼好看，每個人可以根據自己的需要去大膽地想像，怎麼想像也不會過分。這個女人是本地最大的財主的女兒，芳齡十八，待字閨中。這個女子不但長得好看，而且還有出色的藝術鑑賞力，她精通音律，會彈琴吹簫，能賦詩填詞，還喜歡聽戲。那時沒有電視機、錄音機之類的東西，所以聽戲的機會並不多，而且能到我們那地方來演戲的戲班子，水平一般地不會太高，所以說小姐對戲曲的鑑賞力基本上是天生的，小姐對戲曲的愛好也基本上是天生的。話說那天夜裡，小姐正在閨房裡寫詩，突然聽到一陣美不勝收的聲音，像一群美麗的鳥，像一股明亮的水，穿越了她的窗戶，進入了她的房間，準確地說是直接進入了她的內心。那時候還不興自由戀愛，要想衝破封建禮教的束縛去夜奔不容易，就算是小姐有這個勇氣，也沒有那個體力。因為小姐的腳裹得格外成功，是本地最著名的小腳，這樣的小姐雖然令男人豔羨令女人嫉妒，但實際上是半個殘廢，一行一動都要丫鬟攙扶，風稍微大一點就站立不穩。那時的道路不好，別說沒有水泥瀝青路，連稍微平整點的砂石路都比較難找。路邊不可能有路燈，連電都沒有麼，手電筒當然也沒有。那個年代裡人們夜間輕易不出門，萬不得已出門，富人家就點一個紙燈籠，窮人家就點一根火把，真正的窮人連火把也點不起，只好摸著黑走。我列舉了這些難處，就是為了把小姐夜裡偷偷地循著歌唱去找皮匠的可能性排除，然後好讓這個故事沿著我設計的道路前進，當然，從根本上說，這個故事還是我在棉花加工廠當臨時工時，聽看門的許老頭講過的，許老頭講述的基本上是事實，讓他造謠，他也沒那才能。小姐得了相思病，這是許老頭說的，不是我的編造。那時候得相思病的小姐比較多，現在得相思病的小姐基本上沒有了。在那個封建落後的時代，家裡有一個得了相思病的小姐，是一件很不光彩的事情。起初還不知道是什麼病，財主夫妻審問丫鬟，丫鬟說，可能是被一個唱戲的給害了。到了夜裡，財主夫妻注意聽，果然聽到了那迷人的歌唱。第二天悄悄地打聽，知道了那歌者是一個外地來的皮匠。財主是個善良的人，如果是個惡霸地主，就會派人把皮匠殺了，或是買通官府，捏造個罪名，把他送進大獄。那年頭進了大獄十有八九是活不出來的，即便能活著出來，也肯定不會歌唱了。財主知道女兒得了這樣的病，感到很恥辱、很憤怒，氣頭上甚至產生過由她死去的念頭。但年過半百，膝下只有此女，還得指靠著她招個女婿來養老，於是就悄悄請醫生來治療。醫生裝模作樣地把了脈，說心病還得心藥醫，解鈴還得繫鈴人，這樣的病，靠藥是不可能治好的。眼見著小姐病勢沉重，財主夫妻商量，索性就把那個皮匠招來為婿吧，至於面子啦，門當戶對之類的就顧不上了。財主裝作修鞋，到街上去看那個皮匠，不看不知道，一看嚇一跳。回家後對著妻子長吁短嘆，說如果把女兒嫁給皮匠，真就把一朵鮮花插到牛糞上了。財主的妻子是個大戶人家的女兒，飽讀詩書，很有頭腦，聽了丈夫的話，她的臉上不但不愁，反而浮起了一片喜色。她問丈夫那個皮匠到底有多醜？財主搖著頭說，就像咱女兒美得沒法子形容一樣，那人醜得也是沒法子形容，說他三分像人七分像鬼都是美化了他。老夫人大喜道，好了，老爺，咱家閨女有救了。第二天，老夫人化裝成一個貧婦，親自去看了那個皮匠。回來後，她對丈夫說，老天保佑善人，閨女真的有救了。第二天，財主夫妻對女兒說：孩子，我和你爹知道你的心事，事到如今，我們也顧不了許多了，救你的命要緊。我們明天就把那個唱戲的招來家做女婿，但聽說這個人長得比較難看，明天，你在簾子裡偷偷地相一相他，相中了馬上就拜堂成親，相不中再做商量。小姐興奮無比，當天晚上就吃了兩個饅頭。第二天，財主撒了一個謊，說有許多破鞋，請皮匠到家裡去修。皮匠高興而來。財主讓下人找來了幾雙破鞋，擺在大堂裡，讓皮匠修著，然後讓丫鬟將小姐悄悄地攙扶到簾子後邊。小姐心裡像揣著一個兔子似的，想好好看看這個朝思暮想的心上人是個什麼模樣，打眼一望，頓時昏了。皮匠不知簾子後邊的事，還在那裡得意洋洋地補鞋。小姐的相思病就這樣好了。世上沒有不透風的牆，財主家發生的故事傳進了皮匠的耳朵，皮匠感到好像一塊到了口裡的肥肉又被人搶走一樣，心中無比遺憾。這個不知深淺的人，竟然每天夜裡跑到財主家院牆外邊歌唱，想把小姐勾出來。小姐還是喜歡聽他的歌唱，但跟他結為連理的念頭是徹底地沒有了，有的只是純粹的藝術欣賞。皮匠還不死心，製造了一只小弓箭，箭頭上插著一些表示愛心的書信，一箭一箭地往小姐的窗戶裡射。小姐看了皮匠那些文理欠通、錯字連篇的信，心裡感慨萬千，說，你這人啊，哪怕你的相貌有你的嗓子十分之一的好，俺也就狠狠心嫁給你了，可惜啊！小姐感念皮匠一片真情，也珍惜自己那一段陰差陽錯的癡情，就將自己的一隻繡鞋用紅紙包了，並且附上了一張紙條，紙條上寫著，「看人不如聽聲，見鞋勝過見人」，讓丫鬟送給他，想用這種方式把這件風流案了結。皮匠得了繡鞋，回去一看，當場就昏倒在地。活過來後，把玩著繡鞋，愛不釋手，如獲至寶。自知身分地位相差太遠，但一片癡心難改，很快就得了相思病。從此後，鞋也不修了，不分白天黑夜，在財主家的院牆外邊，歌唱不休，歌詞大概是「小姐小姐好丰采，九天仙女下凡塵。何日讓俺見一面，這一輩子沒白來……」歌詞雖然不錯，但好話說三遍狗不要聽。財主夫婦煩得要命，想採取果斷措施，又怕惹女兒生氣，鬧出個舊病復發，所以只好由著他唱。秋去冬來，寒風刺骨，大雪飄飄。皮匠被火熱的愛情燃燒著，不吃不喝，如同交尾期的鳥兒歌唱不休，終於口吐鮮血，倒在雪地上死了。

他為了愛情而死。

他為了歌唱愛情而死。

地保帶著兩個叫化子將他抬到亂葬崗上。叫化子說這個傢伙輕得像一節枯木，簡直無法想像這樣一個熬乾了精血的身體，如何還能發出那樣淒涼高亢、令全村人長夜難眠的歌唱。棉花加工廠的看門人許老頭幾十年前對我說，地保被皮匠的事蹟感動，為了防止野狗糟蹋了這個天才歌唱家的身體，特意讓叫化子在亂葬崗上挖了一個深坑，將他的身體推下去。當他的身體往深坑裡跌落時，小姐的那隻精巧玲瓏的繡鞋從他的懷裡掉出來。地保和叫化子感嘆幾聲，便把他和害了他性命的繡鞋埋掉了。

三

自從十八世紀的英國人琴納發明了牛痘接種法，人類就有了消滅麻子的最安全最有效的方法。但一直過了二百多年，直到中國共產黨領導人民群眾建立了新中國，接種牛痘預防天花才真正開始全面實行，並被廣大老百姓接受。從此，天花這種奪去過無數兒童生命的惡症被消滅，麻子也基本上絕了跡。那個在一百年前懷揣著繡鞋死在雪地裡的麻子，他的爹娘不給他接種牛痘是可以原諒的，因為那時老百姓對新事物不理解，甚至抱牴觸態度。也可能是家裡太窮，連接種牛痘的費用都沒有；或者兄弟姊妹太多，父母照顧不過來；總之是可以原諒的。但那個在三十年前的寒夜裡披著軍大衣在露天的幕後為舞劇伴唱的女子，她的爹娘為什麼不給她接種牛痘呢？她生在新中國，長在紅旗下，享受著免費接種牛痘的權利，但她的父母硬是沒給她接種牛痘，讓她落了一臉大麻子，這樣的父母是不可原諒的。當然，如果她不是一臉大麻子，她能發出那樣如泣如訴、如怨如慕、欲生欲死、似甘似苦，讓我三十年還忘不了的歌唱嗎？進一步還可以說，那個皮匠，如果不是落了一臉大麻子，又如何能成為一個悲慘愛情故事中的主角，被我們口碑相傳而永垂不朽呢？

麻子被牛痘疫苗消滅了，用靈魂歌唱的人被光滑的臉消滅了。

還有一種比較粗俗的傳說：說皮匠得了小姐的繡鞋之後，摩挲把玩，春心動盪，可以與《紅樓夢》裡得了風月寶鑑的賈瑞大爺相比。賈大爺最終死在那面鏡子上，皮匠死在那隻繡鞋裡。還有一種對小姐名聲極為不利的說法：皮匠寒冬臘月裡赤著下體，將繡鞋掛在陰莖上，在財主家院牆外邊，一邊高歌一邊行走，引來了許多看客，使小姐的名譽受到了極大的傷害。財主忍無可忍，只好雇來殺手，趁著一個風雪之夜，將皮匠給整死了。我在感情上不願接受這種結局，但既然有人這樣傳說，只好記下，供大家參考。

沈園

一聲霹雷在麵包房外的槐樹梢上炸開，樹下的電車線上，閃爍著耀眼的火花。這是入夏以來的第一聲驚雷，街上的行人愣了片刻，便匆匆忙忙跑到街道兩邊的商廈下躲藏。騎車的人則弓著腰，貼著街邊往前竄。一陣涼風吹過，密集的雨點傾斜著砸下來。馬路上更加混亂，人們在風雨中四散奔逃。

他與她對面坐在一間幽暗的麵包房裡，每人面前擺著一杯飲料，明亮的冰塊在杯子裡浮動著。在他們兩人之間的桌子上放著兩個陳舊的羊角麵包，一隻蒼蠅圍繞著麵包飛舞著。他歪著腦袋，看著街上亂糟糟的風景。槐樹的枝葉在風中驚慌地搖晃著，地面上竄起一股股細小的塵土，濃烈的土腥味奪門而入，幾乎蓋住了麵包店特有的那種奶油氣息。幾輛電車咬著尾巴從遠處緩緩地駛過來，急雨敲打著車廂，形成了一層灰白的水霧。車廂裡人滿為患，敞開的車窗裡探出幾個光溜溜的頭顱，承受著雨鞭的抽打。車門的夾縫裡抻出一角紅色的裙裾，溼漉漉地黏在腳踏板上，彷彿一面失敗的破旗。

「下吧，下吧，下得愈大愈好，早就該下一場大雨了，這座城市已經乾透了，起碼有半年沒下雨了。再不下場大雨，連樹都要乾死了。」他突然咬牙切齒地說起來，那神態很像某部革命電影裡的一個反面人物，「你們那裡怎麼樣？也是好久沒下雨了吧？我每天看完新聞聯播後就看天氣預報，特別關注你們那裡的天氣。你們那個城市給我留下了非常美好的印象，我最討厭大城市，如果不是為了孩子，我早就搬到小城市裡去了。小城市安靜、悠閒，你們那裡的人我估計起碼要比大城市裡的人多活十年……」

「我想到沈園裡去看看。」她說。

「沈園？」他正過頭，面對著她，說，「沈園好像是在浙江的什麼地方，是杭州？還是金華？人到中年，腦子不行了，退回去三五年，我的記憶力還是非常好的，幾年工夫就不行了……」

「我每次來北京，都想到沈園去看看，但總是去不了，」她的眼睛在幽暗中閃閃發光，乾枯的臉上煥發出一種生氣蓬勃的光彩。

他心中暗暗吃驚，不敢正視她灼人的目光。他聽到自己用乾癟的嗓音說：

「北京有圓明園、頤和園，但我從來沒有聽說過有個沈園……」

她匆匆地收拾著座位下的東西，將兩個小紙袋裝進一個大紙袋裡，然後又將大紙袋裝進一個塑料手提袋裡。

「這就走嗎？你的火車不是晚上八點才開嗎？」他指指桌子上的麵包，用輕鬆的口吻說，「你最好把它吃了，上了車未必有飯吃。」

她將塑料袋子抱在胸前，目光死死地盯著他，用低沉但是堅定不移的口吻說：

「我要到沈園去看看，我今天必須去沈園看看。」

一陣夾雜著雨點的涼風從門外吹進來，他撫摸著自己的胳膊，不由地打了一個寒顫。

「據我所知，北京根本沒有什麼沈園。對了，我想起來了！」他興奮地說，「我終於想起來了，沈園在浙江紹興，十幾年前我去過一次，距離魯迅故居不遠，就是南宋大詩人陸游和唐婉題詞應答的地方，什麼『紅酥手，黃藤酒，滿城春色宮牆柳』之類，其實只是一座荒涼的破園子，到處都是野草，就像那個陪同我去的朋友說的，不看很遺憾，看了更遺憾……」

此時她已經站了起來，整理了一下衣服，攏了一下頭髮，再次對著他、又好像自言自語地說：

「這一次，無論如何我也要到沈園裡去看看。」

他伸出一隻手攔在她面前，小心翼翼地說：

「就算沈園在北京，咱們也得等雨小一點時再去吧？如果想去紹興看真正的沈園，那只能等明天，火車一天一班，早已開走，這樣的天氣飛機絕對不會起飛，而且，好像也沒有去紹興的航班。」

她繞開了他的手，提著塑料口袋，出了麵包房，走進灰白的雨幕中。他匆匆地跟那兩個目光閃爍的服務員結了帳，急忙追了出去。站在麵包房探出去的門廊裡，他聽到急雨抽打著廊檐上的鐵皮，發出令人心煩意亂的嘈雜聲。他的目光透過門廊上掛下來的瀑布般的水簾，看到她用那個塑料口袋遮著腦袋，正在急匆匆穿越馬路。幾輛轎車從她的身後急馳而過，濺起的水花頃刻之間將她的裙子打溼，使她的瘦骨伶仃的身體顯示出來。他站在長檐下，側目望了望不遠處自家居住的那幢灰色樓房，似乎看到了急雨從陽台上新近安裝的海藍色玻璃下千變萬化地流淌下來。一股濃郁的茶香彷彿也在鼻子裡氤氳，甚至聽到了女兒嬌滴滴地喊著：爸爸，你來呀！

她站在馬路對面的急雨裡，對著一輛輛的轎車招手，不管是出租車，還是不是出租車。她的臉朦朦朧朧，讓他突然想起了將近二十年前，在寒冷的雨夾雪裡，站在她宿舍的玻璃窗戶外，看到她端坐在椅子上，身穿著一件潔白的高領毛衣，清秀的臉上帶著微笑，愉快地拉著手風琴的情景。後來他曾經想對她說說那個幾乎把他凍僵了的夜晚，但事到臨頭他總是克制住自己袒露心懷的欲望。那個拉手風琴的年輕姑娘似乎在急雨中復活了，他心中殘餘的激情猛烈地燃燒起來。他衝進了急雨，跑到了馬路對面，站在了她的面前。片刻工夫，他的全身也像她一樣，溼得通透，冰涼的、夾雜著冰雹的雨水使他的身體馬上就涼透了。他抓住她的胳膊，試圖將她拖到能夠遮擋雨水的商廈裡，但她用力掙扎著，使他的努力化解在拉拉扯扯之中。他感到似乎有芒刺在背，側目便看到商廈下那些鬼鬼祟祟的目光，而且還有好幾張臉似曾相識。但他知道自己已經沒有退路，如果撒手而去，他的良心將會永世不得安寧。

他終於將她拉進了路邊的電話亭中，兩個半圓的罩子一邊一個，遮住了他們的上半截身體。他說：

「我知道在前面的胡同裡有一家台灣茶館，很有情調，我們到那裡去坐坐，喝杯熱茶，等雨小點了，我就送你去車站。」

她的上半截身體隱沒在龐大的半圓形罩子裡，看不到她臉上的表情，只能看到黑裙緊貼在她腿上，兩個膝蓋醜陋地突出著。她一聲不吭，似乎沒聽到他的提議。馬路上的車輛已經很稀少，她堅韌地對著每一輛轎車招手，不管是不是出租車。

在大雨變成了中雨的時候，他們終於攔住了一輛紅色的夏利出租車。他拉開車門將她讓了進去，隨著他也鑽了進去。司機冷冷地問：

「去哪？」

「去沈園！」她搶著說。

「沈園？」司機問，「沈園在哪裡？」

「不去沈園，」他脫口而出，「去圓明園。」

「去沈園！」她的聲音痲木而固執。

「沈園在哪裡？」司機問。

「不去沈園，去圓明園。」他說。

「到底去哪裡？」司機不耐煩地說。

「我說去圓明園就去圓明園！」他的嗓門突然提高了。

司機側著腦袋看了他一眼，他對著司機那張陰沉的臉點點頭。接下來她又重複了三次說去沈園，但司機一聲不吭，出租車在空曠的大街上急馳，車子兩邊的水嘩嘩地濺出去，讓他產生了一種莫名其妙的悲壯感。他偷偷觀察著她的臉色，看到她的嘴噘得很高，似乎是在賭氣。他還看到她的手在車門把手上微微顫抖，好像在醞釀著什麼陰謀。為了防止她突然跳車，他緊緊攥住了她的右手。他感到她的手冰涼黏膩，好像一條魚的屍首。她的手在他的手裡一動不動，沒有絲毫要掙脫的意思，但他還是牢牢地攥住它不敢放開。

車子拐進了一條狹窄的小街，街道兩邊堆滿了白色垃圾，白色垃圾裡有許多墨綠色的西瓜皮在放光。幾家臨街的小飯館門口懸掛的彩色黏蠅紙在風雨中招展著，幾個蓬頭垢面的女人袒胸露背地倚在門邊，嘴裡叼著香菸，滿臉都是無聊的表情。這情景使他恍惚回到了她的那個小城。他驚問：

「夥計，這是到了哪裡？」

司機不回答，車內霧氣瀰漫，雨刷器緊張地工作著，發出令人心煩意亂的單調聲響。

「你這是往哪裡開？」他不由地驚呼起來。

司機惱怒地說：「你吵什麼？不是去圓明園嗎？」

「去圓明園怎麼走到這裡來了？」

「不走這裡走哪裡？」司機減緩了車速，冷冷地說，「你給我指一條路吧，往哪裡走？」

「我也不知道該走哪條路，但我感覺著不應該這樣走。」他將態度緩和下來，說，「你們幹這行的，當然比我路熟。」

「知道嗎？」司機輕蔑地說，「我給你們抄了近路，起碼少跑了三公里。」

「謝謝。」他連忙說。

「我原本是想收車回家睡覺的，」司機說，「這樣的大雨天，誰還在外邊跑？我是可憐你們……」

「謝謝，謝謝！」他說。

「我不黑你們，」司機說，「多給十元吧，你們運氣，碰上了我這樣的好人，如果……你們如果嫌貴，現在可以下車，我一分錢也不要。」

他看看車窗外昏暗的天地，說：

「兄弟，不就是十元錢嗎？」

車子衝出小街，拐上了一條更為荒僻的土路。路上已經積存了很深的濁水，車子在積水中發瘋般地衝刺著，濺起的雨水潑灑到路兩邊溼漉漉的樹幹上。司機低聲咒罵著，不知是罵路還是罵人。他憋住火不敢吭氣，心中充滿不祥的預感。

車子從土路上掙扎出來，上了明亮的水泥路。司機又罵了一聲，然後猛一拐彎，就將車子停在了一座敞開的大門前。

「到了嗎？」他問。

「這是小門，進去不遠就是西洋景，」司機說，「我知道你們主要是想看西洋景。」

他看看計價器上打出來的數字，又加上了十元，從鐵絲格子裡遞過去。

「我可是沒有發票。」司機說。

他沒有理睬他，推開車門鑽到外邊。他等待著她從這邊鑽出來，但她卻從那邊鑽出去了。司機掉轉車頭走了。他低聲罵了一句，罵完他感到對這個司機不但沒有惡感，反而有些許好感。

雨還在下，路邊的樹木葉片鮮明，乾淨得可愛。她站在雨裡，面色蒼白，目光迷離。他拉了一下她的胳膊，說：

「親愛的，走吧，前面就是你的沈園。」

她順從地跟隨著他進入園門。道路兩側的商亭裡，小販們熱情地叫賣著：

「雨傘，雨傘，最漂亮最結實的雨傘……」

他走近一個商亭，買了兩把雨傘，一把紅色的，一把黑色的。然後他到售票處買了兩張票。售票員生著一張粉團般的大臉，兩道眉毛紋得像兩條綠色的菜蟲子。他問：

「你們這裡幾點關門？」

「這裡永遠不關門！」粉團大臉說。

他們舉著雨傘走進圓明園。他舉著黑傘走在前面，她舉著紅傘隨在後邊。雨點抽打著傘布，發出嘭嘭的響聲。有三五成群或是成雙成對的遊人從他們對面走過來。有的舉著花花綠綠的傘緩緩地走，有的沒舉傘，在雨中倉皇地奔跑。

「我以為只有我們兩個有病……」話一出口他就感到非常後悔，於是就趕緊地說，「不過確實非常有意思，如果不是下這樣的大雨，這裡每天都是人滿為患的。」

他很想說一句，「今天的圓明園屬於我們倆」，但又是話到嘴邊憋了回去。他們沿著彎曲但明淨如鏡的小路往前走，路邊的池塘裡，生長著許多半大的荷葉與蒲草，幾隻蝦蟆在水邊蹦跳著。

「太好了！」他興奮地叫起來，「如果再有一頭在塘邊吃草的水牛，如果再有一群在塘裡游動的白鵝，那就更妙了。」他親切地看著她蒼白的臉，感動地說：「你的感覺從來就是最好的，如果不是你，我這輩子也見不到這樣的圓明園。」

她長長地嘆了一口氣，說：「這不是我的沈園。」

「不，這就是你的沈園，」他感到自己像在一齣戲裡表演一樣，用含義深長的腔調說，「當然，這裡也是我的沈園，是我們的沈園。」

「你還會有沈園？」她的目光突然變得銳利無比，刺得他幾乎無地自容，她搖搖頭，說，「沈園是我的，是我的，你不要來搶我的沈園。」

他感到剛剛興奮起來的心情頓時突然變得沮喪無比，眼前的景色也變得索然無趣。

「你踩死牠們了！」她突然驚叫了一聲。

他下意識地往路邊一跳，她用更加淒厲的聲音喊叫著：

「你踩死牠們了！」

他低頭看到，路面上蹦跳著成群結隊的小蝦蟆。牠們只有黃豆般大小，但四肢齊全，十分袖珍。在他走過來的地方，無數被踩扁了的小蝦蟆的屍體鮮明地標出了他的腳印。她蹲在地上，用手指撥弄著那些蝦蟆屍體。她的手指泛白，指甲灰暗，指甲縫裡滿是污垢。一絲厭惡之情從他的心底像沉渣一樣泛起，於是他就用嘲諷的腔調說：

「小姐，你踩死的並不比我少，是的，你踩死的不比我少。儘管我的腳比你的腳大，但你的步子比我小，因此你不比我踩死的少。」

她站起來，喃喃自語著，「是的，我不比你踩死的少……」她用手背擦了一下眼睛，說，「蝦蟆，蝦蟆，你們為什麼這樣小……」然後她就淚眼婆娑了。

「行了，小姐，」他心中厭惡，卻用玩笑的口吻說，「世界上還有三分之二的勞動人民在水深火熱中掙扎呢！」

她用汪汪的淚眼盯著他說：「牠們這樣小，但牠們的胳膊和腿都長全了呀！」

「再全不也是蝦蟆嗎？」他抓住她的胳膊，拉著她往前走，她將雨傘扔在地上，用另一隻手努力地剝著他的手。

「為了幾隻蝦蟆，我們總不能在這裡過夜吧？」他鬆開她的手，忿忿地說，但他從她的眼神裡看到他無法強制她踩著蝦蟆前進。他收起雨傘，脫下襯衣，提在手裡掄動著，驅趕著地上那些令他厭惡無比的東西。小蝦蟆四散奔逃著，終於閃開了一線乾淨的道路。他拉著她，說，「趕快走！」

他們終於站在了廢墟前面了。雨基本上停止了，天色也略顯清明，他們收了雨傘，爬上了一塊曾經被工匠們精雕細琢過的巨石。他將襯衣用力地擰了擰、抖了抖，穿到身上。他不無誇張地打了一個噴嚏，期望能引起她的關切，但她對此毫無反應。他自我解嘲地搖搖頭，然後就像所有登高望遠的人一樣，努力擴展開胸膛，大口呼吸著新鮮空氣，心情如雨後的天空一樣，漸漸變得晴朗起來。這裡的空氣實在是太好了，他想說，但沒有說。偌大的園子裡似乎只有他們兩個人，這的確有點像個奇蹟。他用很好的心情觀看著前面的廢墟。它們是那樣地著名，是那樣地深入人心，它們出現在多少人的鏡頭裡，出現在多少人的詩句裡，但現在它們是這樣平凡。它們默默無言，但似乎又在傾吐著千言萬語，它們是沉默的石頭巨人。在廢墟的面前，兩百年前的噴水池裡，現在許多他叫不出名字的野草從石頭縫隙裡頑強地鑽出來。

他們相互援著手，爬上了一塊更高更大的石頭，清涼的風吹過來，身上黏溼的衣服漸漸乾爽，她的黑裙的裙角在微風中開始飄動。他用手撫摸著被雨水沖洗得十分潔淨的石頭，鼻子嗅到了一股清冷的氣息。他好像發現了一個祕密似的說：

「你聞聞，石頭的氣味。」

她目光專注地盯著那根曾經支撐過高大建築的圓柱，看樣子根本就沒聽到他的話。她的目光似乎要穿透石頭的表面，深入探究裡邊的內容。這時他看到她鬢角花白的頭髮，不由地從心底發出了長長的嘆息。他伸手捏下了她肩頭上的一根落髮，感慨地說：

「光陰似箭，一轉眼之間，我們就老了。」

她沒頭沒尾地冒出一句：

「刻在石頭上的話是不是就不會變？」

「石頭本身也會變，」他說，「所謂的海枯石爛不變心，那不過是個美好的幻想。」

「但是在沈園裡，一切都不會變。」她的目光死盯著石頭，好像是在跟石頭對話，而他不過是個無關緊要的聽眾。但他還是積極地響應著她的話，大聲地說：

「在這個世界上，永恆的東西是根本就不存在的，譬如這座名園，三百年前，當清朝皇帝建築它時，大概不會想到用不了多久它就會變成廢墟，當年皇上和他的嬪妃們尋歡作樂的大廳裡的大理石地面，也許現在變成了老百姓豬圈裡的墊底石……」

他自己也感到了這些話枯燥無味，與廢話沒有什麼區別，而且他也知道，她連一個字也沒聽進去，於是他就停止了演說，從口袋裡摸出一包被雨水浸溼的菸，從中選出一根比較乾燥的，打火點燃。

兩隻喜鵲追逐著從他們頭上飛過去，落在遠處的樹梢上，喳喳地噪叫著。他想說，鳥兒是多麼自由啊，但還是依從了自己的習慣，將到了嘴邊的話嚥了下去。這時，從她的嘴裡發出一聲興奮的尖叫，她黯淡的眼睛裡也同時放出了光彩。他驚訝地看著她，接著就順著她的手指方向，看到了灰藍色的天空中，出現了一道豔麗的彩虹。她像個孩子似的跳起來，大聲地喊叫著：

「看哪，看哪！」

她的愉快馬上就感染了他，橫亙天際的虹橋使他暫時忘記了黯淡的現實生活，沉浸在孩童般的愉悅中。他們的身體在不知不覺中貼近了。他們的目光親切地交流著，沒有躲閃和迴避，沒有猶豫和動搖，他們的手十分自然地握在一起，他們的身體同樣十分自然地擁抱在一起。

當他從她的嘴裡嗅到一股濃濃的淤泥味道時，天際的美麗彩虹已經消失了。廢墟裡一片蒼茫，橫倒豎臥的石頭上泛起青紫的光芒，顯示出許多莊嚴和獰厲。水草中的蟲鳴響成一片，遠處傳來鵝的叫聲。他無意中瞥見了她腕上的手錶，時針已經指向七點。他驚慌地說：

「糟糕，你的車是八點開吧？」

初戀

我九歲那年，已是小學三年級學生了。

班裡的學生年齡距離拉得很大，最小的是我，最大的是杜風雨，已是個十六歲的小伙子了。他的個頭比我們班主任還要高；他臉上的粉刺比我們班主任臉上的還要多。很自然地，他成了我們班上的小霸王。更由於他家是響噹噹的赤貧農，上溯三代都是叫化子，他娘經常被學校裡請來做訴苦報告，鼻涕一把淚一把地說如何冒著大風雪去討飯，又如何在風雨之夜把杜風雨生在地主家的磨道裡，我們班主任家是富裕中農，腰桿子很軟，所以，面對著根紅苗正、橫眉立目、滿臉粉刺的無產階級後代的胡作非為，連屁都不敢放一個。

我們的教室原先是兩間村裡養羊的廂房，每逢陰雨潮溼天氣就發散羊味。廂房北頭的三間正房是鄉裡的電話總機室，有很多電線從窗戶裡拉出來，拴在電線桿子上，又延伸到不知何處去，看守電話總機的是一個操著外地口音的年輕女人。她的臉很白，身體很胖。那時我並不知道什麼是沙發什麼是麵包，但村裡的一個老流氓對我說，看電話女人的奶子像麵包肚皮像沙發。她有兩個女孩，模樣極不相似。村裡的光棍兒見了她們就說：「大平小平，我是你爸。」兩女孩起初很乖地呼光棍兒爸爸，後來不呼了。後來光棍兒再自封為爸爸時，兩女孩便像唱歌一樣喊：「操你的親娘！」看電話女人家裡出出進進著許多穿戴整齊的鄉鎮幹部，我們在課堂上，聽到調笑聲從總機房裡飛出來。我隱約感到，那裡邊有很多美好的事情。有一天晚上，我去同學家看小貓，路過總機房，看到窗外站著一個人，走近發現那人是班主任。

我不知道為什麼總讓我們那位年輕的、滿臉粉刺的班主任不滿意，他經常毫無道理把我揪出教室，讓我站在電話總機房外的電線桿下罰站，一站數小時，如果是夏天，必定曬得頭昏眼黑，滿臉汗水。

班裡只有兩個女生，一個是我叔叔的女兒，另一個姓杜，叫什麼名字忘記了。她的雙腳都是六個趾頭，腳掌寬闊，像小蒲扇一樣，我們叫她六指。六指長得不好看，還有偷人鉛筆橡皮的小毛病，家庭出身也不算好，在班裡很受歧視。我猜想我和六指是最被班主任厭惡的學生了，所以他把我和她安排在一張課桌前，坐在一條板凳上。雖然我和六指個頭最矮，班主任卻讓我們坐在最後一排。

與六指同坐一條凳上，我感到十分恥辱，心裡的難受勁兒無法形容，而杜風雨這個鱉羔子硬說我跟六指坐一條凳子要成為夫妻了。我當時並不曉得自己長得比六指還要醜，讓我與她同坐一凳已是奇恥大辱，再讓我與她成夫妻，簡直是要了命！我的淚水嘩嘩地流出來，我哽咽著大罵杜風雨，杜風雨揮起拳頭，在我頭上擂，就讓我一屁股坐在了地上。

我坐在地上哭著，沒聽到上課的鈴聲敲響，卻看到班主任牽著一個頭髮上別著一只紅色塑料蝴蝶形卡子，上身穿一件紅方格褂子，下身穿一條紅方格褲子的女孩走了過來。

班主任端著一盒彩色粉筆，夾著一根教鞭，牽著女孩的手，逕直朝教室走，好像根本沒看到我的醜臉，也沒聽到我的嚎哭，可是他身邊那個漂亮女孩卻很認真地看了我一眼。她的眼睛是那樣的美麗，漆黑的眼仁兒，水汪汪的，像新鮮葡萄一樣。她看我一眼，我的心裡頓時充滿說不清楚的滋味，竟忘了哭，癡呆呆地沉醉在她的眼神裡。

班主任牽著女孩走進教室。我癡想了一會，站起來，用衣袖子擦擦鼻涕眼淚，戰戰兢兢溜進教室去了。班裡同學們都用少有的端正姿態坐著，看著黑板前面的班主任和那個女孩。我悄悄地坐在六指身邊。我看到班主任凶惡地剜了我一眼，那個女孩，又用那兩隻美麗的眼睛，探詢似的望了我一下。

班主任說：「同學們，這是我們班新來的同學，她的名字叫張若蘭。張若蘭同學是革命幹部子女，身上有許多寶貴的品質，希望大家向她學習。」

我們一齊鼓掌，表示對美麗的張若蘭的歡迎。

班主任說：「張若蘭同學學習好，從現在起，她就是我們班的學習委員了。」

我們又鼓掌。

班主任說：「張若蘭同學唱歌特別好，我們歡迎她唱支歌吧！」

我們再鼓掌。

張若蘭臉不變色，大大方方地唱起來：

「藍藍的天上白雲飄，白雲下面馬兒跑……」

哎喲我的個親娘喲！張若蘭，不平凡，歌聲比蜜還要甜。你說人家的爹娘是怎麼生的她？同學們聽呆了。

我們使勁鼓掌。

班主任說：「張若蘭兼任我們班的文體委員。」

我們剛要鼓掌，杜風雨虎一樣站起來，問班主任：「你讓她當文體委員，我當什麼？」

班主任想了想，說：「你當勞動委員吧。」

杜風雨噘著嘴剛要坐下，班主任說：「你甭坐了，搬到後排去，這個位子讓給張若蘭。」

杜風雨挾著破書包，嘟嘟囔囔地罵著，穿過教室，坐在最後一排為他特設的一個專座上。

張若蘭坐在杜風雨空出來的位子上，與我的堂姊共坐一條板凳。

杜風雨被貶到後排，我心裡暗暗高興，張若蘭一來，杜風雨就倒楣，張若蘭替我報了仇，張若蘭真是個好張若蘭。我無限眷戀地看著張若蘭，看著她美麗的眼睛像紫葡萄一樣，看著她紅撲撲的臉蛋像成熟的蘋果一樣，看著她嘴角的微笑像甘甜的蜂蜜一樣，看著她鮮豔的雙唇像櫻桃一樣，看著她潔白的牙齒像貝殼的內裡一樣，看著她輕快的步伐像矯健的小鹿一樣。她臨就座前，對著我的堂姊莞爾一笑，我的淚水竟然莫名其妙地盈眶而出。她端正地坐下了，我的目光繞過同學們的脊背，定在張若蘭的背上，定在那件紅格子上衣的紅格裡。這一課，班主任講了什麼？我不知道。

由於來了張若蘭，黑暗枯燥的學校生活突然變得綠草茵茵鮮花開放。在張若蘭來之前，我煩死了怕死了恨死了學校，我多次央求爹娘：別讓我上學了，讓我在家放牧牛羊吧。自從來了張若蘭，我最怕星期六，星期六下午，我心中的太陽張若蘭就揹著她的皮革書包，穿著她的花格子衣服，頂著她的蝴蝶卡子，蹦蹦跳跳地過了河上的小石橋，到她的在鄉政府大院中的家裡去，使我無法看到她。

每到星期天，我就像丟了魂一樣，不想吃飯也不想喝水。家裡不讓我放羊我也要去放羊。我牽著羊，過了河，在鄉政府大院前來回巡逡。鄉政府門前空地上那幾蓬老枯的野草早就被那兩隻綿羊啃得光禿禿了，羊兒餓得「咩咩」叫，但我不滿足牠們想到青草豐茂的荒地裡去吃草的願望。我把牠們拴在鄉政府門前的樹上，讓牠們啃樹皮。我呢？我坐在樹邊的空地上，眼巴巴地望著鄉政府的大門口，看著出出進進的人，盼望著張若蘭能突然出現在我的面前。我一遍又一遍地鼓勵自己：等一會兒，等一會兒，再等一會兒……

我的祕密終於被祖父從兩隻綿羊乾癟的肚子上發現了，但家裡人對我為什麼到鄉政府大門前去放羊的心理動機並不清楚。一頓打罵之後，我逃到大門外哭泣。我的堂姊拿著個熱地瓜來找我。她把地瓜遞給我，說：「我知道你為什麼要到那裡去放羊，我願意為你保守祕密，但你必須把那本《封神榜》借給我看一個星期。」

我有一本用兩個大爆竹從鄰村的孩子手裡換來的連環畫《封神榜》，紙是土黃色的，開本比當時流行的連環畫要大，上邊畫著能從鼻孔裡射出金光奪人魂魄的鄭倫，眼裡生手手上生眼的楊任，騎虎道人申公豹，會土遁的土行孫，生著兩隻大翅膀的雷震子，還有抽龍筋揭龍鱗的哪吒……大個子杜風雨用拳頭威逼我我都沒有給他看，但我把這本藏在牆洞裡的寶書毫不猶豫地借給了我堂姊。

張若蘭來了一個月左右，班裡出了一件大事。班主任在課堂上嚴肅地說：「同學們，有人偷食了電話總機家懸掛在屋檐下晾曬的一串乾地瓜，最好自己交代，等到被別人揭發出來就不光彩了。」

我感到班主任含義深長地看了我一眼，心裡頓時發了虛，雖然我沒偷乾地瓜，但竟像就是我偷了乾地瓜一樣。我的屁股擰來擰去，擰得板凳腿響，擰得六指不耐煩了，她大聲說：「你屁股上長尖兒嗎？擰什麼擰？」

她的話把老師和同學的目光全招引到了我身上，他們一齊盯著我，好像我確鑿就是那個偷地瓜的賊。我鼻子一酸，嗚嗚地哭起來了。這時，奸賊杜風雨大聲喊：「地瓜就是他偷的，昨天我親眼看到他蹲在廁所裡吃乾地瓜，我跟他要，他死活不給我。」

我想辯解，但嗓子眼像被什麼堵死了一樣，一個字也說不出來。班主任走過來，無限厭惡、極端蔑視地看著我，冷峻地說：「看你那個死熊樣子！給我滾出去哭！」

狗腿子杜風雨遵照班主任的指示，凶狠地揪著我的頭髮，把我拖到總機窗外的電線桿下，並且大聲對著機房裡吼：「偷你家乾地瓜吃的小偷抓住了，快出來看看吧！」

頭上戴著耳機子的那個白胖女人從高高的窗戶上探出頭來，看了我一眼，操著一口悠長的外縣口音說：「這麼點兒個孩芽子就學著偷，長大了篤定是個土匪！」

我屈辱地站在電線桿下，讓驕陽曝曬著我的頭。電話總機家那兩個小女孩跑出來，從牆角上揀了一些小磚頭，笨拙地投我，一邊投一邊喊：「小偷，小偷，癩皮狗，鑽陰溝。」

我自覺著馬上就要哭死了的時候，眼前紅光一閃，張若蘭來了。

我的頭死勁兒地垂下去。

張若蘭用她潔淨的神仙手扯扯我的衣角，用她的響鈴喉對我說：「大哭瓜，哭夠了沒有？我知道乾地瓜不是你偷的。」

張若蘭把我領回教室，從書包裡摸出一塊乾地瓜，舉起手來，說：「報告老師，這是個冤案，乾地瓜是杜風雨偷的。」

所有的目光都從張若蘭手上轉移到杜風雨臉上。杜風雨大吼：「你造謠！」

張若蘭說：「這塊乾地瓜是杜風雨硬送給我的，誰稀罕！他的書包裡還有好多乾地瓜，不信就翻翻看！」

沒人敢翻杜風雨。張若蘭跑過去，搶了他的書包，提著角一抖擻，稀哩嘩啦，全出來了。乾地瓜，王勝丟了的圓珠筆，李立福丟了的橡皮，王大才丟了的玻璃萬花筒……都從他的書包裡掉出來了。原來杜風雨是真正的賊，而我們一直認為這些東西是被六指偷走了。

六指跳起來，罵道：「我操你親娘杜風雨，你姓杜，我也姓杜，論輩我是你姑姑，你黑了心害我，我跟你拚了吧！」

班主任讓杜風雨站起來。杜風雨站起來，歪著頭，用髒指甲摳牆皮。

班主任底氣不足地問：「是你偷的嗎？」

杜風雨雙眼向上，望著屋頂，鼻子裡噴出一股表示輕蔑的氣。

班主任說：「給我出去。」

杜風雨說：「出去就出去！」

他把那幾本爛狗皮一樣的破書往書包裡一塞，提著班主任的名字罵道：「操你個媽，有朝一日我掌了權，非宰了你這個富裕中農不可！」

杜風雨掀翻了那張破桌子，氣昂昂地走了。

班主任臉色焦黃，彎著腰站在講台上，嘴唇直哆嗦。好半天，他直起腰，說：「下課。」緊接著這句話的尾巴他咳了幾聲，臉上像塗了金粉一樣，黃燦燦的，一張嘴，一口鮮血噴出來。

張若蘭幫我洗清了冤枉，我對她的感激簡直沒法說。本來我就像癡了一樣迷戀著她，再加上這一重水深火熱的恩情，我便是火上澆油、錦上添花、癡上加癡。去鄉政府大門外放羊是再也不敢了，更沒闖進鄉政府大院去找她的膽量。我只能利用每周在校的那短暫得如電一般的五天半時間，多多地注視她，連走到面前，同她說句話的勇氣都沒有。

有一天，家裡來了一位親戚，送給我們四個蘋果。親戚走了，那四個蘋果擺在桌子上，紅紅的，宛若張若蘭的臉蛋兒，散發著濃烈的香氣。我不錯眼珠地盯著它們。祖母撇撇嘴，拿走了兩個蘋果，對我母親和我嬸嬸說：「每人拿一個回去，分給孩子們吃了吧。」

母親把那個鮮紅的蘋果拿回我們屋裡，找了一把菜刀，準備把蘋果切開，讓我兄弟姊妹分而食之。一股很大的勇氣促使我握住了母親的手腕。我結結巴巴地請求道：「娘……能不能不切……」

母親看著我，說：「這是個稀罕物兒，切開，讓你哥哥姊姊都嘗嘗。」

我羞澀地說：「並不是我要吃……我要……」

娘嘆了一口氣，說：「你不吃，要它幹什麼？饞兒啊！」

我鼓足勇氣，說：「娘……我有一個同學叫張若蘭……」

娘警惕地問：「是男生還是女生？」

我說：「女生。」

娘問：「你要把蘋果給她？」

我點點頭。

母親再沒問什麼，把菜刀放在一邊，用衣襟把那紅蘋果擦了擦，鄭重地遞給我，說：「藏到你的書包裡去吧。」

這一夜我無法安眠。

天剛亮，我就爬起來，揹上書包，躥出了家門。母親在背後喊我，我沒有回答。我用一隻手緊緊地按著書包裡的蘋果，在朦朧著晨霧的胡同裡飛跑，我鑽過一道爬滿了豆角和牽牛花的籬笆，爬上了高高的河堤，逆著清涼河水的流向，跑到了那座黑瘦小石橋的橋頭上。

我手扶著橋頭上那根冰涼的石柱子，開始了甜蜜的等待，幾個早起擔水的男人從我身邊擦過去，我感受到了他們身上熱烘烘的氣息。他們都用疑惑的目光看著我，看著一個頭髮蓬亂、衣衫襤褸、滿臉污垢的小男孩。

太陽出來了，照耀得滿河通紅。擔水的男人站在橋中央，劈開腿，彎著腰，把盛滿了清清河水的水桶從下面提上來，那麼多的亮晶晶的水珠兒從水桶的邊緣上無聲無息地落到河裡去了。一條皮毛油滑的黑狗在河堤上懶洋洋地走著，一隻公雞站在一個草垛頂上發呆，一縷縷乳白色的炊煙從各家的煙囪裡筆直地升起，這就是清晨風景。我來得太早了，但我不後悔，我知道每熬過一分鐘，就離那個整夜在我腦海裡盤旋的情景近一分鐘。如果她穿著紅衣服出現在小橋的那頭，我就從小橋的這頭跑過去，與她相逢在橋中央。當她驚訝地看著我時，我就雙手捧著紅蘋果送到她面前，我要說：親愛的張若蘭同學，謝謝你在我最困難的時候幫助了我。我把蘋果放在她手裡，轉身跑走，迎著朝陽，唱著歌子，像歡快的小鳥一樣。

張若蘭終於出現在小石橋的那頭，她沒穿那套給我留下深刻印象的紅衣服，她穿著一套泛白的藍衣服，一個高大的男人一邊走一邊撫摸著她的頭髮。勇氣頓時消失，我像小偷一樣從石柱子旁邊跳開，鑽到橋頭附近的灌木叢中去，生怕被張若蘭發現。我聽到張若蘭說：「爸爸，你回去吧，那個杜風雨被你教訓後，再也不敢找我的麻煩了。」

我看到張若蘭的爸爸對著張若蘭招招手，轉身走了。我聽到張若蘭哼著小曲兒，從我的身邊走過去了。我用一隻手摀著書包裡的蘋果，彎著腰，在灌木叢中飛一樣地穿行著，我一定要攔住張若蘭，把蘋果遞到她手中。

我從學校附近的一垛柴草後邊跳出來，氣喘吁吁地擋住了張若蘭。張若蘭「啊」了一聲，定定神，厲聲喝道：「金斗，你想幹什麼？」

我的心怦怦地跳著，想把那幾句背誦了數百遍的話說給她聽，但是我張不開嘴。我想把那只鮮紅的蘋果從書包裡摸出來給她，但是我動不了手。

張若蘭對著我鋪在地上的長長影子啐了一口唾沫，然後昂頭挺胸，從我的身邊高傲地走過去了。

愛情故事

那年秋天，隊長分派十五歲的小弟與六十五歲的郭三老漢去搖水車。搖水車幹什麼？車水。車水幹什麼？澆大白菜。看水道的是一個名叫何麗萍的女知青，年紀在二十五歲左右。

立秋之後，大白菜必須每天上水，否則就要爛根。派活時隊長說了，讓他們三個不必每天早晨來等待派活，吃過飯去澆白菜就行了。

他們吃過飯就去澆菜，從立秋澆到霜降。當然，他們並不是一直不停地澆水，他們也幹些別的事，譬如給大白菜施肥，給大白菜抓蟲，用紅薯秧把耷拉在地上的白菜葉子攏起來捆住，等等。他們每天都休息四次，每次半小時左右。女知青何麗萍有一塊手錶。節氣到了霜降，地溫變低，大白菜捲成了球形，澆水工作結束了。

他們把水車卸下來，用板車拖到生產隊場院裡交代給保管員，保管員粗粗檢查一下，就讓他們走了。

第二天，他們吃過早飯後就到鐵鐘下邊等著隊長重新派活。隊長分配郭三套牛去耕豆茬地，分配小弟去補種田邊地角上的小麥。何麗萍問：「隊長，我幹什麼？」隊長說：「你跟小弟一起去補種小麥，你刨溝，他撒種。」

有一個滑稽社員接過隊長的話頭跟小弟逗趣：「小弟你看準了何麗萍的溝再撒種，可別撒到溝外邊去啊。」

眾人哄笑起來，小弟感到心在胸膛裡怦怦跳，偷眼看何麗萍時，發現她板著臉，好像很不高興。小弟心裡立刻難過起來。他罵那逗趣的社員：「老起，操你媽！」

白菜地在村子東頭，緊傍著一個大池塘。塘裡蓄積著很多雨水，水裡生長了很多藻菜和苔蘚，池水顯得碧綠、深不可測。生產隊把白菜地選在這裡，主要是想利用池塘裡的水澆灌。井裡的水當然也可以澆灌，但不如池塘裡的水效果好。水車凌空架在池塘上，像一個水上亭閣。小弟和郭三老漢腳踩著顫悠悠的木板，每人抓住一個水車的鐵柄，你上我下，吱吱扭扭不停地車著水。從立秋至霜降，沒有落過一次雨，幾乎每天都是藍天如洗，陽光明媚。無論有風沒風，池塘裡的水都很平靜。天上有白雲時，池塘裡也有白雲，池塘裡的雲比天上的雲還要清晰。小弟有時候看雲看癡了，竟忘了搖動手中的鐵柄。郭三老漢喪氣地吼一聲：「小弟！睡著了嗎！」池塘的北頭有像炕席那麼大的一片蘆葦。孤零零的那麼一點蘆葦，顯得很不真實。蘆葦一天比一天變黃，黃的葦葉被初升的太陽和西斜的太陽照耀著時，好像鍍了金子。如果那隻遍身通紅的、奇異的大蜻蜓落在一片金葦葉上時，池水、蘆葦、蜻蜓就成了一幅畫。還有十幾隻鴨七八隻鵝都是雪白的，在綠水裡游來游去。那兩隻長脖子的公鵝有時趴在母鵝背上，有時趴在母鴨背上。公鵝這樣做時小弟往往發呆，一發呆又忘了搖動水車的鐵臂，於是，小弟又遭到郭三老漢的訓斥：「想什麼呢？」小弟慌忙把眼從鵝鴨身上撤下來，加倍用力地搖動水車。在嘩嘩啦啦的水車鏈條抖動聲中和嘩嘩啦啦的水聲裡，他聽到郭三老漢說：「毛兒還沒扎全個小公雞，也想起好事來了！」小弟感到羞愧。那隻在池塘上飛來飛去的紅色美麗蜻蜓，被郭三老漢命名為「新媳婦」。

何麗萍身材很高，比郭三老漢還高。她會武術，據說曾隨著中國少年武術隊到歐洲表演過。人們經常為何麗萍惋惜，要不是文化大革命，她肯定能成個大氣候。她家裡成分不好，有人說她父親是資本家，也有人說是走資派。走資派和資本家沒有多少區別，所以誰也不願深究。反正大家都知道何麗萍出身不好。

何麗萍不愛說話，村裡人都說她老實。與她一起下來的知青上學的上學，就工的就工，回城的回城，就閃下了一個何麗萍。大家都知道她受了家庭出身的拖累。

何麗萍的武術只顯過一次相，那還是她剛插隊來村裡時。那時小弟只有八九歲。那時村裡經常組織毛澤東思想宣傳會。知識青年們能說會唱，還有會吹口琴、吹笛子、拉胡琴的。那時候村子裡顯得特別熱鬧，社員們白天勞動，晚上鬧革命。小弟感覺到那時候像過大年一樣天天熱鬧得夠數。有一天晚上跟很多天晚上一樣，吃過晚飯大家都出來革命。迎面一個土台子，台子上栽兩根柱子，柱子上掛兩盞汽燈。知青們在台上又拉又唱，小弟記得，忽然那個報幕的小知青說：貧下中農同志們，偉大領袖毛主席教導我們說：槍桿子裡面出政權！下面請看何麗萍的武術表演：「九點梅花槍」！

小弟記得大家像瘋了一樣鼓掌，就等著何麗萍出來。一會兒何麗萍出來了。她穿著一身紅色的緊身衣服，腳上穿著白色膠鞋，頭髮盤在頭上。年輕的小夥子在議論著她的緊繃繃鼓起的乳房。有說是真的，有說是假的，說假的那個人還說何麗萍的胸膛上扣著兩個塑料碗。她手持一桿紅纓槍站在台中亮了一個相。她挺胸抬頭，兩隻眼黑晶晶的，十分光彩。然後抖抖槍桿，唰唰唰一溜風地耍起來了。耍到那要緊處，只見得台子上一片紅影子晃眼，哪裡去看清她的身腰動作？後來她收住勢，手拄長槍定定地站在台上，好像一炷凝固的紅煙。台下鴉雀無聲好一陣，眾人如夢方醒，有氣無力地鼓起掌來。

這一夜村裡的年輕人都失眠了。

第二天，在地頭上休息的社員們七嘴八舌地議論著耍槍的何麗萍和她的「九點梅花槍」。有的說這丫頭的槍術是花架子，好看但不實用；有的說槍耍得像風一樣快，三五個人近不了身，還要怎麼實用？有的說要找上這麼個老婆可就倒了楣了，等著挨揍就行了，這丫頭注定是個騎著男人睡覺的角色，什麼樣的車軸漢子也頂不住她一頓「九點梅花槍」戳。往後的議論就開始下道了。那時小弟跟著大人們幹活，聽到這些話時心裡有點不好意思又有點氣憤。

何麗萍的「九點梅花槍」只耍了一次就耍不成了，據說是被人告到公社革命委員會裡，公社裡說：槍桿子應該握在根紅苗正的革命接班人手中，怎麼能握在黑五類的後代手中呢？

何麗萍不愛說話，每天垂頭喪氣地跟著社員們勞動。當所有的知青都插翅飛走時，她顯得很孤單，大家都對她同情起來。隊長再也不派她重活幹。沒有人想到她該不該找對象結婚的事。村裡的小青年大概還記得她的槍術的厲害，誰也不敢去找她的麻煩。

有一天她懸空坐在水車的踏板上望著池塘裡的綠水發愣時，小弟坐在池塘的邊上，目不轉睛地看著她。她的臉很黑，鼻梁又瘦又高，眼睛裡黑黑的幾乎沒有白，兩道眉毛向鬢角斜飛去，左邊那道眉毛中間有一顆暗紅色的大痦子。她的牙很白，嘴挺大，頭髮密匝匝的，小弟看不到她的頭皮。那天她穿著一件洗得發白了的藍華達呢軍便裝，沒扣領鈕，露出一節雪白的脖頸和一件內衣的花邊，再往下一看，小弟慌忙轉頭去看在白菜地上飛舞著的兩隻蝴蝶。他看不見蝴蝶，他腦子裡牢牢地記住了何麗萍的兩只乳房把軍便裝的兩只口袋高高挺起的情景。

郭三老漢不是個正經的莊稼人，小弟聽人說郭三年輕時在青島的妓院裡當過「大茶壺」。「大茶壺」是幹什麼的呢？小弟不知道，也不好意思問人家。

現在郭三沒老婆，光棍一人過活，村裡人都說他跟李高發老婆相好。李高發的老婆梳著一個光溜溜的飛機頭，一張白白的大臉，盤很大，走起路來一拽一拽的，像隻鴨子。她的家離池塘不遠，小弟和郭三踏著木板搖水車時，一抬頭就能望到李家的院子。她家養了一條黑色的大狗，很厲害。

他們澆白菜澆到第四天時，李家的女人挎著個草筐子到池塘邊上來了。她磨蹭磨蹭就磨蹭到水邊上來了。她「格格格格」地在水車旁邊笑。

她笑著對郭三說：「三叔，隊長把美差派給你了。」

郭三也笑嘻嘻地：「這活兒，看著輕快，真幹起來也不輕快，不信你問小弟。」

連搖了幾天水車，小弟也確實感到胳膊有點痠痛。他咧嘴笑了笑。他看到李家女人那油光光的飛機頭，心裡感到很彆扭。他厭惡她。

李家女人說：「俺家那個瘸鬼被隊長派到南山採石頭去了，帶著鋪蓋，一個月才能回來……你說這隊長多麼欺負人，有那麼多沒家沒業的小青年他不派，單派俺那個瘸鬼！」

小弟看到郭三的小眼睛緊著眨巴，聽到他喉嚨裡擠出乾乾的笑。郭三說：「隊長是瞧得起你呢！」

「呸！」李家女人憤憤地說：「那匹驢，他就是想欺負俺！」

郭三老漢不說話了。李家女人伸了個懶腰，仰著臉眯著眼看太陽，她說：「三叔，半上午了，您該歇歇了。」

郭三打著手罩望了望太陽，說：「是該歇歇了。」他鬆了水車把，對著菜地喊：「小何，歇會兒吧！」

李家女人說：「三叔俺家那條狗這幾天不吃食，您去看看是怎麼回事？」

郭三看了一眼小弟，說：「你先走吧，我抽袋菸再去。」

李家女人邊走邊回頭說：「三叔，您快點呀！」

郭三好像不耐煩地說：「知道了知道了！」他拿出菸荷包和菸袋，突然用十分親切的態度問小弟：「小伙子，你不抽一袋？」

但他卻把裝好菸的菸斗插進自己嘴裡去了。小弟看到他點著菸站起來，用拳頭捶打著腰，說：「人老了，幹一會兒就腰疼。」

郭三老漢尾隨著李家女人走了。小弟不去看他們，回頭往白菜地裡看，何麗萍正拄著鐵鍬站在畦埂上一動不動。小弟心中感到很難過，被水車的皮墊攪渾了的池水裡泛上來一股腥的淤泥味，彷彿滲進了他的牙縫裡。水車的鐵管裡空空一響，車鏈子響了幾聲，車把子倒轉幾下，被吸到鐵筒裡的水又回到池塘裡，然後水車便安靜了。

小弟看到水車把上的銹已經被自己的手磨光了。他坐在木板上，兩條腿耷拉著。太陽很好，菜畦裡的水還在緩緩流動著，並放出碎銀子般的光芒。所有的白菜都停止不動，菜地盡頭高聳的河堤也靜止不動，堤上的柿子樹也靜止不動，有幾片柿葉已經顯出鮮紅的顏色。小弟往西一望，正望到郭三靜悄悄地走進李家的院落，那條大黑狗只叫了一聲，便馴服地搖起尾巴來。郭三老漢跟狗一起鑽到屋裡去了。李家的籬笆上有一架扁豆，開放著很多紫色的花。池塘裡的水被撩動了，鴨和鵝一齊叫，並用翅膀打水。那隻長頸的白公鵝把一隻母鴨壓到水裡去了，那母鴨在水裡馱著公鵝游動。小弟跳到菜地邊上，抓起一團團的泥巴，打擊著那隻公鵝。泥巴太軟，不及到水就散開了，綠水被散亂的黃泥土打得唰唰響，公鵝依然騎在母鴨背上，在水中急速地游動。

小弟感到一種從未體會過的感覺。他身上很冷，池塘裡的水氣使他的肌膚上生出一些雞皮疙瘩。他的腰不敢直起來，撐起的單褲使他感到恥辱。而這時，何麗萍沿著畦埂朝水車這邊走來了。

何麗萍在一步步逼近，小弟坐在了地上。他突然發現何麗萍高大了許多，而且她的頭髮上閃爍著一種金黃色的光芒。小弟的心臟噗噗地亂跳著，牙齒止不住地打起架來。他把手放到膝蓋上，又移到腳背上。最後他挖起一塊泥巴用力捏著。

他聽到何麗萍問：「郭三老漢呢？」

他聽到自己顫抖著說：「到李高發家去啦。」

他聽到何麗萍走到木板上，還聽到她向池水中吐唾沫。他偷偷地抬頭，發現何麗萍出神地望著池塘中的鵝鴨們。何麗萍的上身伏在水車上望著池塘中的鵝鴨，何麗萍的屁股便翹了起來。小弟恐懼極了。

後來，何麗萍問他多大了，他說十五了。何麗萍問他為什麼不讀書，他說不願上了。

小弟滿臉是汗，站在何麗萍面前。何麗萍嘻嘻地笑起來。於是小弟更不敢抬頭了。

從那天起，郭三老漢每天都要去李高發家為黑狗治病，何麗萍也過來跟小弟說話。小弟不緊張了，不流汗了，也敢偷偷地看何麗萍的臉了。他甚至聞到了何麗萍身上的味道。

有一天天很熱，何麗萍脫下藍制服，只穿著一件粉紅色的襯衣，小弟看到她襯衣裡邊那件小衣服的襻帶和鈕釦，他幸福得直想哭。

何麗萍說：「你這個小混蛋，看我幹什麼？」

小弟臉頓時紅了，但他大著膽子說：「看你的衣裳！」

何麗萍酸酸地說：「這算什麼衣裳，我的好衣裳你還沒看見呢！」

小弟紅著臉說：「你穿什麼都好看。」

何麗萍說：「你還挺會奉承人呢！」

她說：「我有一件紅裙子，跟那柿子葉一樣顏色。」

他和她都把目光集中到河堤半腰那棵柿子樹上。已經下了幾場霜，柿子葉在陽光照耀下，紅成了一團火。

小弟飛跑著去了。他爬到柿子樹上，折下了一根枝子，枝子上綴著幾十片葉子，都紅得油亮。有一片被蟲子咬壞了的葉子，小弟把它摘下來扔掉了。

他把這一枝紅葉送給何麗萍。何麗萍接了，用鼻子嗅著柿葉的味道，她的臉也許是被紅葉映得發紅。

小弟為何麗萍摘紅葉的情景被郭三看到了。搖著水車時，郭三老漢嘻嘻地怪笑著問小弟：「小弟，我給你當個媒人吧！」

小弟滿臉通紅說：「我才不要呢！」

郭三說：「小何真不錯，奶子高高的，盤寬寬的。」

小弟說：「你別胡說……人家是知青……人家比我大十歲……人家個子那麼高……」

郭三說：「這算什麼！知青也知道幹那事舒坦！女大十歲不算大。女的高，男的矮，兩個奶子夾著脖，那才是真恣咧！」

郭三一席話把小弟說得渾身滾燙，屁股扭動。

郭三說：「雀兒都豎起來了，不小了。」

從這天起，郭三不停地說那些事給小弟聽，小弟也忍不住地問郭三當「大茶壺」的事，郭三就把妓院裡的事詳細地說給小弟聽。

小弟搖著水車老走神，何麗萍的影子在他眼前晃動著。郭三看著小弟這模樣，便用更加淫蕩的話挑逗他。

小弟哭著說：「三大爺，您別說這些事給我聽了……」

郭三說：「傻瓜蛋！哭什麼，找她去吧，她也癢癢著呢！」

有一天中午，小弟去生產隊的菜地裡偷了一個紅蘿蔔，放到水裡洗淨，藏在草裡，等何麗萍來。

何麗萍來了，郭三老漢還沒有來。小弟便把紅蘿蔔送給何麗萍吃。

何麗萍接過蘿蔔，直著眼看了一下小弟。

小弟不知道自己的模樣。他頭髮亂糟糟的，沾著草，衣服破爛。

何麗萍問：「你為什麼要給我蘿蔔吃？」

小弟說：「我看著你好！」

何麗萍嘆了一口氣，用手摸著蘿蔔又紅又光滑的皮，說：「可你還是個孩子呀……」

何麗萍摸了摸小弟的頭，提著紅蘿蔔走了……

小弟和何麗萍去很遠的地裡補種小麥。因為地頭上要回轉牲口，總有些空閒種不上。他們來到一塊高粱地茬。早種的小麥已經露出了苗兒。高粱稭子聳成一個大垛堆在地頭上。這時候已經是深秋了，天氣有些涼了。何麗萍和小弟種了一回麥子，便躲在高粱稭垛前，曬著太陽休息。陽光又美麗又溫暖地照射著他們，收穫後的田野一望無際，一個人影也沒有，只有幾隻鳥兒在天上唧唧喳喳地叫著。

何麗萍放倒了幾捆高粱稭，背倚著高粱稭垛，舒適地仰起來。小弟站在一旁看著她。她的臉閃閃發光，眼睛瞇著，溼潤的嘴微張著，露出潔白的牙齒。

小弟感到渾身發冷，他感到嘴唇僵硬，喉嚨好像被人扼住了似的。他困難地說：「……郭三跟李高發的老婆幹那種事兒……每天都去……」

何麗萍瞇著眼，臉上的微笑閃閃發光。

「……郭三罵你咧……他說你……」

何麗萍瞇著眼，身體擺成一個大字。

小弟往前挪了一步，說：「……郭三說你也想那種事……」

何麗萍望著小弟微笑。

小弟蹲在何麗萍身邊，說：「郭三要我大著膽子摸你……」

何麗萍微笑著。

小弟嗚嗚地哭起來，他哭著說：「……姊姊，姊姊，我要摸你了……我想摸你了……」

小弟的手剛剛放在何麗萍的胸膛上，整個人就被她的兩條長腿和兩隻長胳膊給緊緊地盤住了……

第二年，何麗萍一胎生了兩個小孩。這件事轟動了整個高密縣。

民間音樂

古曆四月裡一個溫暖和煦的黃昏，馬桑鎮上，到處都被夕陽塗抹上一層沉重而濃郁的紫紅色。鎮中心茉莉花酒店的店東兼廚師兼招待花茉莉就著一碟子雞雜碎，喝了二兩氣味香醇的黃米酒，就著兩塊臭豆腐吃了一碗撈麵條，然後，端起一個泡了濃茶的保溫杯，提著摺疊椅，爬上了高高的河堤。八隆河從小鎮的面前汩汩流過。登上河堤，整個馬桑鎮盡收眼底，數百家青灰瓦頂連成一片，一條青麻石鋪成的街道從鎮中心穿過；鎮子後邊，縣裡投資興建的榨糖廠、帆布廠正在緊張施工，紅磚牆建築物四圍豎著高高的腳手架；三里之外，新勘測的八隆公路正在修築，履帶拖拉機牽著沉重的壓路機隆隆地開過，震動得大地微微顫抖。

正是槐花盛開的季節，八隆河堤上密匝匝的槐樹枝頭一片雪白，濃郁的花香竟使人感到胸口微微發悶。花茉莉慢慢地啜著茶葉，穿著拖鞋的腳來回悠盪著，兩隻稍稍斜視的眼睛嫵媚地睇著河堤下的馬桑鎮，與鎮子外邊廣袤的原野上鬱鬱蔥蔥的莊稼。

黃昏悄悄逝去，天空變成了淡淡的藍白色，月光清澈明亮，八隆河上升騰起氤氳的薄霧。這時候，花茉莉的鄰居，開茶館兼賣酒菜的瘸腿方六、飯鋪「掌櫃」黃眼也提著馬扎子爬上河堤來。後來，又來了一個小賣部「經理」麻子杜雙和全鎮聞名的潑皮無賴三斜。

堤上聚堆而坐的五個人，是這小小馬桑鎮上的風雲人物，除了三斜以他的好吃懶做喜造流言蜚語被全鎮人另眼相看外，其餘四人則都憑著一技之長或一得之便，在最近三、二年裡先後領證，辦起了商業和飲食服務業，從此，馬桑鎮有了有史以來的第一個「商業中心」，這個中心為小鎮單調枯燥的生活增添了不少樂趣和談話資料。

由於基本上各幹一行，所以這四個買賣人之間並無競爭，因而一直心平氣和，買賣都做得順手順心，彼此之間和睦融洽。自從春暖花開以來，每晚上到這河堤上坐一會兒是他們固定的節目。潑皮三斜硬羼和進來湊熱鬧，多半是為了花茉莉富有魅力的斜眼和豐滿渾圓的腰肢。他在這兒不受歡迎，花茉莉根本不睬他，經常像轟狗一樣叱他，他也死皮賴臉地不肯離去。

四個買賣人各自談了一套生意經，三斜也有一搭無一搭地瞎吹了一些不著邊際的鬼話，不覺已是晚上九點多鐘，河堤上已略有涼意，禿頂的黃眼連連打著呵欠，花茉莉已經將摺疊椅收拾起來，準備走下河堤，這時，三斜神祕地說：「花大姊，慢著點走，您看，有一個什麼東西從那邊來了。」

花茉莉輕蔑地將嘴唇噘了一下，只顧走她的。她向來不相信從三斜這張臭嘴裡能有什麼真話吐露出來。然而，一向以忠厚老實著稱的麻子杜雙也說：「是有什麼東西走來了。」黃眼搭起眼罩望了一會說：「我看不像是人。」瘸腿方六說：「像個驢駒子。」

走過來的模糊影子還很遠，看不清楚，只聽到一種有節奏的「篤篤」聲隱約傳來。

五個人沉默地等待著，月光照耀著他們和滿堤開著花的槐樹，地上投下了一片朦朧的、扭曲的、斑駁陸離的影子。

「篤篤」聲愈來愈清晰了。

「不是驢駒，是個人。」方六說。

花茉莉放下摺疊椅，雙手抱著肩頭，目不轉睛地盯著漸漸走近的黑影。

一直等到那黑影走到面前時，他們才看清這是個孱弱的男子漢。他渾身上下橫披豎掛著好些布袋，那些布袋有細長的、有扁平的、有一頭大一頭小的，全不知道裡邊裝著一些什麼玩意。他手裡持著一根長長的竹竿，背上還揹著一個小鋪蓋捲。

三斜劃著一根火柴，照亮了來人那張清癯蒼白的臉和兩隻大大的然而卻是黯淡無光的眼睛。

「我是瞎子。面前的大叔、大哥、大嬸子、大嫂子們，可能行個方便，找間空屋留我住一宿？」

五個人誰也沒有吭氣。他們先是用目光把小瞎子上上下下打量一遍，然後又彼此把目光投射到其他四個輪廓不清的臉上。

「瞎子，老子倒是想行行善，積點德討個老婆，可惜家中只有一張三條半腿的床。」三斜嘲弄地說。

「那自然只好作罷。」瞎子心平氣和地說，他的聲音深沉凝重，每一個字都像是從胸腔裡發出來的。

「黃掌櫃，」瘸子方六道：「你家二閨女才出嫁，不是有間閒房嗎？」

「哎喲我的六哥吶，你難道忘了我的三閨女已經十五歲，她姊前腳出門，她後腳就搬進去了……還是麻子老弟家裡寬敞，新蓋了三間大瓦房。」

「我家寬敞不假，只是今日才去縣裡進了一批貨，擺得沒鼻子沒眼，連插腳的地方也沒有啊……方六哥，你家……」

「快甭提俺家，老爺子就差點沒睡到狗窩裡去了……」方六著急地嚷起來。

「既然如此，就不打擾了。多謝諸位鄉親。」小瞎子揮動竹竿探路，昂然向前走去。

「你們這些臭買賣主，就是他媽的會油嘴滑舌，這會兒要是來一個粉嫩的——像花大姊一樣的女人找宿，有十個也被你們搶走了，三爺我……」

「滾你娘個蛋！」沒等三斜說完，花茉莉就將保溫杯裡的殘茶十分準確地潑到他的臉上。然後，她將摺疊椅夾在胳肢窩裡，幾步趕上去，拉住小瞎子的竹竿，平靜地說：「跟我來吧，慢著點走，這是下堤的路。」

「謝謝大嫂。」

「叫我大姊吧，他們都這樣叫。」

「謝大姊。」

「不必。」

花茉莉再沒說什麼，小心翼翼地牽著小瞎子走下河堤，轉到麻石鋪成的街上。站在堤上的四個人聽到了花茉莉的開門關門聲，看到了從花茉莉住室的蘋果綠窗簾裡邊突然透出了漂亮而柔和的光線。花茉莉晃動的身影投射到薄如蟬翼的窗簾上。

河堤上，三個買賣人互相打量著，交換著迷惘的目光，他們好像要說點什麼，但終究什麼也沒有說，彼此點點頭，便連連打著呵欠，走回家去睡覺。他們都已過中年，對某些事情十分敏感而機警，但對某些事情的反應卻遲鈍起來，花茉莉把一個小瞎漢領回家去寄宿，在他們看來雖然有點不可思議，但又畢竟是順理成章，因為他們的家中雖然完全可以安排下一個小瞎子，但比起花茉莉家來就窄巴得多了。花茉莉一人獨住了六間寬敞明亮的瓦房，安排三五個小瞎子都綽綽有餘。因此，當小瞎子蹣跚著跟在花茉莉身後走下大堤時，三個人竟不約而同地舒出了一口如釋重負的長氣。

唯有潑皮無賴三斜被這件事大大震驚了。花茉莉的舉動如同電火雷鳴猛擊了他的頭頂。他大張著嘴巴，兩眼發直，像木橛子一樣揳在那兒。一直等到三個買賣主也搖搖擺擺走下河堤時，他才真正明白過來。在三斜眼裡，這可是一件非同小可的事情，他心裡充滿醋意與若干邪惡的念頭，他的眼睛貪婪地盯著花茉莉映在窗簾上的倩影與小瞎子那一動不動的身影，嘴裡咕咕嚕嚕吐出一連串骯髒的字眼。

現在該來向讀者介紹一下花茉莉其人了。如果僅從外表上看，那麼這個花茉莉留給我們的印象，僅僅是一個嫵媚而帶著幾分佻薄的女人。她的那對稍斜的眼睛使她的臉顯得生動而活潑，嬌豔而溼潤的雙唇往往使人產生很多美妙的聯想。然而，無數經驗告訴我們，僅僅以外貌來判斷一個人的內心世界，往往要犯許多嚴重的錯誤。人們都要在生活中認識人的靈魂，也認識自己的靈魂。

花茉莉不久前曾以自己的離婚案轟動了、震撼了整個馬桑鎮。那些日子裡，鎮上的人們都在一種亢奮的、躍躍欲試的情緒中生活，誰也猜不透花茉莉為什麼要跟比自己無論各方面都要優越的、面目清秀、年輕有為、在縣政府當副科長的丈夫離婚。人們起初懷疑這是那個小白臉副科長另有新歡，可後來得知小白臉副科長對花茉莉一往情深，花茉莉提出離婚時，他的眼泡都哭腫了。鎮上那些消息靈通人士雖想千方百計地打聽到一些男女隱私桃色新聞一類的東西，但到底是徒勞無功。據說，花茉莉提出離婚的唯一理由，是因為「副科長像皇帝愛妃子一樣愛著她」。這句話太深奧了，其中包含的學問馬桑鎮上沒有什麼人能說清楚。潑皮三斜在那些日子裡則充分發揮了他的想像力，把茉莉花酒店女老闆描繪成了民間傳說中的武則天一樣淫蕩的女人，並抱著這種一廂情願的幻想，到茉莉花酒店裡去伸鼻子，但每次除了挨頓臭罵之外，並無別的收獲。

花茉莉一開燈，就被小瞎子那不凡的相貌觸動了靈魂。他有著一個蒼白凸出的前額，使那兩隻沒有光彩的眼睛顯得幽邃靜穆；他有著兩扇大得出奇的耳輪，那兩扇耳輪具有無限蓬勃的生命力，敏感而靈性，以至於每一個細微的聲響都會使它們輕輕顫動。

花茉莉在吃喝上從不虧待自己，她給小瞎子準備的夜餐也是豐富無比，有香嫩的小燒雞和焦黃的炸河蝦，還有一碟子麻醬拌黃瓜條，飯是那種細如銀絲的精粉掛麵。吃飯之前，花茉莉倒了一杯黃酒遞給小瞎子。

「你喝了這杯黃酒吧。」

「大姊，我從來不喝酒。」

「不要緊，這酒能活血舒筋，度數很低。」

小瞎子沉思片刻，端起酒來一飲而盡。然後便開始吃飯。小瞎子食欲很好，他大嚼大嚥，沒有半點矯揉造作，隨便中透出幾分瀟灑的氣派來。花茉莉目不轉睛地盯著他，她的心中一時充滿了甜蜜的柔情。

花茉莉把小瞎子安置在東套間裡，自己睡在西套間。臨睡前，她坐在床上沉思了約有一刻鐘，然後「啪」一聲拉滅燈。

這時，河堤上的三斜才一路歪斜地滾下堤去。

第二天，馬桑鎮上正逢集日。早晨，溫暖的紫紅朝霞裡羼著幾抹玫瑰色的光輝。一大早，麻石街上就人流如蟻，高高低低的叫賣聲不絕於耳。瘸子方六、禿子黃眼、麻子杜雙的買賣都早已開張，黃眼在飯鋪門前支上了油條鍋，一股股香氣瀰漫在清晨的麻石街上，撩動著人們的食欲。然而，往日買賣興隆的茉莉花酒店卻大門緊閉，悄然無聲。在以往的集日裡，花茉莉是十分活躍的，她把清脆的嗓子一亮，半條街都能聽到，今日裡缺了她這聲音，麻石街上就顯得有些冷冷清清。炸著油條的黃眼，提壺續水的方六，以及正在給顧客秤著鹽巴的杜雙，都不時地將疑問的目光向茉莉花酒店投去。他們都顯得心事重重，焦慮不安，一種莫名其妙的情緒噬齧著他們的神經。

三斜腫著眼泡在集市轉了一遭。在黃眼鋪子前，他順手牽走了一根油條，然後詭詐地笑笑，附在黃眼耳朵上說了一通鬼話。黃眼呆呆地瞪著眼，把油條糊在鍋裡。三斜看著他的呆相，趁便又抓了一把油條，溜走了。在方六茶館裡、杜雙小店裡，他又故技重演，獲得了物質與精神上的雙豐收後，便跑到不知哪個角落裡去了，麻石街上一整天沒看到他的影子。

一個驚人的消息在小鎮上迅速傳開。不等集市散場，全鎮人都知道了花茉莉昨天夜裡將一個小瞎子領到家裡留宿。據說，花茉莉與小瞎子睡在一張床上，花茉莉摟著小瞎子「巴唧巴唧」的親嘴聲，站在八隆河大堤都聽得清清楚楚……

已經開始有一些女人鬼鬼祟祟地將臉貼在茉莉花酒店的門縫上向店裡張望。但花茉莉家是六間房分兩排，前三間是酒店的操作間、櫃台、客座，後排三間是花茉莉的住室。兩排房子用兩道高牆連起來，形成了一個十分嚴密的二合院。因此，趴在酒店大門縫上往裡張望，看到的只是一些板凳桌子，院子裡的情景被牆壁和後門遮掩得嚴嚴實實。不死心的女人又繞到院牆外邊去找機會，但院牆很高，青天白日扒人家牆頭又毫無道理；因而，只有蹲在牆根聽些動靜。院子裡傳出轆轤絞水的「吱喲」聲和涮洗衣服的「咕唧」聲。

整整一天，茉莉花酒店大門緊閉，花茉莉一直沒有露面。黃昏時分，流言蜚語更加氾濫開來，馬桑鎮上的人們精神上遭受著空前的折磨。一個男人住在一個女人家裡，人們並不十分認為這是一件多麼大的醜聞，折磨他們的主要是這件謎一般的事情所撩動起來的強烈好奇心。試想，一個風姿綽約的女人，把一個骯髒邋遢的小瞎子留在家中已經一天一夜，這件事該有多麼樣的荒誕不經。

後來，有幾個聰明的人恍然大悟地爬上了八隆河大堤往花茉莉院子裡張望，他們看到，在蒼茫的暮色中，花茉莉步伐輕鬆地收著晾曬的衣服，那個小瞎子蹤影不見。

當然，對這席捲全鎮的流言蜚語，也有不少人持懷疑批判態度，他們並不相信在花茉莉和小瞎子之間會發生曖昧的事情。像花茉莉這樣一個心高性傲的女人，一般的男子都被她瞧不起，難以設想一個猥瑣的小瞎子竟會在短短的時間裡喚起她心中的溫情。然而，他們也無法否認，茉莉花小酒店裡也許正在醞釀著一件不平凡的事情，這種預感強烈地攫住了人們的心。

晚風徐徐吹動，夜幕悄然降臨。花茉莉當然不會再來八隆河堤上放風，但大堤上卻匯集了幾十個關心著茉莉花酒店的人。昨晚上的四個人都在，他們已經數十次地講述昨晚的經歷，甚至為一些細節譬如小瞎子身上布袋的數目和形狀、小瞎子個頭的高低以及手中竹竿的長度，爭論得面紅耳赤。人們終於聽膩了他們的故事，便一齊沉默起來。這天晚上半陰半晴，天空浮遊著一塊塊奇形怪狀的雲團。月亮忽而鑽進雲團，忽而又從雲團裡鑽出來。大堤上時而明朗，時而晦暗，大堤上的人們時而明白，時而糊塗。不時有棲鳥在枝頭「撲棱」幾聲。槐花香也愈加濃烈。堤上的人們彷彿沉入了一個悠長的大夢之中。

時間飛快地流逝著，不覺已是半夜光景。堤上的人們身上發冷，眼皮沉重，已經有人開始往堤下走去。就在這時候，花茉莉住室的房門打開了。兩個人影，一高一低——苗條豐滿的花茉莉和小巧玲瓏的小瞎子走到院子裡來，花茉莉擺好了她平常坐的摺疊椅，招呼著小瞎子坐上去，自己則坐在一把低矮的小凳上，雙肘支頤，面對著小瞎子。人們都大睜開驚愕的眼睛，注視著兩個男女。大堤上異常安靜，連一直喋喋不休的三斜也閉住了嘴巴。八隆河清脆細微的流水聲從人們耳畔流過，間或有幾隻青蛙「嘎嘎」叫幾聲，然後又是寂靜。突然，從院子裡響起了一種馬桑鎮居民多少年沒聽過的聲音，這是小瞎子在吹簫！那最初吹出的幾聲像是一個少婦深沉而輕軟的嘆息，接著，嘆息聲變成了委婉曲折的嗚咽，嗚咽聲像八隆河水與天上的流雲一樣舒展從容，這聲音逐漸低落，彷彿沉入了悲哀的無邊大海……忽而，淒楚婉轉一變又為悲壯蒼涼，聲音也愈來愈大，彷彿有滔滔洪水奔湧而來，堤上人的感情在音樂的波浪中起伏。這時，瘸子方六仰著臉，眼睛似閉非閉；黃眼把頭低垂著，「呼哧呼哧」喘著粗氣；麻子杜雙手搗著眼睛；三斜的眼睛睜得比平時大了一倍……簫聲愈加蒼涼，竟有穿雲裂石之聲。這聲音有力地撥動著最纖細最柔和的人心之弦，使人們沉浸在一種迷離恍惚的感覺之中。

簫聲停止了，裊裊餘音縈回不絕。人們懷著一種甜蜜的惆悵，悄悄地走下堤去，消失在小鎮的四面八方。

第二天，淅淅瀝瀝地下起雨來，人們無法下地幹活，便不約而同地聚攏到小鎮的「商業中心」消磨時光。而一大清早，茉莉花酒店就店門大開，花茉莉容光煥發地當壚賣酒，櫃檯裡擺著幾十隻油汪汪的燒雞和幾十盤深紅色的油氽花生米，小酒店裡香氣撲鼻，幾十個座位很快就坐滿了。人們多半懷著鬼胎，買上兩毛錢的酒和二兩花生米慢慢啜著、嚼著，眼睛卻瞥著花茉莉。花茉莉彷彿全無覺察，毫不吝嗇地將她的滿面笑容奉獻給每一個注視著她的人。

終於，有個人熬不住了，他走上前去，吞吞吐吐地說：「花大姊……」

「怎麼？來隻燒雞？」

「不，不……」

「怕你老婆罰你跪是不？男子漢大丈夫，連隻小燒雞都不敢吃，窩囊！那些票子放久了要發霉的！」

「來隻就來隻！花大姊，別把人看扁了。」

「好！這才是男子漢的氣魄。」

花茉莉夾過一隻雞往小台秤上一放，麻利地約約斤兩，隨口報出錢數：「二斤七兩，四塊零五分，五分錢饒你，給四塊錢。」

那人付了錢，卻不拿雞離開，他很硬氣地說道：「花大姊，聽說你家來了個吹簫的，能不能請出來讓俺們見識見識？」

「花大姊，把你的可心人小寶貝請出來讓爺們看看，摀在被窩裡也會發霉的。」不知什麼時候鑽進酒店的三斜陰陽怪氣地說。

花茉莉滿臉通紅，兩道細眉豎了起來，這是她激怒的象徵。人們生怕她衝出櫃檯把三斜用刀劈了，便一齊好言勸解，花茉莉這才漸漸平靜下來。

那買雞漢子又說：「花大姊，俺們被他的簫聲給迷住了，你讓他給鄉親們吹一段，咱請他吃頓燒雞。」

花茉莉慢騰騰地用毛巾擦淨油膩的手，意味深長地點點頭，便向後屋走去。好大一會兒，她才牽著小瞎子的手，穿過飄落著細雨的小院，來到酒客們面前。

三斜驚異地發現，小瞎子已經完全不是前天晚上那副埋汰樣子了。他渾身上下的衣服洗得乾乾淨淨，熨得平平展展，頭髮梳理得蓬鬆而不紊亂，好像還塗了一層薄薄的髮蠟。

馬桑鎮上的人從來沒有見過如此體面的瞎子。

小瞎子優雅地對著眾人鞠了一躬，用悅耳的男中音說：「我是半路眼瞎，學習民樂是瞎眼之後開始的，時間還不長，勉強會幾個曲子，不像樣。不過鄉親們一片盛情難卻，我也就不避譾陋，甘願獻醜。只是那洞簫要在月夜嗚咽，方顯得意境幽遠，情景交融。白天吹簫，當然也可，但意趣就差多了。幸而本人還可拉幾下二胡，就以此謝鄉親們一片真情吧！」

這一番話說得溫文爾雅，更顯得小瞎子來歷不凡。早有人搬過來一只方凳，小瞎子端坐下來，調了調弦，屏住呼吸默想片刻，便以極其舒緩的動作運起弓來，曲子輕鬆明麗，細膩多情，彷彿春暖花開的三月裡柔媚的輕風吹拂著人們的臉龐。年輕的可以從曲子裡想像到繾綣纏綿的溫存，年老的可以從曲子裡回憶起如夢如煙的往事，總之是有一股甜蜜的感覺在人們心中融化。人們忘了天，忘了地，忘了一切煩惱與憂愁。花茉莉俯身在櫃檯上，雙手捧著腮，眼睛迷離著，面色如桃花般鮮豔。後來，小瞎子眼前幻化出枯樹寒鴉，古寺疏鐘，平沙落雁，殘月似弓，那曲子也就悲愴起來，馬桑鎮的聽眾們突然想起蒼茫的深秋原野與在秋風中瑟瑟發抖的槐樹枯枝……小瞎子的二胡又拉出了幾個波瀾起伏的旋律之後，人們的思維就會被音樂俘虜，他們的心隨著小瞎子的手指與馬尾弓子跳躍……

一曲終了，小瞎子端坐不動，微閉著黯淡無光的眼睛，額頭白得像紙一樣，兩隻大得出奇的耳朵神經質地抖動著。每一個人的眼睛都潮溼起來，花茉莉則將兩滴淚珠掛在長長的睫毛上，她面色蒼白，凝目癡望著麻石街上的濛濛細雨。

當小瞎子的二胡拉響時，方六茶館、黃眼飯鋪、杜雙小賣部裡的顧客，就像鐵屑尋找磁石一樣跑進了酒店。窄窄的麻石街上闃無人跡。雨絲落到麻石板上，濺起小小的銀色水珠。偶爾有幾隻羽毛蓬鬆的家燕掠著水汪飛過去。間或一陣風起，八隆河堤上開始凋謝的槐花瓣兒紛紛跌落在街道上。方六、黃眼、杜雙都寂寞地坐在門口，目光呆滯地瞅著擠滿人的酒店，誰也猜不透他們心裡想的是什麼。

自從下雨那天小瞎子再次大展奇才後，鎮上那些污言穢語便銷聲匿跡了。連那些好奇心極重、專以搬弄口舌為樂的娘兒們，也不去議論小瞎子與花茉莉之間是否有風流韻事。因為這些娘兒們在最近的日子裡，也都有幸聆聽了小瞎子魅力無窮的音樂，小瞎子魔鬼般地撥動著她們的柔情，使她們一個個眼淚汪汪，如怨如慕。一句話，小瞎子已經成了馬桑鎮上一個神祕莫測高不可攀的人物，人們欣賞畸形與缺陷的邪惡感情已經不知不覺地被淨化了。

在這些日子裡，八隆公路的路胎已被隆隆的壓路機壓得十分堅硬，鋪敷路面的工程開始了。一批從農村臨時抽調的鋪路工駐進了馬桑鎮，馬桑鎮上，整天都可聽到鎮後公路上鋪路工粗獷的笑罵聲，空氣中瀰漫著熔化瀝青的刺鼻臭味。到了晚上，鋪路工們把整個鎮子吵得雞飛狗叫，喧嚷異常。這幫子鋪路工多半是正處在精力過剩階段的毛頭小伙，腰裡又有票子，於是在晚飯後便成群結隊的在街上瞎逛，善於做買賣的「商業中心」主人們，便一改黑天關門的舊俗，把主要精力放到做夜市上來。花茉莉當然不會錯過這賺錢的良機，她買賣不錯，小酒店每晚上都滿座，每天燒二十隻雞，一忽兒就被搶光。

在夜市乍開的一段時間裡，「商業中心」的其他三家主兒生意也是不錯的。方六、黃眼也開始兼營酒菜，酒的質量與菜的味道也不比茉莉花酒店差，因此，每天晚上他們的客座上也幾乎是滿的。後來，局面卻發生了根本性的變化。原因是在一天晚上，俏麗的茉莉花酒店主人正在明亮的櫃檯裡做著買賣的時候，從幽靜的後院裡石破天驚般地響起了琵琶聲。小瞎子獨坐梧桐樹下，推拉吟揉，划撥扣掃，奏出了銀瓶乍裂、鐵騎突出、珠落玉盤、間關鶯語般的樂章。從此，茉莉花酒店生意空前興隆，花茉莉不得不把後院拉起大燈泡，露天擺起桌子，或者乾脆打地攤，以容納熱心的聽眾兼酒徒。而小瞎子也施展開了他的十八般武藝，將他的洞簫、橫笛、琵琶、二胡、嗩吶統統從布袋裡拿出來，輪番演奏，每夜都要鬧騰到十二點才睡。幾十個有一點音樂細胞的小伙子，就連中午休息那一點時間也要跑到茉莉花酒店來，聽小瞎子講幾段樂理，講幾個譬如《陽春白雪》、《大浪淘沙》之類的古曲。

與此同時，茉莉花酒店的營業額直線上升，麻子杜雙小賣部積壓日久的三百瓶白酒被花茉莉連箱搬過，也不過維持了半個月光景，杜雙趕緊又去縣城進了五百瓶白酒，又被茉莉花一下蔓了過來。顧客們對花茉莉的燒雞、油氽花生也是大加讚賞，花茉莉白日裡馬不停蹄地忙碌一天，到晚上還是供不應求。

鋪路工已經在鎮上住了兩個月，雖然他們的工作點離小鎮愈來愈遠，很有搬遷的必要了，但他們得拖就拖，寧願多跑點路也心甘情願。

現在該回過頭來說一說愛情這個永恆的主題了。究竟是什麼原因促使花茉莉甘冒流言蜚語敗壞聲譽的危險收留下小瞎子的呢？這在當時確實是一個謎，只是當有一天晚上茉莉花酒店關門掛鎖，花茉莉與小瞎子雙雙匿跡之後，馬桑鎮的人們才省悟到這是出於愛情的力量。

像花茉莉這樣一個潑辣漂亮絕不肯依附別人的女人，常常會突如其來的做出一些連她自己都會感到吃驚的決定。當然，這些決定更令旁觀者瞠目結舌。譬如她與前夫的離婚就是這樣。那天晚上，當她領著小瞎子走下河堤時，是否就愛上了他呢？這個問題誰也說不清。不過根據常理分析，促使她那樣做的恐怕主要是同情心和惻隱心；假如這個分析是對的，那麼這種同情、惻隱之心是怎樣發展何時發展成為愛情的呢？這個問題我想就不必解釋了。反正，她被一種力量徹底改造了確是無疑的。從前的花茉莉是令人望而生畏的，她風流刻薄，伶牙俐齒，工於心計，常常想出一些刁鑽古怪的主意整治那些得罪了她的人。連她的笑容也是令人不寒而慄的。自從小瞎子進店之後，花茉莉的笑容才真正帶出了女人的溫情，她微微斜視的眼睛裡消失了嘲弄人的意味，連說話的調門也經常降低一個八度。對待顧客是這樣，而她對待小瞎子的態度，更是能把三斜之流的人物折磨得神經錯亂。當一天的緊張勞動結束後，她常常和小瞎子在院子裡對面而坐，眼睛緊盯著他，半天也不說一句話。小瞎子的臉尤其是那兩隻充滿感情色彩的大耳朵，使她心旌搖蕩。小瞎子對花茉莉來說，好像是掛在八月枝頭上一顆成熟的果子，她隨時都可以把它摘下來一口吞掉。然而她不願意這樣做。她更願意看著這顆果子掛在枝頭閃爍誘人的光彩，她欣賞著這顆果子並且耐心地等待著，一直等到這顆熟透的果子散發著撲鼻的清香自動向地面降落時，她再伸手把它接住。那麼，現在最重要的任務就是要保護這顆果子，以免落入他人之手。

修築八隆公路的築路工們，終於不得不捲起鋪蓋搬家了。他們的施工點已距馬桑鎮二十華里，再這樣來回跑勢必大大窩工，因此，築路隊領導下了強制性命令。

築路工走了，但開了頭的馬桑鎮「商業中心」夜市卻繼續了下來。鎮上勞動了一天的人們並不想吃過晚飯倒頭就睡，他們需要精神上的安慰與享受，他們需要音樂。當然，從收音機裡也可以聽到音樂，但那與小瞎子的演奏簡直不能比。雖然小瞎子能夠演奏的樂曲他們都已聽過，但這些曲子他們百聽不厭，每聽一遍都使他們感嘆、唏噓不止。對此，小瞎子開始良心不安起來，演奏前，他總是滿面羞愧地說：「這怎麼好意思，老是這幾個曲子……我的腦子空空了，我需要補充，我要去蒐集新的東西……」然而，那些他的崇拜者卻安慰道：「兄弟，你別犯傻，到哪兒去？到哪兒去找花大姊這樣一個女菩薩？再說，你會的這些曲子就盡夠俺們享用了，好東西百聽不厭。就像花大姊賣的燒酒，俺們天天喝，從來沒煩過，每一次喝都那麼上勁，一口下去，渾身舒坦，你這些曲子呀，嗨嗨，就跟花大姊的燒酒一樣……」當聽到酒徒們把自己的音樂與花大姊的燒酒相提並論時，小瞎子的臉變得十分難看，他的兩扇大耳朵扭動著，彷彿兩個生命在痛苦地呻吟。那晚上的演奏也極不成功，拉出的曲子像羼了砂子的米飯難以入口一樣難以入耳。

時間飛馳前進，不覺已是農曆八月盡頭。秋風把成熟的氣息從田野裡吹來，馬桑鎮四周的曠野上，青翠的綠色已逐漸被蒼褐的黃色代替。八隆河堤上的槐葉滴零零地打著旋飄落，飄落在河中便起起伏伏地順水流去。自從那次失敗的演出之後，小瞎子彷彿添了心事，他的飯量大減，有時還呆坐著發愣。花茉莉施出全副本領為他改善伙食。為了替他解悶，還經常拉著他的手到八隆河堤上散步。當她和他漫步大堤時，鎮上的一些娘兒們就指指點點地說：「瞧啊，這是多麼般配的一對！小瞎子勝過副科長一百倍哩……」聽到這些議論，花茉莉總是心滿意足地笑著，臉上浮現出癡迷迷的神情；但小瞎子卻往往變得惶惶不安起來，趕緊找上個藉口，讓花茉莉領他回家。

九月初頭，馬桑鎮後縣裡興建的榨糖廠、帆布廠廠房建成，不幾天，就有成群的卡車滿載著機器沿著新修的八隆公路開來，隨著機器的到來，大群的工人也來了。這對於馬桑鎮「商業中心」來說，無疑是一個重大的喜訊。還有更加驚人的消息呢，據說，馬桑鎮周圍的地層下，蘊藏著豐富的石油，不久就要派鑽桿井隊來開採，只要這裡變成大油田，那小小的馬桑鎮，很可能就是未來的馬桑市的前身……對於這些，花茉莉做出了快速反應，她到縣木器廠訂購了一批桌椅，又購了一批磚瓦木料，準備在院子裡蓋一個簡易大餐廳，進一步擴大經營規模，她還託人去上海給瞎子買花呢西服黑皮鞋——這是為小瞎子晚上演奏準備的禮服。最後，她請鎮上最有名的書法家寫了一塊「茉莉花音樂酒家」的匾額，高高地掛在了瓦檐之下。宏偉的計畫使花茉莉生動的面孔閃爍著魅人的光彩。她毫無保留地把自己的計畫說給小瞎子聽，語言中已經不分你我，一概以我們稱之。小瞎子對花茉莉的計畫感到驚嘆不已，認為這個女人確實不簡單。而聽到自己將在這個安樂窩裡永遠充當樂師時，他的臉上出現了躊躇不決的神情。花茉莉推他一把，嬌嗔道：「瞧你這個人，又犯哪家子愁！你說，你還有什麼事不順心……」

關於馬桑鎮光輝前景的傳說，自然也在方、黃、杜三人心中激起了波瀾，他們看到花茉莉一系列轟轟烈烈的舉動，尤其是看到那塊「茉莉花音樂酒家」大匾額，心裡酸溜溜的不是滋味。他們自信本事都不在花茉莉之下，而花茉莉能夠如此猖獗，擠得他們生意蕭條，實在是借助了小瞎子的力量。至此，他們不由地都後悔當初沒把小瞎子領回家中，而讓花茉莉揀了個便宜。據麻子杜雙計算，四個月來，花茉莉少說也淨賺了三千元，而小瞎子僅僅是吃點雞雜碎。這小瞎子簡直就是棵搖錢樹，而一旦馬桑鎮上機器轟鳴起來，這棵搖錢樹更將大顯神通，這個女人不久就會成為十萬元戶主的。

這天下午，方、黃、杜聚在茶館裡談論這件事情。方六建議三人一起去跟花茉莉公開談判。杜雙起初猶豫不決，生怕得罪了花茉莉，無法處理積壓白酒，但又一想，去探探口風，伺機行事，料也無妨，也免得得罪方、黃，於是就答應了。

三人商議停當，便跨過麻石街，走進了「茉莉花音樂酒家」。正是農忙季節，店裡沒有顧客。花茉莉正在灶上忙著，為晚上的營業做準備。一看到方、黃、杜到，她連忙停下活兒相迎。她一邊敬菸一邊問：「三位掌櫃屈駕光臨，小店增輝哪！不知三位老哥哥有啥吩咐！」

「花大姊，」方六拈著老鼠鬍子說：「你這四個月，可是大發了！」

「那也比不上您吶，方掌櫃！」

「嘻嘻，花大姊擠兌人嘍，俺這三家捆在一起也沒有您粗吶！」

「花大姊，」黃眼道，「您這全沾了小瞎子的光喲！」

「此話不假。」花茉莉撇撇嘴，挑戰似的說。

「花大姊，您看是不是這樣，讓小瞎子在咱們四家輪流坐莊，要不，您這邊絲竹一響，俺那邊空了店堂。」方六說。

「什麼？哈哈哈……真是好主意，虧你們想得出，想把人從我這挖走？明告你們吧，沒門！」

「花大姊，說實話難聽——這小瞎子可是咱四個人一塊發現的，你不能獨占花魁哪！」

「放屁！」花茉莉柳眉倒豎，罵了一聲，「想起那天晚上，你們三個人支支吾吾，一個個滑得賽過泥鰍，生怕他腌臢了你們那臭店，連個宿都不留。是我把他領回家中，熱酒熱飯招待。這會兒看他有用處了，又想來爭，怎麼好意思張你們那張臭嘴！呸！」

「花大姊，說話別那麼難聽。俗話說，『有飯大家吃，有錢大家賺』，好說好商量，撕破了臉子你也不好看。」

「你能怎麼著我姑奶奶？」

「花大姊，你與小瞎子非親非故，留他長住家中，有傷風化。再說，現如今是社會主義，不興剝削勞動力，你讓小瞎子為你賺錢，卻分文不給他，這明明就是剝削，法律不允許……」

「你怎麼知道我跟他非親非故？」

「難道你真想嫁給他不成？」

「我就是要嫁給他！我馬上就去跟他登記結婚。他是我的男人，我們兩口子開個夫妻店，不算剝削了吧？你們還有什麼屁放？」

「我每月出一百元雇他！」

「我出二百！」

「滾你們的蛋吧，一千我也不賣！」

花茉莉乾淨利索地罵走了方、黃、杜，獨自一人站在店堂裡生氣。她萬沒想到，三個老滑頭竟想把熟透的果子摘走。是時候了，該跟小瞎子挑明了。

她顧不得幹活了，一把撕下圍裙，推開了虛掩著的後門。

她愣住了。

小瞎子直挺挺地站在門外，像哲學家一樣苦思冥想，明淨光潔的額頭上竟出現了一道深深的皺紋。

他那兩隻耳朵、兩隻洞察秋毫之末的耳朵，在可怕地扭動著。

好戲就要開場。

「你全聽到了？」

小瞎子點點頭。

花茉莉一下子把他緊緊摟在懷裡，用火熱的雙唇親吻著那兩隻大耳朵，嘴裡喃喃地說著：「我的好人兒，果子熟了，該摘了……」

小瞎子堅決地從花茉莉懷裡掙脫出來，他的嘴唇哆嗦著，嗚嗚咽咽地哭起來。

「好人兒，你把我的心哭碎了，」花茉莉掏出手絹揩著他的淚水，「咱們結婚吧……」

「不、不、不！」小瞎子猛地昂起頭，斬釘截鐵地說。

「為什麼？」

「不知道……」

「難道我配不上你？難道我有什麼地方對不起你？我的小瞎子……你看不見我，你可以伸手摸摸我，從頭頂摸到腳後跟，你摸我身上可有半個疤？可有半個麻？自從你進了我的家門，你可曾受了半點委屈？我是一個女人，我想男人，但我不願想那些烏七八糟的男人，我天天找啊、尋啊，終於，你像個夢一樣的來了，第一眼看到你，我就想，這就是我的男人，我的親人，你是老天給我的寶貝……我早就想把一切都給了你，可是我又怕強扭的瓜不甜，我怕澆水多了反把小芽芽淹死，我等啊等啊，一點一點地愛著你，可你，竟是這般絕情……」花茉莉哽咽起來。

「花大姊，你很美——這我早就聽出來了，不是你配不上我，而是我配不上你。你對我的一片深情，我永遠刻在心上，可是……我該走了……我一定要走了……我這就走……」

小瞎子摸摸索索地收拾行李去了。花茉莉跟進屋，看著他把大小口袋披掛上身，心裡疼痛難忍，眼前一黑，便暈了過去。

等花茉莉醒來時，小瞎子已經走了。

當天晚上，茉莉花音樂酒家一片漆黑。藉著朦朧的月光，人們看到酒家大門上掛著一把大鐵鎖，誰也不知道發生了什麼事。三斜在人堆裡神祕地說，傍黑時，他親眼看見小瞎子沿著河堤向西走了，不久，又看到花茉莉沿著河堤向西追去。追上了沒有呢？不知道。最後結局呢？

……

八隆公路從馬桑鎮後一直向東延伸著，新鋪敷的路面像鏡子一樣泛著光。如果從馬桑鎮後沿著公路一直往東走出四十里，我們就會重新見到那幫子鋪路工，馬桑鎮的老朋友。他們的瀝青鍋依然散發著刺鼻的臭氣，他們勞動時粗魯的笑罵依然是那麼優美動聽。

這天中午，十月的太陽毫不留情地撫摸著大地，撫摸著躺在八隆公路道溝裡休息的鋪路工們。西南風懶洋洋地吹過來，捲起一股股瀰漫的塵土，氣氛沉悶得令人窒息。忽然，一個嘶啞的嗓子哼起了一支曲子，這支曲子是那樣耳熟，那樣撩人心弦。過了一會兒，幾十個嗓子一起哼起來。又過了一會兒，所有的嗓子一齊哼起來。在金燦燦的陽光下，他們停了一支曲子又哼另一支曲子。這些曲子有的高亢，有的低沉，有的陰鬱，有的明朗。這就是民間的音樂嗎？這民間音樂不斷膨脹著，到後來，聲音已彷彿不是出自鋪路工之口，而是來自無比深厚凝重的莽莽大地。

茂腔與戲迷

茂腔是一個不登大雅之堂的小劇種，流傳的範圍局限在我的故鄉高密一帶。它唱腔簡單，無論是男腔女腔，聽起來都是哭悲悲的調子。公道地說，茂腔實在是不好聽。但就是這樣一個不好聽的劇種，曾經讓我們高密人廢寢忘食，魂繞夢牽，箇中的道理，比較難以說清。比如說我，離開故鄉快三十年了，在京都繁華之地，各種堂皇的大戲，已經把我的耳朵養貴了，但有一次回故鄉，一出火車站，就聽到一家小飯店裡傳出了茂腔那緩慢淒切的調子，我的心中頓時百感交集，眼淚盈滿了眼眶。茂腔這個不好聽的小戲為什麼能迷住人？這個問題暫且放下不表，各位看官，不才小子今天就給諸位講兩個關於茂腔的故事。

我們村的人幾乎都愛聽戲，但喜歡到入迷程度的，大概只有三五家，孫驢頭算一家。孫驢頭的老婆、兒子都是戲迷，娶來家一個兒媳婦更是超級戲迷，這叫作「不是一家人，不進一家門」。有一天傍晚，孫驢頭在灶前燒火，兒媳婦站在鍋前和麵，準備往鍋沿上貼餅了。這時，忽聽到曠野裡傳來一聲胡琴聲，拉的是茂腔的過門。公公和媳婦都把耳朵豎了起來。媳婦說：「爹，您聽。」

孫驢頭說：「聽到了，今晚譚家村有戲。」

媳婦說：「爹，加大火，吃了飯好去聽戲。」

孫驢頭捏起兒媳婦的腳就要往灶裡填，兒媳婦怒道：「爹，老不出息，您想幹什麼？」

孫驢頭看看兒媳婦穿著紅繡鞋的小腳，不好意思說，只好和著曠野裡傳來的胡琴調門唱道：「叫聲兒媳莫錯怪，誤把金蓮當火炭兒——」

鍋熱了，兒媳挖起一團麵，放在手裡顛巴顛巴，「巴唧」一下子就貼到了孫驢頭的額頭上。

孫驢頭大叫道：「媳婦，你幹什麼？」

兒媳婦看看公公的狼狽相，和著胡琴的腔調唱道：「叫一聲公爹莫錯怪，誤把額頭當鍋沿兒——」

這個故事過分誇飾，屬於民間笑話一類，其真實性值得懷疑。下面講一個真實的故事。

文革後期，我們村來了一支工作隊，隊員二十多人，全是縣茂腔劇團的演員。我們村情況比較複雜，在縣裡都掛了號，工作隊下來，是要幫我們揭開階級鬥爭的蓋子。自從工作隊進村之後，村子裡歡天喜地，好像過年一樣。因為這些隊員裡，幾乎包括了縣茂腔劇團的全部名角。譬如青衣宋麗花，花旦鄧桂秀，老旦焦閨英，老生高人滋，小生薛爾名，武生張金龍……都是如雷貫耳的人物，平日裡可望而不可及，如今就在我們眼前，與我們同吃同住同勞動，我們的幸福和興奮，無法子用語言形容。工作隊自己不開伙，吃派飯，一般是三人一個小組，挨家輪戶地吃。那時生活十分困難，每人每年只分二百多斤糧食，麥子只有二十來斤，也就是夠過年包餃子的。但為了讓工作隊的同志們吃好，家家戶戶都把過年的麥子拿出來磨了。這是完全徹底地自發自願，甚至帶有比賽的色彩，家家都想做出新花樣來，讓工作隊的同志們吃得高興。原以為這支工作隊與過去那些工作隊一樣，頂多住十天半月就會撤走，但沒想到他們住了一個月還不走。家家那點白麵已經消耗得差不多了，想給同志們換成糙飯，一是面子上過不去，二是心裡捨不得。因為那些做飯的女人們不管是不是戲迷，都喜歡這些演員。我們生產隊會計的老婆是一個麻子，相貌差點，但心腸特熱，見到那些演員同志們，尤其是見到男演員同志們，她的眼睛裡水汪汪的，感情充沛得要命。為了在沒有白麵的情況下讓同志們吃飽吃好，她充分地發揮了粗食細做的天才，把家裡的綠豆、芷豆泡脹軋碎，羼上蔬菜，用棉籽油炸成焦黃的顏色，讓同志們吃。同志們吃了都讚不絕口。這種作法很快普及開來，每到做飯的時候，村子裡就洋溢著炸丸子的氣味。——幾十年過去了，這種食品還在我們村子裡流傳，並且有了一個美麗的名字：茂腔丸子。

給工作隊做飯的家庭，必須是貧下中農，表現好的中農也可以。這是一種政治待遇，也是一種榮耀。那些撈不到給工作隊做飯的黑五類分子家的女人們，心中的痛苦是十分深沉的。富農王金的女兒王美，人物標致，嗓子也好，是村子裡唱戲時的主角。自從工作隊一進村，她的眼睛裡就始終飽含著淚水。她將自己家裡的麥子磨成麵粉送到麻子家，讓她做了給同志們吃，麻子不領情，還向大隊裡揭發了她，說她想拉攏腐蝕革命幹部。村裡想遊她的街，但遭到了工作隊的反對。她送麵不成，就把麵粉做成火燒、大餅等精美食品，偷偷地送到工作隊同志們的窗前。她曾經對痲子女人說：「嬸啊嬸，我恨不得把心扒出來給同志們吃了。」痲子女人當然不會替她保密，很快就宣傳得全村皆知，工作隊的同志們當然也聽說了。那個小武生張金龍感慨地說：「她如果不是富農的女兒該有多好！」

小武生短小精悍，目光炯炯有神，走起路來腳下像踩著彈簧。他不但能翻空心筋斗，嗓子也不錯，村子裡的女人們都喜歡他。儘管他感嘆王美的出身不好，但他還是跟王美好了，就在打穀場邊的草垛裡，被人當場捉了雙。小武生立場不穩，中了糖衣砲彈，犯了路線錯誤，被提前打發回去。有人提議將王美判刑，報到縣裡，縣裡說交給村子裡批鬥。挨批鬥時，王美始終面帶笑容，看那樣子絲毫沒有悔意。她的態度激起了以痲子為首的女人們的反感，她們撲上去。一邊撕咬一邊罵：「撕了你這個浪貨！咬死你這個騷狐狸！」

第二年夏天，村子裡的女人們在一個月內生了十幾個孩子——痲子最能幹，一胎生了兩個。這些孩子長大後，有的像薛，有的像高，其中有八個都像小武生。他們目光炯炯，走起路來腳步輕捷，腳下彷彿踩著彈簧，天然地會翻空心筋斗。

白狗鞦韆架

高密東北鄉原產白色溫馴的大狗，綿延數代之後，很難再見一匹純種。現在，那兒家家養的多是一些雜狗，偶有一隻白色的，也總是在身體的某一部位生出雜毛，顯出混血的痕跡來。但只要這雜毛的面積在整個狗體的面積中占得比例不大，又不是在特別顯眼的部位，大家也就習慣地以「白狗」稱之，並不去循名求實，過分地挑毛病。有一匹全身皆白、只黑了兩隻前爪的白狗，垂頭喪氣地從故鄉小河上那座頹敗的石橋上走過來時，我正在橋頭下的石階上捧著清清的河水洗臉。農曆七月末，低窪的高密東北鄉燠熱難挨，我從縣城通往鄉鎮的公共汽車裡鑽出來，汗水已浸透衣服，脖子和臉上落滿了黃黃的塵土。洗完脖子和臉，又很想脫得一絲不掛跳進河裡去，但看到與石橋連接的褐色田間路上，遠遠地有人在走動，也就罷了這念頭，站起來，用未婚妻贈送的系列手絹中的一條揩著臉和頸。時間已過午，太陽略偏西，一陣陣東南風吹過來。涼爽溫和的東南風讓人極舒服，讓高粱梢頭輕輕搖擺，颯颯作響，讓一條愈走愈大的白狗毛兒聳起，尾巴輕搖。牠近了，我看到了牠的兩個黑爪子。

那條黑爪子白狗走到橋頭，停住腳，回頭望望土路，又抬起下巴望望我，用那兩隻渾濁的狗眼。狗眼裡的神色遙遠荒涼，含有一種模糊的暗示，這遙遠荒涼的暗示喚起內心深處一種迷濛的感受。

求學離開家鄉後，父母親也搬遷到外省我哥哥處居住，故鄉無親人，我也就不再回來。一晃就是十年，距離不短也不長。暑假前，父親到我任教的學院來看我，說起故鄉事，不由感慨係之。他希望我能回去看看，我說工作忙，脫不開身，父親不以為然地搖搖頭。父親走了，我心裡總覺不安。終於下了決心，割斷絲絲縷縷，回來了。

白狗又回頭望褐色的土路，又仰臉看我，狗眼依然渾濁。我看著牠那兩個黑爪子，驚訝地要回憶點什麼時，牠卻縮進鮮紅的舌頭，對著我叫了兩聲。接著，牠蹲在橋頭的石樁上、蹺起一條後腿，習慣性地撒尿。完事後，竟也沿著我下橋頭的路，慢慢地挪下來，站在我身邊，尾巴耷拉進腿間，伸出舌頭，一下一下地舐著水。

牠似乎在等人，顯出一副喝水並非因為口渴的消閒樣子。河水中映出狗臉上那種漠然的表情，水底的游魚不斷從狗臉上穿過。狗和魚都不怕我，我確鑿地嗅到狗腥氣和魚腥氣，甚至產生一腳踢牠進水中抓魚的惡劣想法。又想還是「狗道」些吧，而這時，狗捲起尾巴，抬起臉，冷冷地瞅我一眼，一步步走上橋頭去。我看到牠把頸上的毛聳了聳，激動不安地向來路跑去。土路兩邊是大片的穗子灰綠的高粱。飄著純白雲朵的小小藍天，罩著板塊相連的原野。我走上橋頭，拎起旅行袋，想急急過橋去，這兒離我的村莊還有十二里路吧，來前沒給村裡的人們打招呼，早早趕進去，也好讓人家方便食宿。正想著，就看到白狗小跑步開路，從路邊的高粱地裡，領出一個揹著大捆高粱葉子的人來。

我在農村滾了近二十年，自然曉得這高粱葉子是牛馬的上等飼料，也知道褪掉曬米時高粱的老葉子，不大影響高粱的產量。遠遠地看著一大捆高粱葉子蹣跚地移過來，心裡為之沉重。我很清楚暑天裡鑽進密不透風的高粱地裡打葉子的滋味，汗水遍身胸口發悶是不必說了，最苦的還是葉子上的細毛與你汗淋淋的皮膚接觸。我為自己輕鬆地嘆了一口氣。漸漸地看清了馱著高粱葉子彎曲著走過來的人。藍褂子，黑褲子，烏腳桿子黃膠鞋，要不是垂著的髮，我是不大可能看出她是個女人的，儘管她一出現就離我很近。她的頭與地面平行著，脖子探出很長。是為了減輕肩頭的痛苦吧？她用一隻手按著搭在肩頭的背棍的下頭，另一隻手從頸後繞過去，把著背棍的上頭。陽光照著她的頸子上和頭皮上亮晶晶的汗水。高粱葉子蔥綠、新鮮。她一步步挪著，終於上了橋。橋的寬度跟她背上的草捆差不多，我退到白狗適才停下記號的橋頭石旁站定，看著牠和她過橋。

我恍然覺得白狗和她之間有一條看不見的線，白狗緊一步慢一步地顛著，這條線也鬆鬆緊緊地牽著。走到我面前時，牠又瞥著我，用那雙遙遠的狗眼。狗眼裡那種模糊的暗示在一瞬間變得異常清晰，牠那兩隻黑爪子一下子撕破了我心頭的迷霧，讓我馬上想到她。她低垂的頭從我身邊滑過去，短促的喘息聲和撲鼻的汗酸永留在我的感覺裡。猛地把背上沉重的高粱葉子摔掉，她把身體緩緩舒展開。那一大捆葉子在她身後，差不多齊著她的胸乳。我看到葉子捆與她身體接觸的地方，明顯地凹進去，特別著力的部位，是溼漉漉揉爛了的葉子。我知道，她身體上揉爛了高粱葉子的那些部位，現在一定非常舒服；站在漾著清涼水氣的橋頭上，讓田野裡的風吹拂著，她一定體會到了輕鬆和滿足。輕鬆，滿足，是構成幸福的要素，對此，在逝去的歲月裡，我是有體會的。

她挺直腰板後，暫時地像失去了知覺。臉上的灰垢顯出了汗水的道道。生動的嘴巴張著，吐出一口口長長的氣。鼻梁挺秀如一管蔥。臉色黝黑。牙齒潔白。

故鄉出漂亮女人，歷代都有選進宮廷的。現在也有幾個在京城裡演電影的，這幾個人我見過，也就是那麼個樣，比她強不了許多。如果她不是破了相，沒準兒早成了大演員。十幾年前，她亭亭如一枝花，雙目皎皎如星。

「暖！」我喊了一聲。

她用左眼盯著我看，眼白上布滿血絲，看起來很惡。

「暖，小姑！」我注解性地又喊了一聲。

我今年二十九，她小我兩歲，分別十年，變化很大，要不是鞦韆架上的失誤給她留下的殘疾，我不會敢認她。白狗也專注地打量著我，算一算，牠竟有十二歲，應該是匹老狗了。我沒想到牠居然還活著，看起來還滿健康。那年端午節，牠只有籃球般大，父親從縣城裡我舅爺家把牠抱來。十二年前，純種白狗已近絕跡，連這種有小缺陷，大致還可以稱為白狗的也很難求了。舅爺是以養狗謀利的人，父親把牠抱回來，不會不依仗著老外甥對舅舅放無賴的招數。在雜種花狗充斥鄉村的時候，父親抱回來牠，引起眾人的稱羨，也有出三十塊錢高價來買的，當然被婉言回絕了。即便是那時的農村，在我們高密東北鄉這種荒僻地方，還是有不少樂趣，養狗當如是解。只要不逢大天災，一般都能足食，所以狗類得以繁衍。

我十九歲，暖十七歲那一年，白狗四個月的時候，一隊隊解放軍，一輛輛軍車，從北邊過來，絡繹不絕過石橋。我們中學在橋頭旁邊紮起席棚給解放軍燒茶水，學生宣傳隊在席棚邊上敲鑼打鼓，唱歌跳舞。橋很窄，第一輛大卡車懸著半邊輪子，小心翼翼開過去了。第二輛的後輪壓斷了一塊橋石，翻到了河裡，車上載的鍋碗瓢盆砸碎了不少，滿河裡漂著油花子。一群戰士跳下河，把司機從駕駛樓裡拖出來，水淋淋地抬到岸上。幾個穿白大褂的軍人圍上去。一個戴白手套的人，手舉著耳機子，大聲地喊叫。我和暖是宣傳隊的骨幹，忘了歌唱鼓譟，直著眼看熱鬧。後來，過來幾個很大的首長，跟我們學校裡的貧下中農代表郭麻子大爺握手，跟我們校革委劉主任握手，戴好手套，又對著我們揮揮手。然後，一溜兒站在那兒，看著隊伍繼續過河。郭麻子大爺讓我吹笛，劉主任讓暖唱歌。暖問：「唱什麼？」劉主任說：「唱〈看到你們格外親〉。」於是，就吹就唱。戰士們一行行踏著橋過河，汽車一輛輛涉水過河。（小河裡的水呀清悠悠，莊稼蓋滿了溝）車頭激起雪白的浪花，車後留下黃色的濁流。（解放軍進山來，幫助咱們鬧秋收）大卡車過完後，兩輛小吉普車也呆頭呆腦下了河。一輛飛速過河，濺起五六米高的雪浪花；一輛一頭鑽進水裡，嗡嗡怪叫著被淹死了，從河水中冒出一股青煙。（拉起了家常話，多少往事湧上心頭）「糟糕！」一個首長說。另一個首長說：「他媽的笨蛋！讓王猴子派人把車抬上去。」（吃的是一鍋飯，點的是一燈油）很快的就有幾十個解放軍在河水中推那輛撒了氣的吉普車，解放軍都是穿著軍裝下了河，河水僅僅沒膝，但他們都溼到胸口，溼後變深了顏色的軍衣緊貼在身上，顯出了肥的瘦的腿和臀。（你們是俺們的親骨肉，你們是俺們的貼心人）那幾個穿白大褂的人把那個水淋淋的司機抬上一輛塗著紅十字的汽車。（黨的恩情說不盡，見到你們總覺得格外親）首長們轉過身來，看樣子準備過橋去，我提著笛子，暖張著口，怔怔地看著首長。一個戴著黑邊眼鏡的首長對著我們點點頭，說：「唱得不錯，吹得也不錯。」郭麻子大爺說：「首長們辛苦了。孩子們胡吹瞎咧咧，別見笑。」他摸出一包菸，拆開，很恭敬地敬過去，首長們客氣地謝絕了。一輛軲轆很多的車停在河對岸，幾個戰士跳上去，扔下幾盤粗大的鋼絲繩和一些白色的木棒。戴黑邊眼鏡的首長對身邊一個年輕英俊的軍官說：「蔡隊長，你們宣傳隊送一些樂器呀之類的給他們。」

隊伍過了河，分散到各村去。師部住在我們村。那些日子就像過年一樣，全村人都激動。從我家廂房裡扯出了幾十根電話線，伸展到四面八方去。英俊的蔡隊長帶著一群吹拉彈唱的文藝兵住在暖家。我天天去玩，和蔡隊長混得很熟。蔡隊長讓暖唱歌給他聽。他是個高大的青年，頭髮蓬鬆著，眉毛高挑著。暖唱歌時，他低著頭拚命抽菸，我看到他的耳朵輕輕地抖動著。他說暖條件不錯，很不錯，可惜缺乏名師指導。他說我也很有發展前途。他很喜歡我家那隻黑爪子小白狗，父親知道後，馬上要送給他，他沒要。隊伍要開拔那天，我爹和暖的爹一塊來了，央求蔡隊長把我和暖帶走，蔡隊長說，回去跟首長匯報一下，年底徵兵時就把我們徵去。臨別時，蔡隊長送我一本《笛子演奏法》，送暖一本《怎樣演唱革命歌曲》。

「小姑，」我發窘地說，「你不認識我了嗎？」

我們村是雜姓莊子，張王李杜，四面八方湊起來的，各種輩分的排列，有點亂七八糟，姑姑嫁給侄子、侄子拐跑嬸嬸的事時有發生，只要年齡相仿，也就沒人嗤笑。我稱暖為小姑是從小慣成的叫法，並無一點血緣骨肉的情分在內。十幾年前，當把「暖」與「小姑」含混著亂叫一通時，是別有一番滋味在心頭的。這一別十年，都老大不小，雖還是那樣叫著，但已經無滋味了。

「小姑，難道你真的不認識我了嗎？」說完這句話，我馬上譴責了自己的遲鈍。她的臉上，早已是淒涼的景色了。汗水依然浸洇著，將一綹乾枯的頭髮黏到腮邊。黝黑的臉上透出灰白來。左眼裡有明亮的水光閃爍。右邊沒有眼，沒有淚，深深凹進去的眼眶裡，栽著一排亂紛紛的黑睫毛。我的心拳拳著，實在不忍看那凹陷，便故意把目光散了，瞄著她委婉的眉毛和在半天陽光下因汗溼而閃亮的頭髮。她左腮上的肌肉連動著眼眶的睫毛和眶上的眉毛，微微地抽搐著，造成了一種淒涼古怪的表情。別人看見她不會動心，我看見她無法不動心……

十幾年前那個晚上，我跑到你家對你說：「小姑，打鞦韆的人都散了，走，我們去打個痛快。」你說：「我打盹呢。」我說：「別拿一把啦！寒食節過了八天啦，隊裡明天就要拆鞦韆架用木頭。今早晨把勢對隊長嘟囔，嫌把大車繩當鞦韆繩用，都快磨斷了。」你打了一個呵欠，說：「那就去吧。」白狗長成一個半大狗了，細筋細骨，比小時候難看。牠跟在我們身後，月亮照著牠的毛，牠的毛閃爍銀光，鍬韆架豎在場院邊上，兩根立木，一根橫木，兩個鐵吊環，兩根粗繩，一個木踏板。鍬韆架，默立在月光下，陰森森，像個鬼門關。架後不遠是場院溝，溝裡生著綿亙不斷的刺槐樹叢，尖尖又堅硬的刺針上，挑著青灰色的月亮。

「我坐著，你盪我。」你說。

「我把你盪到天上去。」

「帶上白狗。」

「你別想花花點子了。」

你把白狗叫過來，你說：「白狗，讓你也恣悠恣悠。」

你一隻手扶住繩子，一隻手攬住白狗，牠委屈地嚶嚶著。我站在踏板上，用雙腿夾住你和狗，一下一下用力，鍬韆漸漸有了慣性。我們漸漸升高，月光動盪如水，耳邊習習生風，我有點頭暈。你格格地笑著，白狗嗚嗚地叫著，終於悠平了橫梁。我眼前交替出現田野和河流，房屋和墳丘，涼風拂面來，涼風拂面去。我低頭看著你的眼睛，問：「小姑，好不好？」

你說：「好，上了天啦。」

繩子斷了。我落在鍬韆架下，你和白狗飛到刺槐叢中去，一根槐針扎進了你的右眼。白狗從樹叢中鑽出來，在鍬韆架下醉酒般地轉著圈，鍬韆把牠晃暈了……

「這些年……過得還不錯吧？」我囁嚅著。

我看到她聳起的雙肩塌了下來，臉上緊張的肌肉也一下子鬆弛了。也許是因為生理補償或是因為努力勞作而變得極大的左眼裡，突然射出了冷冰冰的光線，刺得我渾身不自在。

「怎麼會錯呢？有飯吃，有衣穿，有男人，有孩子，除了缺一隻眼，什麼都不缺，這不就是『不錯』嗎？」她很潑地說著。

我一時語塞了，想了半天，竟說：「我留在母校任教了，據說，就要提我為講師了……我很想家，不但想家鄉的人，還想家鄉的小河，石橋，田野，田野裡的紅高粱，清新的空氣，婉轉的鳥啼……趁著放暑假，我就回來啦。」

「有什麼好想的，這破地方。想這破橋？高粱地裡像他媽×的蒸籠一樣，快把人蒸熟了。」她說著，沿著漫坡走下橋，站著把那件泛著白鹼花的男式藍制服褂子脫下來，扔在身邊石頭上，彎下腰去洗臉洗脖子。她上身只穿一件肥大的圓領汗衫，衫上已爛出密麻麻的小洞。它曾經是白色的，現在是灰色的。汗衫紮進褲腰裡，一根打著捲的白綳帶束著她的褲子，她再也不看我，撩著水洗臉洗脖子洗胳膊。最後，她旁若無人地把汗衫下襬從褲腰裡拽出來，撩起來，掬水洗胸膛。汗衫很快就溼了，緊貼在肥大下垂的乳房上。看著那兩個物件，我很淡地想，這個那個的，也不過是那麼回事。正像鄉下孩子們唱的：沒結婚是金奶子，結了婚是銀奶子，生了孩子是狗奶子。我於是問：

「幾個孩子了？」

「三個。」她攏攏頭髮，扯著汗衫抖了抖，又重新塞進褲腰裡去。

「不是說只准生一胎嗎？」

「我也沒生二胎。」見我不解，她又冷冷地解釋，「一胎生了三個，吐嚕吐嚕，像下狗一樣。」

我缺乏誠實地笑著。她拎起藍上衣，在膝蓋上抽打幾下，穿到身上去，從下往上扣著鈕釦。趴在草捆旁邊的白狗也站起來，抖擻著毛，伸著懶腰。

我說：「你可真能幹。」

「不能幹有什麼法子？該遭多少罪都是一定的，想躲也躲不開。」

「男孩女孩都有吧？」

「全是公的。」

「你可真是好福氣，多子多福。」

「豆腐！」

「這還是那條狗吧？」

「活不了幾天啦。」

「一晃就是十幾年。」

「再一晃就該死啦。」

「可不，」我漸漸有些煩惱起來，對坐在草捆旁的白狗說，「這條老狗，還挺能活！」

「噢，興你們活就不興我們活？吃米的要活，吃糠的也要活；高級的要活，低級的也要活。」

「你怎麼成了這樣？」我說，「誰是高級？誰是低級？」

「你不就挺高級的嗎？大學講師！」

我面紅耳熱，訥訥無言，一時覺得難以忍受這窩囊氣，搜尋著刻薄詞兒想反譏，又一想，罷了。我提起旅行袋，乾癟地笑著，說：「我可能住到我八叔家，你有空就來耍吧。」

「我嫁到了王家丘子，你知道嗎？」

「你不說我不知道。」

「知道不知道的，沒有大景色了。」她平平地說：「要是不嫌你小姑人模狗樣的，就抽空來耍吧，進村打聽『個眼暖』家，沒有不知道的。」

「小姑，真想不到成了這樣……」

「這就是命，人的命，天管定，胡思亂想不中用。」她款款地從橋下上來，站在草捆前說，「行行好吧，幫我把草掀到肩上。」

我心裡立刻熱得不行，勇敢地說：「我幫你揹回去吧！」

「不敢用！」說著，她在草捆前跪下，把背棍放在肩頭，說：「起吧。」

我轉到她背後，抓住捆繩，用力上提，藉著這股勁兒，她站了起來。

她的身體又彎曲起來，為了背得舒適一點，她用力地顛了幾下背上的草捆，高粱葉子沙沙啦啦地響著。從很低的地方傳上來她甕聲甕氣的話：

「來耍吧。」

白狗對我吠叫幾聲，跑到前邊去了。我久久地立在橋頭上，看著這一大捆高粱葉子在緩慢地往北移動，一直到白狗變成了白點，人和草捆變成了比白點大的黑點，我才轉身往南走。

從橋頭到王家丘子七里路。

從橋頭到我們村十二里路。

從我們村到王家丘子十九里路，八叔讓我騎車去。我說算了吧，十幾里路走著去就行。八叔說：現在富了，自行車家家有，不是前幾年啦，全村只有一輛半輛車子，要借也不容易，稀罕物兒誰願借呢。我說我知道富了，看到了自行車滿街筒子亂躥，但我不想騎車，當了幾年知識分子，當出幾套痔瘡，還是走路好。八叔說：念書可見也不是件太好的事，七病八災不說，人還瘋瘋癲癲的。你說你去她家幹麼子，瞎的瞎，啞的啞，也不怕村裡人笑話你。魚找魚，蝦找蝦，不要低了自己的身分啊！我說八叔我不和您爭執，我扔了二十數三十的人啦，心裡有數。八叔悻悻地忙自己的事去了，不來管我。

我很希望能在橋頭上再碰到她和白狗，如果再有那麼一大捆高粱葉子，我豁出命去也要幫她揹回家；白狗和她，都會成為可能的嚮導，把我引導到她家裡去。城裡都到了人人關注時裝、個個追趕時髦的時代了，故鄉的人，卻對我的牛仔褲投過鄙夷的目光，弄得我很狼狽。於是解釋：處理貨，三塊六毛錢一條——其實我花了二十五塊錢，既然便宜，村裡的人們也就原諒了我。王家丘子的村民們是不知道我的褲子便宜的，碰不到她和狗，只好進村再問路，難免招人注意。如此想著，就更加希望碰到她，或者白狗。但畢竟落了空。一過石橋，看到太陽很紅地從高粱棵裡冒出來，河裡躺著一根粗大的紅光柱，鮮豔地染遍了河水。太陽紅得有些古怪，周圍似乎還環繞著一些黑氣，大概是要落雨了吧。

我撐著摺疊傘，在一陣傾斜的疏雨中進了村。一個仄楞著肩膀的老女人正在橫穿街道，風翻動著長大的衣襟，風使她搖搖擺擺。我收起傘，提著，迎上去問路。「大娘，暖家在哪兒住？」她斜斜地站定，困惑地轉動著昏暗的眼。風通過花白的頭髮，翻動的衣襟，柔軟的樹木，表現出自己來；雨點大如銅錢，疏可跑馬，間或有一滴打到她的臉上。「暖家在哪住？」我又問。「哪個暖家？」她問，我只好說：「個眼暖家。」老女人陰沉地瞥我一眼，抬起胳膊，指著街道旁邊一排藍瓦房。

站在甬道上我大聲喊：「暖姑在家嗎？」

最先應了我的喊叫的，是那條黑爪子老白狗。牠不像那些圍著你騰躍咆哮，仗著人勢在窩裡橫，咬不死你也要嚇死你的惡狗，牠安安穩穩地趴在檐下鋪了乾草的狗窩裡，瞇縫著狗眼，象徵性地叫著，充分顯示出良種白狗溫良寬厚的品質來。

我又喊，暖在屋裡很脆地答應了一聲，出來迎接我的卻是一個滿腮黃鬍子兩隻黃眼珠的剽悍男子。他用土黃色的眼珠子惡狠狠地打量著我，在我那條牛仔褲上停住目光，嘴巴歪歪地撇起，臉上顯出瘋狂的表情。他向前跨一步——我慌忙退一步——，翹起右手的小拇指頭，在我眼前急遽地晃動著，口裡發出一大串斷斷續續的音節。我雖然從八叔的口裡，知道了暖姑的丈夫是個啞巴，但見了真人狂狀，心裡仍然立刻沉甸甸的。獨眼嫁啞巴，彎刀對著瓢切菜，按說也並不委屈著哪一個，可我心裡仍然立刻就沉甸甸的。

暖姑，那時我們想得美。蔡隊長走了，把很大的希望留給我們。他走那天，你直視著他，流出的淚水都是給他的。蔡隊長臉色灰白，從衣袋裡摸出一把牛角小梳子遞給你。我也哭了，我說：「蔡隊長，我們等你來招我們。」蔡隊長說：「等著吧。」等到高粱通紅了的深秋，聽說縣城裡有招兵的解放軍，咱倆興奮得覺都睡不穩了。學校裡有老師進縣城辦事，我們託他去人武部打聽一下，看看蔡隊長來沒來。老師去了。老師回來了。老師對我們說：今年來招兵的解放軍一律黃褂藍褲，空軍地勤兵，不是蔡隊長那部分。我失望了，你充滿信心地對我說：「蔡隊長不會騙我們！」我說：「人家早就把這碼事忘了。」你爹也說：「給你們個棒槌，你們就當了針。他是把你們當小孩哄慫著玩哩，好人不當兵，好鐵不打釘，混混畢了業，回家來拉彎彎鐵，別淨想俏事兒。」你說：「他可沒把我當小孩子。他絕不把我當小孩子。」說著，你的臉上浮起濃豔的紅色。你爹說：「能得你。」我驚詫地看著你變色的臉，看著你臉上那種隱隱約約的特異表情，語無倫次地說：「也許，他今年不來後年來，後年不來大後年來。」蔡隊長可真是個儀表堂堂的美男子啊！他四肢修長，面部線條冷峭，鬍渣子總刮得青白。後來，你坦率地對我說，他在臨走前一個晚上，抱著你的頭，輕輕地親了一下。你說他親完後呻吟著說：小妹妹，你真純潔……為此我心中有過無名的惱怒。你說：「當了兵，我就嫁給他。」我說：「別做美夢了！倒貼上二百斤豬肉，蔡隊長也不會要你。」「他不要我，我再嫁給你。」「我不要！」我大聲叫著。你白我一眼，說：「燒得你不輕！」現在回想起來，你那時就很有點樣子了，你那花蕾般的胸脯，經常讓我心跳。

啞巴顯然瞧不起我，他用翹起的小拇指表示著對我的輕蔑和憎惡。我堆起滿臉笑，想爭取他的友誼，他卻把雙手的指頭交叉在一起，弄出很怪的形狀，舉到我的面前。我從少年時代的惡作劇中積累起來的知識裡，找到了這種手勢的低級下流的答案，心裡頓時產生了手捧癩蝦蟆的感覺。我甚至都想抽身逃走了，卻見三個同樣相貌、同樣裝束的光頭小男孩從屋裡滾出來，站在門口，用同樣的土黃色小眼珠瞅著我，頭一律往右傾，像三隻羽毛未豐、性情暴躁的小公雞。孩子的臉顯得很老相，額上都有抬頭紋，下顎骨闊大結實，全都微微地顫抖著。我急忙掏出糖來，對他們說：「請吃糖。」啞巴立即對他們揮揮手，嘴裡蹦出幾個簡單的音節。男孩們眼巴巴地瞅著我手中花花綠綠的糖塊，不敢動一動。我想走過去，啞巴擋在我面前，蠻橫地揮舞著胳膊，口裡發著令人發怵的怪叫。

暖把雙手交疊在腹部，步履略有些踉蹌地走出屋來。我很快明白了她遲遲不出屋的原因，乾淨的陰丹士林藍布褂子，褶兒很挺的灰的確良褲子，顯然都是剛換的。士林藍布和用士林藍布縫成的李鐵梅式褂子久不見了，乍一見心中便有一種懷舊的情緒怏怏而生。穿這種褂子的胸部豐碩的少婦別有風韻。暖是脖子挺拔的女人，臉型也很清雅。她右眼眶裡裝進了假眼，面部恢復了平衡。我的心為她良苦的心感到憂傷，我用低調觀察著人生，心弦纖細如絲，明察秋毫，並自然地戰慄。不能細看那眼睛，它沒有生命，它渾濁地閃著瓷光。她發現了我在注視她，便低了頭，繞過啞巴走到我面前，摘下我肩上的挎包，說：「進屋去吧。」

啞巴猛地把她拽開，怒氣沖沖的樣子，眼睛裡像要出電。他指指我的褲子，又翹起小拇指，晃動著，嘴裡嗷嗷叫著，五官都在動作，忽而擠成一撮，忽而大開大裂，臉上表情生動可怖。最後，他把一口唾沫啐在地上，用骨節很大的腳踩了踩。啞巴對我的憎惡看來是與牛仔褲有直接關係的，我後悔穿這條褲子回故鄉，我決心回村就找八叔一條肥腰褲子換上。

「小姑，你看，大哥不認識我。」我尷尬地說。

她推了啞巴一把，指指我，翹翹大拇指，又指指我們村莊的方向，指指我的手，指指我口袋裡的鋼筆和我胸前的校徽，比畫出寫字的動作，又比畫出一本方方正正的書，又伸出大拇指，指指天空。她臉上的表情豐富多彩。啞巴稍一愣，馬上消失了全身的鋒芒，目光溫順得像個大孩子。他犬吠般地笑著，張著大嘴，露出一口黃色的板牙。他用手掌拍拍我的心窩，然後，跺腳，吼叫，臉憋得通紅。我完全理解了他的意思，感動得不行。我為自己贏得了啞兄弟的信任感到渾身輕鬆。那三個男孩子躲躲閃閃地湊上來，目不轉睛地看著我手中的糖。

我說：「來呀！」

男孩們抬起眼看看他們的父親。啞巴嘿嘿一笑，孩子們就敏捷地躥上來，把我手中的糖搶走了。為爭奪掉在地上的一塊糖，三顆光腦袋擠在一起攢動著。啞巴看著他們笑。暖發出一聲輕輕的嘆息，她說：

「你什麼都看到了，笑話死俺吧。」

「小姑……我怎麼敢……他們都很可愛……」

啞巴敏感地看著我，笑笑，轉過身去，用大腳板幾下子就把廝纏在一起的三個男孩踢開。男孩們咻咻地喘著氣，洶洶地對視著。我摸出所有的糖，均勻地分成三份，遞給他們，啞巴嗷嗷地叫著，對著男孩打手勢。男孩都把手藏到背後去，一步步往後退。啞巴更響地嗷了一陣，男孩便抽搐著臉，每人拿出一塊糖，放在父親關節粗大的手裡，然後呼號一聲，消逝得無影無蹤。啞巴把三塊糖托著，笨拙地看了一會，就轉眼對著我。嘴裡啊啊手比畫。我不懂，求援地看著暖。暖說：「他說他早就知道你的大名，你從北京帶來的高級糖，他要吃塊嘗嘗。」我做了一個往嘴裡扔食物的姿勢。他笑了，仔細地剝開糖紙，把糖扔進口裡去，嚼著，歪著頭，彷彿在聆聽什麼。他又一次伸出大拇指，我這次完全明白他是在誇獎糖的高級了。很快地他又吃了第二塊糖。我對暖說，下次回來，一定帶些真正的高級糖給大哥吃。暖說：「你還能再來嗎？」我說一定來。

啞巴吃完第二塊糖，略一想，把手中那塊糖遞到暖的面前。暖閉眼，「嗷——」啞巴吼了一聲。我心裡抖著，見他又把手往暖眼前伸，暖閉眼，搖了搖頭。「嗷——嗷——」啞巴憤怒地吼叫著，左手揪住暖的頭髮，往後扯著，使她的臉仰起來，右手把那塊糖送到自己嘴邊，用牙齒撕掉糖紙，兩個手指捏著那塊沾著他黏黏口涎的糖，硬塞進她的嘴裡去。她的嘴不算小，但被他那兩根小黃瓜一樣的手指比得很小。他烏黑的粗手指使她的雙唇顯得玲瓏嬌嫩。在他的大手下，那張臉變得單薄脆弱。

她含著那塊糖，不吐也不嚼，臉上表情平淡如死水。啞巴為了自己的勝利，對著我得意地笑。

她含混地說：「進屋吧，我們多傻，就這麼在風裡站著。」我目光巡著院子，她說：「你看什麼？那是頭大草驢，又踢又咬，生人不敢近身，在他手裡老老實實的。春上他又去買那頭牛，才下了犢一個月。」

她家院子裡有個大敞棚，敞棚裡養著驢和牛。牛極瘦，腿下有一頭肥滾滾的牛犢在吃奶，牠蹬著後腿、搖著尾巴，不時用頭撞擊母牛的乳房，母牛痛苦地弓起背，眼睛裡閃著幽幽的藍光。

啞巴是海量，一瓶濃烈的「諸城白乾」，他喝了十分之九，我喝了十分之一。他面不改色，我頭暈乎乎。他又開了一瓶酒，為我斟滿杯，雙手舉杯過頭敬我。我生怕傷了這個朋友的心，便抱著電燈泡搗蒜的決心，接過酒來乾了。怕他再敬，便裝出不能支持的樣子，歪在被子上。他興奮得臉通紅，對著暖比畫，暖和他對著比畫一陣，輕聲對我說：「你別和他比，你十個也醉不過他一個。你千萬不要喝醉。」她用力盯了我一眼。我翹起大拇指，指指他，翹起小拇指，指指自己。於是撤去酒，端上餃子來。我說：「小姑，一起吃吧。」暖徵得啞巴同意，三個男孩便爬上炕，擠在一簇，狼吞虎嚥。暖站在炕下，端飯倒水伺候我們，讓她吃，她說肚子難受，不想吃。

飯後，風停雲散，狠毒的日頭灼灼地在正南掛著。暖從櫃子裡拿出一塊黃布，指指三個孩子，對啞巴比畫著東北方向。啞巴點點頭。暖對我說：「你歇一會兒吧，我到鄉鎮去給孩子們裁幾件衣服。不要等我，過了晌你就走。」她狠狠地看我一眼，挾起包袱，一溜風走出院子，白狗伸著舌頭跟在她身後。

啞巴與我對面坐著，只要一碰上我的目光，他就咧開嘴笑。三個小男孩鬧了一陣，側歪在炕上睡了，他們幾乎是同時入睡。太陽一出來，立刻便感到熱，蟬在外面樹上聒噪著。啞巴脫掉褂子，裸出上身發達的肌肉，聞著他身上揮發出來的野獸般的氣息，我害怕，我無聊。啞巴緊密地眨巴著眼，雙手搓著胸膛，搓下一條條鼠屎般的灰泥。他還不時地伸出蜥蜴般靈活的舌頭舔著厚厚的嘴唇。我感到噁心，燥熱，心裡想起橋下粼粼的綠水。陽光透過窗戶，曬著我穿牛仔褲的腿。我抬腕看錶。「噢噢噢！」啞巴喊著，跳下炕，從抽屜裡摸出一塊電子手錶給我看。我看著他臉上祈望的神情，便不誠實地用小拇指點點我腕上的錶，用大拇指點點他的電子錶。他果然非常地高興起來，把電子手錶套在右手腕子上，我指指他的左手腕子，他迷惘地搖搖頭。我笑了一下。

「好熱的天。今年莊稼長得挺好。秋天收晚田。你養那頭驢很有氣度。三中全會後，農民生活大大提高了。大哥富起來了，該去買台電視機。『諸城白乾』到底是老牌子，勁衝。」

「噢噢，噢噢。」他臉上充滿幸福感，用併攏的手摸摸頭皮，比比脖子。我驚愕地想，他要砍掉誰的腦袋嗎？他見我不解，很著急，手哆嗦著，「噢噢噢，噢噢噢！」他用手指著自己的右眼，又摸頭皮，手順著頭皮往下滑，到脖頸處，停住。我明白了。他要說暖什麼事給我知道。我點點頭。他摸摸自己兩個黑乎乎的乳頭，指指孩子，又摸摸肚子。我似懂非懂，搖搖頭。他焦急地蹲起來，調動起幾乎全部的形體向我傳達信息，我用力地點著頭，我想應該學學啞語。最後，我滿臉掛汗向他告辭，這沒有什麼難理解的，他臉上顯出孩子般的真情來，拍拍我的心，又拍拍自己的心。我乾脆大聲說：「大哥，我們是好兄弟！」他三巴掌打起三個男孩來，讓他們帶著眵目糊給我送行。在門口，我從挎包裡摸出那把自動摺疊傘送他，並教他使用方法。他如獲至寶，舉著傘，彈開，收攏，收攏，彈開，翻來覆去地弄。三個男孩仰臉看著忽開忽闔的傘，顎骨又索索地抖起來。我戳了他一下，指指南去的路。「噢噢。」他叫著，擺擺手，飛步跑回家去。他拿出一把拃多長的刀子，拔開牛角刀鞘，舉到我的面前。刀刃上寒光閃閃，看得出來是件利物。他踮起腳，拽下門口楊樹上一根拇指粗的樹枝來，用刀去削，樹枝一節節落在地上。

他把刀子塞到我的挎包裡。

走著路，我想，他雖然啞，但仍不失為一條有性格的男子漢，暖姑嫁給他，想必也不會有太多的苦頭吃，不能說話，日久天長習慣之後，憑藉手勢和眼神，也可以拆除生理缺陷造成的交流障礙。我種種軟弱的想法，也許是犯著杞人憂天傾的毛病了。走到橋頭間，已不去想她的事，只想跳進河裡洗個澡。路上清靜無人。上午下那點雨，早就蒸發掉了，地上是一層灰黃的塵土。路兩邊窸窣著油亮的高粱葉子，蝗蟲在蓬草間飛動，閃爍著粉紅的內翅，翅膀剪動空氣，發出「喀達喀達」的響聲。橋下水聲潑刺，白狗蹲在橋頭。

白狗見到我便嗚叫起來，齜著一嘴雪白的狗牙。我預感到事情的微妙。白狗站起來，向高粱地裡走，一邊走，一邊頻頻回頭嗚叫，好像是召喚著我。腦子裡浮現出偵探小說裡的一些情節，橫著心跟狗走，並把手伸進挎包裡，緊緊地握著啞巴送我的利刃。分開茂密的高粱鑽進去，看到她坐在那兒，小包袱放在身邊。她壓倒了一邊高粱，闢出了一塊空間，四周的高粱壁立著，如同屏風。看我進來，她從包袱裡抽出黃布，展開在壓倒的高粱上。一大片斑駁的暗影在她臉上晃動著。白狗趴到一邊去，把頭伏在平伸的前爪上，「哈達哈達」地喘氣。

我渾身發緊發冷，牙齒打顫，下顎僵硬，嘴巴笨拙：「你……不是去鄉鎮了嗎？怎麼跑到這裡來……」

「我信了命。」一道明亮的眼淚在她的腮上汩汩地流著，她說，「我對白狗說，『狗呀，狗，你要是懂我的心，就去橋頭上給我領來他，他要是能來就是我們的緣分未斷』，牠把你給我領來啦。」

「你快回家去吧。」我從挎包裡摸出刀，說：「他把刀都給了我。」

「你一走就是十年，尋思著這輩子見不著你了。你還沒結婚？還沒結婚……你也看到他啦，就那樣，要親能把你親死，要揍能把你揍死……我隨便和哪個男人說句話，就招他懷疑，也恨不得用繩拴起我來。悶得我整天和白狗說話，狗呀，自從我瞎了眼，你就跟著我，你比我老得還要快。嫁給他第二年上，懷了孕，肚子像吹氣球一樣脹起來，臨分娩時，路都走不動了，站著望不到自己的腳尖。一胎生了三個兒子，四斤多重一個，瘦得像一堆貓。要哭一齊哭，要吃一齊吃，只有兩個奶子，輪著班吃，吃不到的就哭。那兩年，我差點癱了。孩子落了草，就一直懸著心，老天，別讓他們像他爹，讓他們一個個開口說話……他們七八個月時，我心就涼了。那情景不對呀，一個個又呆又聾，哭起來像擀餅柱子不會拐彎。我禱告著，天啊，天！別讓俺一窩都啞了呀，哪怕有一個響巴，和我作伴說說話……到底還是全啞巴了……」

我深深地垂下頭，囁嚅著：「姑……小姑……都怨我，那年，要不是我拉你去打鞦韆……」

「沒有你的事，想來想去還是怨我自己。那年，我對你說，蔡隊長親過我的頭……要是我膽兒大，硬去隊伍上找他，他就會收留我，他是真心實意地喜歡我。後來就在鞦韆架上出了事。你上學後給我寫信，我故意不回信。我想，我已經破了相，配不上你了，只叫一人寒，不叫二人單，想想我真傻。你說實話，要是我當時提出要嫁給你，你會要我嗎？」

我看著她狂放的臉，感動地說：「一定會要的，一定會。」

「好你……你也該明白……怕你厭惡，我裝上了假眼。我正在期上……我要個會說話的孩子……你答應了就是救了我了，你不答應就是害死了我了。有一千條理由，有一萬個藉口，你都不要對我說。」

……

石磨

我家的廂房裡，安著一盤很大的石磨。娘說，這是村裡最大的一盤磨。聽到「最大」兩個字，我感到很驕傲。據說，這盤磨原是劉財主家的，土改時當作勝利果實分給了我家。這是盤「驢磨」——是由毛驢拉的磨，不是小戶人家那種一個半大孩子也能推得團團轉的「人磨」。

我最早的記憶是和這盤磨聯繫在一起的。我記得我坐在磨道外邊的草席上，呆呆地望著娘和鄰居四大娘每人抱著一根磨棍沿著磨道不停地轉著圈。磨聲隆隆，又單調又緩慢，黃的或是褐的麵兒從兩扇磨盤的中間縫兒均勻地撒下來，石磨下的木托上，很快便堆成一個黃的或是褐的圓圈。偶爾也有磨麥子的時候，那必是逢年過節。磨麥子時落下的麵是雪白的。我坐在草席上一動不動。娘的臉，娘的背，四大娘的臉，四大娘的背，連續不斷地從我眼前消逝、出現，出現、消逝。磨聲隆隆地響著，磨盤緩緩地轉著，眼前的一切像霧中的花兒一樣，忽而很遠，忽而很近，我歪在草席上睡著了。

一九七〇年，我九歲。聽說鄰村裡安裝了一盤用柴油機拉著轉的鋼磨，皮帶一掛嗡嗡響，一個鐘頭能磨幾百斤麥子。村裡有不少人家把石磨掀掉了，要磨麵就拿著錢到鋼磨上去磨。我們家的石磨還沒有掀，我們沒有錢。

四大娘有一個女兒叫珠子，小我兩歲。我們兩家斜對門住著，大人們關係好，小孩更近乎。我和珠子天天廝混在一起，好得像長著一個頭。鄰村的鋼磨聲有時能夠很清晰地傳到我們村裡來，神祕得要命，我和珠子偷偷去看鋼磨。我闖了一個大禍。我要求珠子為我保密，珠子一直沒給人講過。當然我們也有翻臉的時候。我小時長得乾巴，珠子卻圓滾滾的像隻小豹子一樣，打起架來我不是她的對手。常常是她把我狠揍一頓，卻哭著跑到我娘面前去告狀，說我欺負她。

我和珠子在本村小學校讀書，老師是個半老頭子，姓朱，腰弓著，我們叫他「豬尾巴棍」，他也不敢生氣。聽說他從前管教學生特別嚴厲，「文化大革命」一起，挨過他教鞭的學生反過來把他揍得滿褲襠屎尿，這一下他算是學「好」了。給我們上課時，半閉著眼，眼睛瞅著房頂，學生們鬧翻了天也不管。我們不等他講完課，就揹著書包大搖大擺地走了。書包裡只有兩本畫有扛著紅纓槍的小孩的書，還有一管禿了尖就用牙啃的鉛筆。有一天下午，我和珠子早早地逃了學。我們說好了要到我家院子裡彈玻璃球玩兒，說好了贏家在輸家額頭上「敲栗子」，珠子輸了，被我連敲了幾個栗子。她惱了，撲到我身上，雙手摟著我的腰，頭頂著我的下巴，把我掀倒在地上。她騎著我的肚子，對著我的臉吐唾沫。我惱了，拉住她一隻手，咬了一口。我們都哭了。

娘和四大娘正在廂房推磨，聞聲出來，娘說：「祖宗，又怎麼啦？」

「他咬我。」珠子擎著滲出血絲的手，哭著說。

「她打我。」我也哭著說。

娘對準我的屁股打了兩巴掌。四大娘也拍了珠子兩下。這其實都是象徵性的懲罰，連汗毛都傷不了一根的，可我們哭得更歡了。

娘心煩了，說：「你還真哭？寵壞你了，來推磨！」

四大娘當然也沒放過珠子。

我和珠子像兩匹小驢駒子被套到磨上。上扇石磨上有兩個洞眼，洞眼裡插著兩根磨棍。娘和四大娘在磨棍上拴了兩根繩子，我一根，珠子一根。我的前邊是四大娘，四大娘前邊是珠子，珠子前邊是我娘，娘前邊是我。

「不使勁拉，我就踢你！」娘推著磨棍，在我身後說。

「不使勁，我就打你。」四大娘嚇唬著珠子。

一邊拉著磨，一邊歪著頭看旋轉的磨盤。隆隆隆響著磨，刷刷刷落著麵。我覺得又新鮮又好玩。磨盤上邊有兩個磨眼，一個眼裡堆著紅高粱，一個眼裡插著兩根掃帚苗兒。

「娘，插掃帚苗兒幹麼？」我問。

「把磨膛裡的麵掃出來。」

「那不把掃帚苗研到麵裡了？」

「是研到麵裡了。」

「那不吃到肚子裡了？」

「是吃到肚子裡了。」

「人怎麼能吃掃帚苗呢？」

「祖祖輩輩都這麼著。別問了，煩死人了。」娘不耐煩了。

「娘，什麼時候有的石磨？」珠子問四大娘。

「古來就有。」

「誰先鑿出第一盤磨？」

「魯班他媳婦。」

「誰是魯班他媳婦？」

「魯班他媳婦就是魯班他媳婦。」

「魯班他媳婦怎麼會想到鑿磨呢？」

「魯班他媳婦牙不好，嚼不動囫圇糧食粒兒，就找來兩塊石頭，鑿了鑿，呼呼隆隆推起來。」

在娘和四大娘嘴裡，世界上的一切都很簡單，什麼答案都是現成的，沒有不能解釋的事物。

我們都不說話了，磨屋裡靜下來。一縷陽光從西邊的窗櫺裡射進來，東牆上印著明亮的窗格子。屋裡斜著幾道筆直的光柱，光柱裡滿是小纖塵，像閃亮的針尖一樣飛快游動著。牆角上落滿灰塵的破蛛網在輕輕地抖動著。一隻壁虎一動不動地趴在牆壁上。初上磨時的新鮮感很快就消逝了，靈魂和肉體都在麻木。磨聲，腳步聲，沉重的呼吸聲，一圈一圈無盡頭的路，連一點變化都沒有。我總想追上四大娘，但總是追不上。四大娘很苗條的腰肢在我面前晃動著。那道斜射的光柱周期性地照著她的臉，光柱照著她的臉時，她便眯起細長的眼睛，嘴角兒一抽一抽的，很好看。走出光柱，她的臉便晦暗了，我願意看她輝煌的臉，不願意看她晦暗的臉，但輝煌和晦暗總是交替著出現，晦暗又總是長於輝煌，輝煌總是一剎那的事，一下子就過去了。

「娘，我拉不動了。」珠子叫了起來。

「拉，你哥哥還沒說拉不動呢，你這麼胖。」四大娘說著，把腰彎得更低一些，使勁推著磨棍。

「娘，我也拉不動了。」我說，是珠子提醒了我。

「還打架不打了？」

「不打了。」

「玩去吧。」

我和珠子雀躍著逃走了。走出磨屋，就像跳出牢籠，感覺到天寬地闊。娘和四大娘還在轉著無窮無盡的圓圈，磨聲隆隆隆，磨轉響聲就不停。

這次懲罰，說明了我和珠子已經具有了勞動能力，無憂無慮的童年就此結束了。我和珠子成了推磨的正式成員，儘管我們再也沒有打架。娘和四大娘都是那種半大腳兒，走起路來腳後跟搗著地，很吃力。我已經十歲，不是小孩了，看到娘推磨累得臉兒發白，汗水溼了衣服，心裡十分難過。所以，儘管我討厭推磨，但從來也沒有反抗過娘的吩咐。珠子滑頭得很，上了磨每隔十分鐘就跑一次廁所，四大娘罵她：「懶驢上磨屎尿多。」娘輕輕地笑著說：「她還小哩。」

娘和四大娘並不是天天推磨，她們還要到生產隊去幹活兒。後來，她們把推磨時間選擇在晌午頭、晚飯後，這時候學校裡不上課，逃不了我們的差。

在這走不完的圓圈上，我和珠子長大了。我們都算是初中畢了業，方圓幾十里只有一所高中，我們沒有錢去上學，便很痛快地成了公社的小社員了。我十六歲，珠子十四歲，還沒列入生產隊的正勞力名冊。隊裡分派給我們的任務就是割草餵牛，願去就去，不願去拉倒，反正是論斤數算工分。

我和珠子已經能將大磨推得團團轉了，推磨的任務就轉移到我倆肩上。娘和四大娘很高興。從十五歲那年起，我開始長個了，一個冬春，躥出來一頭，嘴上也長出了一層黑乎乎的茸毛。珠子也長高了，但比我矮一點。記得那是陰曆六月的一天，天上落著纏纏綿綿的雨。娘吩咐我：「去問問你四大娘，看她推磨不推。」我戴上斗笠，懶懶地走到四大娘家。父親坐在四大娘的炕沿上抽菸。四大娘坐在炕頭上，就著窗口的光亮，噌噌地納鞋底子。「四大娘，俺娘問你，推磨嗎？」我問。四大娘抬起頭，明亮的眼睛閃了閃，說：「推吧。」接著她就喊：「珠子，盛上十斤玉米，跟你哥哥推磨去。」珠子在她屋裡很脆地應了一聲。我撩開門簾進了她的屋，她坐在炕上，只穿一件緊身小衫兒，露著兩條雪白的胳膊，剛發育的乳房像花骨朵一樣很美地向前挺著。我忽然吃了一驚，少年時代就在這一瞬間變成了歷史，我的一隻腳跨進了青春的大門。我驚惶地退出來，臉上發著燒，跑到院子裡，高聲喊：「珠子，我在磨房裡等著你，快點，別磨磨蹭蹭。」雨點敲打著斗笠，啪啪地響，我心裡忽然煩惱起來，不知是生了誰的氣。

珠子來了。她很麻利地收拾好磨，把糧食倒進磨眼裡，插好了掃帚苗。我們抱起磨棍，轉起了圈圈。磨房裡發出潮溼發霉的味兒，磨膛裡散出粉碎玉米的香味兒。外邊的雨急一陣慢一陣地下著，房檐下倒扣著的水桶被檐上的滴水敲打出很有節奏的樂聲。檐下的燕窩裡新添了兒女，小燕子夢囈般地啁啾著。珠子忽然停住腳，回過頭來看著我，臉兒一紅，細長的眼睛瞪著我說：「你壞！」

我想起了剛才的事，心頭像有匹小鹿在碰撞。我的眼前又浮現出她那蓓蕾般的小胸脯兒，我說：「珠子，你……真好看……」

「瞎說！」

「珠子，咱倆好吧……」

「我打你！」她滿臉緋紅，舉起拳頭威脅我。

我放下磨棍，撲上去將她抱住，顫抖著說：「打吧，你打吧，你快打，你這個小珠兒，小壞珠兒……」

她急促地喘息著，雙手撫摸著我的脖子，我們緊緊擁抱著，忘記了世界上的一切……

我家的廂房是三間，裡邊兩間安著磨，外邊一間實際上起著大門樓的作用。父親推開大門走進來，一眼就看到了我和珠子摟抱在一起。

「畜生！」他怒罵一聲。

我和珠子急忙分開，垂著頭，打著哆嗦站在磨道裡。磨道被腳底踩凹了，像一條環形的小溝。

父親揪住我的頭髮，狠狠地抽了我兩個嘴巴。我的腦瓜子嗡嗡響，鼻子裡的血滴滴答答地流下來。

珠子撲上來護住我，怒沖沖地盯著父親：「你憑什麼打他？你這個老黑心，與你倆好，就不興俺倆好？」

父親憤怒的胳膊沉重地耷拉下去，臉上的憤怒表情一下子就不見了。

從我初省人事時，我就感覺到爹不喜歡娘。娘比爹大六歲。爹在家裡，臉上很少有笑容，對娘總是冷冷的、淡淡的。娘像對待客人一樣對待爹，爹也像對待客人一樣對待娘，兩個人從沒有吵過一句嘴，更甭說打架了。但娘卻經常偷偷地抹眼淚。小時候見到娘哭，我也跟著哭。娘把我摟在懷裡，使勁地親我，淚水把我的臉都弄溼了。「娘，誰欺負你了？」「沒有，孩子，誰也沒欺負娘……」「那你為什麼哭？」「就是，娘不爭氣，就知道哭。」後來，漸漸地大了，我在街上聽到了一些風言風語，知道了爹和四大娘相好。珠子一歲那年，她爹在集上喝醉了酒，掉到冰河裡淹死了，四大娘一直沒再嫁。我小時，爹常抱我去四大娘家。四大娘喜歡我，從爹手裡把我接過去，親我咬我膈肢我。「叫親娘，我拿花生豆給你吃。」她細長的眼睛親切地望著我，逗著我說。小孩子是沒有立場的，我放開喉嚨叫：「親娘！」四大娘先是高興地咧著嘴笑，但馬上又很悲哀了。她把盛花生豆的小口袋遞給我，長長地嘆一口氣，說：「吃吧。」

娘也抱我去四大娘家，但似乎沒有話說。兩個人常常是乾坐著。誰也不吱聲，只有當我和珠子歡笑起來或者打惱了哭起來，她們才淡淡地笑幾聲或者淡淡地罵我們幾句。有這麼一天，娘又和四大娘對坐著。娘說：「嫂子……你不打算尋個主兒，這樣下去……」娘其實比四大娘大七八歲，但四大娘的丈夫比爹大，所以娘叫四大娘「嫂子」。聽了娘的話，四大娘怔怔地望著窗戶，臉紅一陣白一陣，趴在疊起的被子上，她「嗚嗚」地哭起來。娘的眼圈也紅了。後來，娘不再到四大娘家去了。娘和四大娘的關係也像和爹的關係一樣，相敬如賓，冷冷的、淡淡的，一塊兒推磨，一塊兒到隊裡幹活兒，但誰也不跨進誰的房屋了，有事就靠我和珠子通風報信。

哭叫聲把娘驚動了。娘冒著雨穿過院子跑到磨房，一看到我腫著的臉和鼻子裡流著的血，衝上來護住我，用她粗糙的手擦著我鼻子上的血，一邊擦，一邊哭，一邊罵起來：「狠心的鬼！知道俺娘兒們是你眼裡的釘子，你先把我打死吧……」娘放聲大哭起來。

四大娘也聞聲趕來了。珠子一見她娘，竟然也嘴一咧，鼻子一皺，淚珠子撲簌簌地落下來。「苦命的娘啊，女兒好命苦啊……」珠子抱著四大娘，像個出過嫁的女人一樣嘮叨著哭。四大娘本來就愛流眼淚，這一下可算找到了機會，她摟著女兒，哭了個天昏地暗。

爹急忙把大門關了，壓低了喉嚨說：「別哭了，求求你們。都是我不好，要殺要砍由著你們。我有罪，我給你們下跪了……」身高馬大的父親像半堵牆壁一樣跪倒在石磨面前，淚水沿著他清癯的面頰流下來。父親鼻梁高高的，眼睛很大，據說早年間鬧社戲，他還扮過姑娘呢。

父親的下跪具有很大的震撼力。娘和四大娘的哭聲戛然而止，我和珠子緊跟著閉了嘴。磨房裡非常安靜，褐色的石磨像個嚴肅的老人一樣蹲著。雨已經停了，院子裡嗖嗖地颳過一陣小風，那棵老梨樹輕輕地搖動幾下，樹葉的窸窣聲中，夾雜著水珠擊地的撲哧聲。磨房的房梁上，一穗受了潮的灰掛慢慢地落下來，掉在父親的肩頭上。

娘鬆開我，挪動著小腳，走到爹的面前，伸出指頭捏走了爹肩頭那穗灰掛，慢慢地跪在爹面前，說：「是我不好，都是我不好……」

我的那顆被初戀的歡樂衝擊過的心，被父親毒打委屈過的心，像撕裂了般痛苦，一種比歡樂和委屈更複雜更強烈的感情的潮頭，在我胸臆間急劇翻騰起來，我站立不穩，趔趔趄趄地靠在石磨上……

我們再也不用石磨磨麵了。家裡日月儘管還是艱難，但畢竟是進入新階段了，到鋼磨上去推麵的錢漸漸地不成問題了。磨房裡很少進人，成了耗子的樂園，大白天也可以看到牠們在那裡折騰。蝙蝠也住了進去，黃昏時便從窗欞間飛進飛出。

我長成一個真正的青年了。有人給我提親，女方是南一個老中醫的女兒，在家幫她爹搓搓藥丸子。我死活不答應。

爹說：「我知道你想的是什麼，這是萬萬不行的。」

「不要，我不要！我打一輩子光棍！」

「不要也得要！六月六就訂親。」爹嚴厲地說。

「孩子，聽你爹的話吧。祖祖輩輩都是這麼過來的……中午，把麥子送到鋼磨去推了，訂親要蒸四十個大餑餑哩……」

六月的田野裡，高高低低全是綠色的莊稼。

我到底還是推上三百斤小麥，沿著綠色海洋中的黃色土路，向鋼磨坊走去。我慢吞吞地走著，鋼磨轉動的嗡嗡聲愈來愈近。那一年的那一天，我和珠子一起去看鋼磨，也是走的這條小路。鋼磨房裡，有兩個連睫毛上都掛著白麵粉的姑娘，把糧食倒進鐵喇叭，那根與鋼磨底部連結在一起的長口袋脹得滾圓。我看鋼磨都看癡了，站在那兒像根直棍。珠子打了我一下，讓我去看馬力帶，馬力帶在機房與磨房之間磚砌的溝裡飛跑，我看了一會兒，也不知為什麼，竟然往飛跑的皮帶上撒了一泡尿，皮帶嗞嗞地發出聲響，隨即滑落在地溝裡，鋼磨聲漸漸弱下去。兩個姑娘從磨房裡跑出來，她們喊：「抓！」珠子拖著我，說：「快跑！」我們跑出村莊，跑進野地，跑得氣喘吁吁，滿身是汗。

我說：「珠子，求求你，別回家說。」

她說：「你長大了娶我做老婆不？」

我說：「娶！」

「那我就不說。」她說。果然，她沒對任何人說過我尿落馬力帶的事。

我飽含著哀愁一步步向前走，挺想哭幾聲，大哭幾聲。猛地，一個穿紅格衫的女子從高粱地裡閃出來。是珠子！

「站住！」她狠狠地對我說。

「你在這幹什麼？」我站住了。

「你別裝糊塗。要和那個搓藥丸子的訂親了是不？」她尖刻地問。

「你知道了還問什麼。」我垂頭喪氣地說。

「我怎麼辦？你心裡一點都沒有我？」

「珠子……你難道沒聽說？有人說我們是兄妹……」我心裡充滿了惱怒，一下子把車子掀翻，頹然蹲下去，雙手摀住頭。

「我問過俺娘了，我們不是兄妹。」

「到底是怎麼回事？」

「你爹愛俺娘，你爺爺和奶奶給你爹娶了你娘，俺娘嫁給了俺爹——就是死掉的那個二流子。就這麼回事。」

「咱倆怎麼辦？」我遲疑地問。

「登記，結婚！」

「就怕俺爹不答應。」

「是你娶我還是你爹娶我？解放三十多年了！走，我去跟他們說。」

我跟珠子結了婚。

結婚第二年，珠子生了一個女孩，很可愛，村裡人誰見了就要抱抱她。

連著幾年風調雨順，莊戶人家都攢了一大把錢。珠子有心計，跟我辦起一個小麵粉加工廠。我們騰出廂房來安機器。廂房裡滿是灰塵，那盤石磨上拉滿了耗子屎、蝙蝠糞。我、珠子、爹、四大娘，把兩扇石磨抬出來，扔到牆旮旯裡。娘揹著我的小女兒看我們幹活。

「奶奶，這是什麼？」

「石磨。」

「什麼石磨？」

「磨麵的石磨。」

「什麼磨麵的石磨？」

「就是磨麵的石磨。」

陽光好明媚。我對著門外喊：「珠子，你去弄點石灰水；要把磨房消消毒！」

我們幹得歡暢，幹得認真，像完成了什麼重大的歷史使命。

斷手

槐花大放，通鄉鎮的十里土路北側那數千畝河灘林子裡，撲出來一團團沉重的悶香。林子裡除了槐就是桑，老春初夏，槐綠桑青，桑肥槐瘦。太陽剛冒紅時，林子裡很靜，一隻孤獨的布穀鳥叫起來，聲音傳得遠而長。林子背後是條河，河裡流水擁擠流動時發出的響聲穿過疏林土路，漫到路外揚花授粉的麥田裡。一個穿軍衣的黝黑青年站在土路上，對著那河灘林子裡的一片槐樹喊了一聲：

「小媞！」

立刻就有一個紅褂綠褲的大閨女從雪白的槐林中鑽出來，黝黑青年用左手抻抻去了領章的軍衣，又正正摘了帽徽的軍帽，看著出現在面前的紅綠大閨女。她把一頭烏油油的髮用一條白色小手絹繫著，飄飄灑灑洋溢著風情，柳眼梅腮上凝著星星點點的羞澀。

「你躲躲閃閃地幹什麼呀！」他大聲說著，用手摸摸胸前那兩個紅黃的徽章。閨女往後退一步，將身子半掩在槐林裡，紅了臉，說：「你別大聲嚷嚷好不好？」「怕誰呢？」「不怕誰，不願意讓人看見，你也不是不知道村裡人那些臭嘴。」「讓他們說去，早晚也得讓人知道。」

「蘇社，咱倆可是什麼事也沒有！」她吊著眼說。「有什麼事呢？今日登記，明日結婚，後日生孩子，有什麼事呢？」他瀟灑地說著。「誰跟你去登記？你這樣胡說，我就不跟你一道兒走了。」「我不說了還不行？你還挺能拿架。」他用左手從口袋裡提出一枝菸，插進嘴裡。用左手摸出一盒火柴，夾在右胳膊彎子裡。用左手食指捅開火柴盒。用左手食指和拇指捏出一根火柴——小媞上前兩步，右手從他左手裡拔出火柴，左手從他右胳膊彎裡抓過火柴盒。她點著火，燒著他嘴裡的菸，水汪汪的眼看著他的臉說：「非要抽？」他舉起右胳膊，衣袖匆匆滑下去，露出了——他的手沒了——疤結的手腕。他陰沉沉地說：「當兵的，靠口菸撐著架子，那次打穿插，跑了兩天兩夜，乾糧袋，水壺，全他媽的丟光了，到了集合點，一個個都癱了。連長指導員副連長副指導員，還有一排長二排長三排長四排長，一人拿出一盒菸，全連分遍了，點上抽著，山坡上像燒窯一樣，這才緩過勁來。緊接著眼見著敵人就上來了，綠壓壓的像蒼蠅一樣，我端著一挺輕機槍，來回掃著扇子面，越南鬼子像麥個子一樣，橫七豎八倒滿了山坡……」「你說的跟電影上演的一模一樣。」「電影，電影全是演屁，光壞人死，不死好人，打仗可不一樣，我們一連人只剩下七個，還是缺胳膊少腿，打仗，打仗可不是鬧著玩的。」「別說了，上了路再說。我馱著你。」她從槐林裡推出一輛自行車，車上纏滿了花花綠綠的塑料紙，「上來吧。」「還是我馱著你。」他把菸頭吐在地上說。「俺可不敢，你是戰鬥英雄哩！」她說著，看著他淡淡地笑。他咧咧嘴，也笑了。

土路追著陽光前伸，甦醒的田野裡充斥著生機勃勃的聲響，一樹樹槐花從他臉前滑過去，從槐樹的褐色樹幹裡，他不時看到桑樹的銀灰色樹幹，桑林裡響著小女孩和大女人的對話聲，也如參差錯落的桑槐，一閃就過去了，他漸漸地注意到了她的呼吸，注意到撐出去的雙臂和從她腋下望得見的衣服縐褶。她的腰渾圓。槐林裡溢出的香氣濃濃淡淡，延伸出去斷手的右胳膊，攬住了她的腰，他感到她哆嗦了一下。她用力蹬著車子，悄悄地說：「你把手拿開。」車子嗖嗖地向前跑著，他用胳膊箍了她一下，說：「不。」「拿開手。」她扭著腰說。「我沒有手！」他說著。「……沒有手……也得拿開……求求你……」她帶著哭腔說，車把子在她手下歪來扭去，終於鑽進槐林裡。車前輪撞在槐樹上，車子猛一跳，歪倒。從地上爬起來，他和她對望著。他激動的臉色發綠，對著倚在槐樹上的她說：「動動你怎麼啦？封建腦瓜子，你到城裡去看看。」「蘇社，你別逼人……你是英雄，你為國有功，俺知道你好……可你知道人家怎麼議論你？」「議論我什麼？」「人家說你是個牛皮匠，說你連前線都沒上。」他的臉色隨即變灰了，手索索地抖著，說：「誰說的？誰說的？我沒上前線？我的手是被狗咬去的？」「人家說你用手榴彈砸核桃，砸響了，把手炸掉了。」「胡說！那裡有核桃嗎？那裡沒核桃。手榴彈放在火裡都燒不響，砸核桃能砸響？就算是砸核桃砸響了，那我這些功勞牌子不是我自己鑄的吧？」「人家說你只得了一塊三等的小功勞牌子，那一塊是個紀念章。」「紀念章你們誰有？誰有？誰有？拿出來我看看！」

他又重複著複雜的手續點火抽菸，她沒幫他，卻用肩頭一下一下地往後撞著那棵槐樹。樹葉子和花串兒抖動著，響著。煙從他嘴裡憤怒地噴出來。她說：「你用不著生氣，村裡人的話，都是望風捕影地瞎傳。我還忘了，你還沒吃飯吧？」她把車子扶起來，從車兜裡摸出一個小手絹包，他一眼看出包著的雞蛋，立刻想到餓，聽到她說：「給你。」

「小媞，你相信他們說的？」他接過手巾包，怯怯地問。

「我當然不信，不過，你也得把尾巴夾一夾。今日去縣城，我瞞著俺爹哩。俺爹說，『蘇社不是正經人，你要離他遠著點。』」

「好啊！你爹！」

「俺爹還說你擎著隻斷手，吃了東家吃西家，回家兩個月了，連地也不下，像個兵痞子。」

「那麼你呢，你也這樣看我？」

「我對俺爹說，他為國為民落了殘廢，又是孤身一人，吃幾頓飯算什麼？」

「你爹怎麼回你？」

「他說，『不是那幾頓飯！』」

「你爹還說我什麼？」

「就這些。」

「小媞，」他想了一下說，「今天我們就去縣委，讓他們給我安排個工作，你只要同意跟我好，我讓他們也給你安排個工作，咱搬到縣城裡去住，躲著這些人遠遠的。」

「他們能安排你嗎？」

「他們敢不安排！老子連手都丟在前線了。」

「我們就走吧。」她眼淚汪汪地說，「你不要動我，好好坐著，我求求你。」

「好吧，我不動你。」他輕蔑地說，「都八十年代啦。當兵的，什麼世面沒見過呀。人都會裝正經，打起仗來，什麼羞不羞的，在醫院裡，女護士給我繫腰帶，有個粉紅臉兒叫小曹的，是地委書記的女兒呢，人家那個大方勁，哪像你。」

「你怎麼不去找她！」

「你以為我搞不到她？我不願意呢。我們凱旋著回來，給我們寫信的女大學生成百成千，都把彩色照片寄來，那信寫的，一口一個『最親愛的人』。」

小媞不說話了，自行車鏈條打著鏈瓦，噹啷噹啷響。那隻不知疲倦的布穀鳥的叫聲，漸漸地化在大氣裡。

又朦朦朧朧地聽到了布穀鳥的叫聲。愈來愈清晰，單調，離牠愈來愈近。牠好像一直沒動窩兒，就這麼叫著，太陽高掛東南，田野裡暖烘烘的。小媞痲木地蹬著車子，聽著飄浮不定的布穀聲，她感到渾身鬆懈。跳下車，腿腳軟得像沒了筋骨。槐花的悶香漫上來，她的頭微微發暈，支起車子，一手扶樹，一手輕提著胸襟抖了幾下，她出了一身汗。忽然想起什麼似的，她踅著，進了槐林深處。槐樹大都是茶碗口粗細，桿莖人頭多高，樹皮還光滑發亮，樹冠不高也不太大，一片又一片的綠葉子承著陽光，閃閃爍爍地跳，槐花串串掛著，家蜂伴著野蜂飛，陽光下交會著蜂鳴聲……她在槐林深處蹲了一會，看見與槐林相接的桑林，看見桑林外河中流水泛起的亮光……她往外走，踩著溼潤的沙地，沙地上生著一圈圈瘦弱的茅草，還有葛蔓蘿藤，黃花地丁。四隻拳頭大小的褐色野兔靈活地啃著野菜，見到她來，一哄兒散了，站在半箭之外，斑斑點點地望著她。灰山鵲拖著長長的尾巴，一起一伏地向前躍進。她眼裡像蒙著一層霧，南風從樹縫裡歪歪曲曲地吹過來，鑽進了她的身體。她摸出手帕揉揉眼，掐下一串齊著她額頭的槐花，用牙齒摘著吃。槐花初入口是甜的，一會兒就變了味。她心裡有點迷糊，便用削肩倚了樹，慢慢地下滑，坐下，雙腿平伸開，瞇著眼，從花葉縫隙裡看太陽。太陽是黑的。太陽是白的。太陽是綠的。太陽是紅的。幾個花瓣從她眼前落下來，老春槐花謝，想著剛才的事，想哭，一低頭，就有兩顆淚珠落在紅褂子上……

路過鄉鎮時，看到街上熱熱鬧鬧，人們走來走去，臉上都帶著笑。太陽光下坐著一位面如絲瓜的乾老頭，守著一個翠綠色的柳條筐，筐裡是鮮紅的大櫻桃，不滿。看到大櫻桃，蘇社用斷腕搗了她一下，說：「停車。」

櫻桃老頭半閉著左眼，大睜著右眼，看著蘇社。蘇社蹲在筐前，問老頭：「櫻桃怎麼賣？」她扶著車子站在一邊，看著他的脖子，看著老人的乾臉。鮮紅的櫻桃好像在筐裡跳。

「五毛一斤。」老頭說。

蘇社提起一個櫻桃，舉著看一會，一仰脖子，讓櫻桃掉進嘴裡。他說：「真甜。就是太貴了，老頭，我是從前線回來的。雲南省昆明市櫻桃紅了半條街，個兒大，水兒旺，才兩毛錢一斤。」

「那是雲南。」老人說。

「便宜點兒賣不賣？」他又提起一個櫻桃，扔進嘴裡。

老人用力看著他。

「一毛錢一斤賣不賣？」蘇社往口裡扔著櫻桃說。

「走你的路吧！」

「一毛錢一斤，我全要了你的。」蘇社往嘴裡扔著櫻桃說。

「走吧，蘇社。」她在一邊說。

櫻桃老人臉上漸漸掛了顏色，兩隻眼全瞪圓。蘇社又往櫻桃筐裡伸手，老人抓住了他的手。

「你幹什麼？老頭，」蘇社說，「噢，還不興嘗一嘗嗎？」

「你爹從來沒有教育你。」老人說。

「你怎麼開口罵人？」

「你拿一毛錢。」

「我不買。」

「拿一毛錢。」

「老頭，真摳門呀！吃你幾個破櫻桃是瞧得起你。」

「拿一毛錢。」

行人一圈圈圍上來，都不說話，表情各異地看著蘇社和老人。也有用斜眼瞥一下小媞的，她的臉上泛熱，輕輕說：「走吧。」

「好吧，算我倒楣！」蘇社從兜裡摳擻了半天，夾出幾個硬幣來，扔在地上，「老財迷！」

他站起來。老人一探身，揪住了他的衣角。

「你想動打的嗎？老頭，我告訴你，動打的你可不是個，越南特工隊都是練過飛檐走壁的，照樣躺在我的槍口下。」

老人揪著他的衣角，不鬆手也不抬頭。

有人說：「算了，老人，放他走吧，他剛打仗回來呢。」

有人說：「年輕人，你彎彎腰，拾起錢，遞到他手裡，給他個面子，借著坡，好下驢，他也好做買賣，你也好趕路。」

他彎腰撿起硬幣，拍到老頭手裡，說：「老子在前方為你們賣命，身上鑽了這多窟窿，吃幾個破爛櫻桃還要錢。」

「小子，你別走！」老人說著，挽起褲腿來，把一條假腿從膝蓋上摘下來，扔在蘇社面前，吼一聲，「小子，老子在朝鮮吃雪時，你還在你爹腿肚子裡轉筋呢！」

她從人縫裡推車擠出來，上了車，逃命似的回來。

布穀聲又響，她不知道是她的耳朵歇了一會兒，還是布穀鳥歇了一會兒。

「娘——小野兔！」

她聽到桑林裡傳出一個女孩清脆的喊叫聲，便移動著眼往發聲處看。她看到紫色的槐樹幹和灰色的桑樹幹，高抬眼，又看到滿眼婆娑搖風的綠葉白花。

「樂樂，好好走，別讓樹撞著頭。」一個女人的聲音。

「娘，掉下一個小蜜蜂。」

「別動啊，被它螫著！」

「它死了。」

「蜂死啟子不死哩。」

「螞蟻要拖它。」

「別動它。」

「螞蟻拖著它走了。」

「別動它們。」

她終於看到柔韌的桑枝在空中晃動，幾片拳大的桑葉飄然落地，桑枝桑葉間，鑲進藍藍黑黑的顏色，一個通紅的孩子，像小鹿一樣跳過去又跳過來。

「後生，你別狂，家去摘下那兩塊牌牌，找塊破布包包擱起來，」櫻桃老頭指著蘇社胸前的徽章說：「這種東西我家裡有半斤。」

蘇社咧咧嘴，不明哭笑。一直看著老人安裝上假腿，拐起櫻桃筐子，咯吱咯吱響著腿走了，眾人面面相覷，都沒得話說。羞答答地走散。撇下蘇社一人戳著，在陽光下曬著滿臉白汗珠。好半天才醒過神，轉著圈喊小媞，聲音又急又賴，像貓叫一樣，滿街都驚動了，走散的人又定住腳，從四面八方一齊回頭看他，使他感到無趣，趕緊溜到牆邊，背靠牆站住，心裡頓時安定了不少，閉住嘴，騰出眼來找小媞。滿街急匆匆走著人，也有自行車在人縫裡鑽，但都不是小媞。櫻桃老頭遠遠地坐在涼粉攤旁柳蔭下，沙啞著嗓子喊：「櫻桃——櫻桃——」

反覆想了還是決定先回村，想必小媞是早回了村。走著與槐林相傍的土路，見無邊的麥浪從路南湧上來，到了路邊卻陡然消失，像馬失了前蹄，像潮撞著堤岸。有一家人正給小麥噴藥粉，一人揹著汽油機，一人拉著長長的蛇皮形噴粉管，像拉魚一樣從麥穗上掠過去，在他們身後，留下一道道煙樹。田野遼闊了就顯著人少，看不到有多少人幹活，莊稼卻長得出奇的好。

一輛手扶拖拉機噗噗噗響著，從路上馳來，他想截車，便站到了路邊，高高地舉起無手的右胳膊。開車的是個戴墨鏡的小夥子，坐得棒硬，像焊在拖拉機上的鐵鑄件，對他的示意連一點反應也沒有。拖拉機飛快地開過去，黑煙和塵土把他逼進槐樹林裡去。

拖拉機走了好遠，他才敢從林子裡鑽出來，沉重的受辱感使他的心一陣陣抽搐，斷手的疤也隱隱作痛。也許是今年的第一隻蟟蛁在林裡乾噪地叫起來，他對蟟蛁充滿了仇恨，心裡想著把它砸成肉醬的情況，人卻在路上疲憊不堪地走。路上不斷有自行車騎過去，騎車人連多看他一眼也不。他心裡陰鬱得沒有一個亮點，不時地停下，按照動作順序點火吸菸，終於吸光了菸，捏癟菸盒，用力擲進樹叢裡。

從樹叢裡跳出一個紅色的女孩，高舉著一根桑條，像舉著一面旗幟，滿頭綴著白花，渾身都是香氣，「娘，解放軍，一個解放軍。」女孩喊。

「樂樂，慢著點跑，別摔倒磕破鼻子。」一個女人揹著一筐桑葉，從槐林裡走出來，直到她放下筐子直起腰時，蘇社才看清了她的臉。

「這不是蘇社大兄弟嗎？」女人問，「進城了嗎？」

「……留嫚姊，」頓了一會才想起她的名字，他吭吭哧哧地說，「你採桑葉餵蠶？」

留嫚臉紅紅的，說：「樂樂，這是你叔叔，你叔叔是英雄，快叫呀！」

女孩怯生生地叫了他一聲，就縮到娘背後，偷偷打量著蘇社。

留嫚用右手摸了一下女孩的頭，笑著對蘇社說：「她見了生人就像見了貓的小耗子。」

女孩用兩隻清澈的眼睛看著他，他心裡莫名其妙地感傷起來，他幾乎把這個女人忘記了。兩個月裡，他差不多吃遍了全村，好像也沒人提過她的事。正胡亂想著，就聽到她說：「我早就知道你回來了。你回來全村都高興，都請你吃飯，你這個窮姊姊不敢去湊熱鬧，也實在沒有什麼能拿上桌的東西給你吃。」

他狼狽地笑著，說：「我真不好意思，鄉親們尊重錯了人。」

「那就是你謙虛了。」

「你嫁到哪村了？」他看著女孩問。

她平靜地說：「哪兒也沒嫁。」

他不再問，指著桑葉筐說：「我幫你揹著吧。」

「不用。」她說。

她揹著桑葉，彎著腰跟他一起走，女孩扯著她的衣角走在一側。他看著她那條如同虛設的左胳膊，回憶起少年時一些殘忍的行為。留嫚生來畸形，她的左臂短小，像一條絲瓜掛在肩膀上。留嫚上過一年級，他和一些男孩子們經常欺負她，扯著她的殘胳膊使勁擰。後來她就不上學。

「兄弟，該成親了吧？」她問。

「跟誰成親？」他苦笑一聲，說，「瘸爪子，沒人要嫁給我。」

「你這個瘸爪子跟我這個瘸爪子可是不一樣，」她愉快地笑著說，「你是光榮的瘸爪子，會有人嫁給你的。」

路很長，愈走愈累，便一齊住了聲，大一步小一步地向前走。終於走到村頭，天已正午，滿街泛起黃光，她舉起頭來說：「我家就在那兒，老地方。」她用下巴示意了一下，他看了一眼那排緊靠河堤被滿村新建青磚紅瓦房甩出去的草屋。它孤孤單單地坐在那兒。蘇社回憶著在草屋周圍曾有過的那一排排同樣模樣的草屋，心裡亂糟糟的。她說：「今日正好碰上你，大家都請你吃飯，我也該請。你別嫌棄，跟我走吧，家裡正好還有一隻被人打壞了脊梁的母雞，就慰勞了你吧。」兩道渾濁的汗水很滯地在她頰上流，她的嘴略有點歪斜，鼻子兩側生著雀斑。女孩曬得黑黑的，雙眼不大但非常明亮。

「留姐……我還有事，就不去了吧……」

「隨你的方便，一個村住著，早晚會請到你。」她爽快地說著，拉著女孩往草屋走，他一直望見她們進了院子。

「小媞！」站在小媞家院門外，他大聲喊。院子裡靜悄悄的，沒有人說話，他把眼貼在門縫上，看到了小媞那輛花花綠綠的自行車支在院子裡。想走，卻又張嘴喊小媞，從門縫裡，看到小媞的爹板著臉走過來。

坐在她家炕下的長條凳上，看著她爹緊著嘴抽菸，身上似生了疥瘡，坐不安穩，一提一提地聳肩仄屁股。沒話找話地說：「大伯，小媞還沒回來？」老頭把菸袋鍋子在炕沿上叩著，死聲喪氣地說：「你問我，我問誰！」蘇社像打嗝似的頓了一下喉嚨，心裡頓時冷了。

「媞她娘，拾掇飯吃！」老頭喊。

媞她娘從另一間屋裡出來，說：「急什麼，媞出去還沒回來。」

「吃了飯要幹活！麥子要澆水，要噴藥，玉米要除草定苗，你當我是二流子，甩著袖子踑大鞋呀！」

「你看這熊脾氣！」媞她娘對蘇社說，「你可別見怪。」

媞她娘端上來一盤暄騰騰的饅頭，一碗醬醃帶魚，一碟黃醬，一把嫩蔥。「大侄子，一塊兒吃吧。」她對蘇社說。

「你大侄子早在縣裡吃飽了大魚大肉，用得著你孝敬！」老頭說。

蘇社猛地站起來，手伸著，嘴張著，眼瞪著，一副嚇人模樣，然後他垂臂闔嘴耷拉眼皮，臉青一陣白一陣。他慢慢又坐下，手在大腿上摸著，一會兒，緩緩站起來，咬著牙根，一字一頓地說：「大伯，吃了你家幾頓飯，我牢牢地記住了，你也牢牢地記著吧，我遲早會還你的。」轉身他就走了，也不聽老頭老婆在背後說些什麼。走著街，委屈浸洇上來，眼裡簌簌地滾出兩行淚，怕人看見，想擦，舉起右手——馬上火氣填胸，不擦淚，飛跑回家，仰在炕上，哭著，死死活活地亂想。

哭了一陣，委屈和憤怒漸漸平息，心裡恍恍惚惚，宛若在夢中，睜眼看著牆角上輕動著的小蛛網，耳邊傳來毛驢的叫聲，窗外生動著大千世界，並沒有什麼變亂。於是爬起來，滿意地看看村裡給蓋的新房和備齊的家具，心裡又有些感動，飢餓和乾渴襲上來，便挑了水桶去井邊擔水，見著街上的行人，覺得一陣陣臉熱，懷著轟轟烈烈的念頭與人打招呼，但都是極隨便地應一聲，並無驚訝之語，於是也就明白了自己。

井台上汪著些混濁的水，兩隻黃色的白鴨用黑嘴攪著水，見到有人來，便搖搖擺擺地走到一邊去。他從小慣用右手，左手笨拙軟弱，連提個空桶都感到吃力。用扁擔鉤子鉤著桶，慢慢往井裡順，整根扁擔都進了井，他又大彎著腰，才看到水桶底觸破了平靜的井水，他的臉隨著變成無數碎片，在井裡盪漾著。

他彆彆扭扭地晃動著扁擔，總也打不到水，眼珠子都擠得發了脹，只好把空桶上上下下地提上來，直起腰，手扶著扁擔，雙眼望著極遠的天。

「戰鬥英雄，打水呀！」一個不比小媞難看的姑娘挑著兩只鐵皮水桶輕盈地走過來。

他冷冷地瞅她一眼，沒有說話，姑娘看著他那隻斷手，笑容立即從臉上褪去。她放下自己的扁擔和桶，走上來拿他的扁擔，她說：「蘇社哥，我來給你打。」

「滾開！」他突然發了怒，大聲說，「不用來假充好人。我欠你們的情夠多的了，欠不起了。」

姑娘被他搶白得眼泡裡汪著淚，說：「蘇社，俺可是一片好心。」

「好心？他媽的，老子在前方——」他忽然住了嘴，雙肩垂下，拄著扁擔，面色漠然，好像對著墳墓。

那姑娘匆匆打滿兩桶水，擔起來，一溜歪斜地走了。她再也沒有回來。他知道話說過了頭，但也不後悔，對著井他垂下頭，仔細端詳著自己陰暗的臉……

他看到自己頭朝下栽到井裡，井水沉悶地響著，濺起四散的浪花去沖刷井壁，他掙扎著，身體慢慢下沉，井底冒上來一串串氣泡……他漂到了水面上，仰著臉，望著圓圓的藍天。藍天裡突然鑲進了小媞美麗的臉，他笑嘻嘻地面對著她，聽到她驚叫起來……全村人都圍到了他身邊，他躺在那兒，雖然死了，心裡卻充滿了報復後的快感……幾顆淚珠悄然無聲地落到井裡，砸破了水面，金黃的太陽照著他的臉，他的臉照亮了井水。

「兄弟。」

他聽到有人喊，慌忙直起腰，用衣袖沾沾眼睛。

「家裡沒鏡子嗎？」留嫚笑著說，「你要跳井嗎？」

「也許會跳呢！」他笑著回答。

「跳下去我可不撈你，」她說，「你挑水？」

「想挑，但挑不了，瘸爪子，不中用啦。」他直率地對她說。

「你不知道自己有多大本事。咱這種人，要想咱這種人的辦法，你看著我怎麼幹。」她走到井邊，跪下，用右手握著繩子，把一隻瓦罐緩緩地順進井裡去，晃了兩下繩子，井裡傳上來瓦罐進水的咕嚕聲。她用力把繩子往上提，提到胳膊不能上舉為止，然後，把頭伸過去，用嘴咬住了繩子。在很短暫的時間裡，一瓦罐水是掛在她的嘴上的，趁著這機會，她把右手迅速地伸到井裡抓住繩子，鬆了口，再把胳膊用力上舉，再用嘴去咬住井繩……她那條像絲瓜一樣的左胳膊隨著身體起伏悠來盪去……她把滿滿一瓦罐水叼到井台上，站起來，喘著粗氣說，「就得這樣幹。」

他看著她那兩片薄薄的嘴唇和細小的牙齒，問：「你一直就是這樣打水嗎？」

她說：「要不怎麼辦？前幾年俺娘活著，她打水，她死了，我就打，人怕逼，逼著，沒有過不了的河，沒有吃不了的苦。」

「沒人幫你打水？」

「一次兩次行啊，可天長日久，即便人家無怨言，自己心裡也不踏實，欠人一分情，十年不安生，能不求人就不求人。」

「娘，你怎麼還不走呀！」女孩在遠處急躁地喊。

「噢，樂樂，你先走，抓些桑葉給蠶寶寶撒上，娘幫叔叔提兩罐水。」

「你可快些呀！」女孩喊一聲，跳著走了。

留嫚提起那罐水，用膝蓋幫著手，把水倒進蘇社桶裡。他伸手抓住繩子，看著她的臉，說：「留姐，讓我來試試。」

「你要試試？也好，待幾天我幫你紡根線繩子。」她把手鬆開。

他跪在井沿上，把瓦罐順下井，打滿水。當他把胳膊高舉起來時，也學著她的樣，伸出頭，狠狠地咬住了繩子，在一瞬間，沉重的瓦罐掛在他的嘴上，他的牙根痠麻，臉上肌肉緊張，舌頭嘗到了繩子上又苦又澀的味兒。

他默默地坐著，看著她用一隻手靈巧地擀麵條。她家裡有五間屋，一間灶房，一間臥房，三間蠶房。蠶都有虎口長了，滿屋裡響著蠶吃桑葉的聲音。

「你打算怎麼辦？是種地還是去當幹部？」她問。

「到哪裡去當幹部？我都不想活下去啦。」

「說得怪嚇人的。」她咯咯地笑起來。

「娘，你笑什麼？」女孩問。

「大人說話，小孩別插嘴。」她說，「就為斷了隻手？我也是一隻手不是照樣活嗎？比比那些兩隻手都沒了的，我們還是要知足。」

「話是這麼說，可我總覺得不仗義。」

「想開點吧。」

她走到灶邊燒火。女孩摟著脖子往她背上爬，她說：「淘人蟲，去找你叔叔玩去。」

女孩踅到他面前，他問：「你叫什麼名字？」

「樂樂。」

「噢，樂樂。」

「叔叔，你打死兩百個鬼子？」

「……沒有，樂樂，叔叔連一個鬼子也沒打死。」

「娘說你打死兩百個鬼子。」

「沒有……」他避開了女孩的眼睛。

「叔叔，你的牌子。」女孩指著他胸前的徽章說。

「送給你了。」他把徽章摘下來給了女孩。

月亮升起來不久，女孩睡著了。留嫚把孩子塞進被窩，從她手裡剝出徽章遞給他。他說：「不要了，留著給孩子耍吧。」她把徽章放到窗台上，說：「你也不容易呀，動刀動槍的，還打死那麼多人。」他吶吶半晌才說：「你包了幾畝地？」「我沒包地。我養蠶。這幾年，全胳膊全腿的都跑出去撈大錢了，沒人養蠶，滿林的桑葉。去年我養了五張，今年養了六張。」

她起身去餵蠶，月光從窗櫺間透進來，照著一張張銀灰色的蠶箔。她撒了一層桑葉，屋子裡立刻響起急雨般的聲音。「今年蠶出得齊，我一個人，又要採桑又要餵，真夠嗆的，要雇人吧，又不方便，只好苦一點，熬到蠶上了簇就好了。」月光照著她的臉，顯得清麗和婉，她覺察到他在注視她，便低眉順目，說：「我的樂樂眼見著就大了。」

他嗓子發哽，說不出話來。

留嫚說：「兄弟，不是我攆你走，今晚上大月亮天，我要去採葉子，家裡的葉子吃不到天亮呢。」

「我幫你去採。」

「不用，半夜三更的，叫人碰到說閒話——我倒不怕，怕壞了你的名譽呢。」

「不是有月亮嗎？」

槐花像一簇簇粉蝶在月光下抖翅。桑葉子黑亮黑亮。河水流動聲比白天大。

兩人兩隻手，一會兒就採滿了筐。從桑林到槐林，都被月亮照徹了。人在樹下晃動著，好似笨拙的大鳥。

辮子

胡洪波坐在同心湖南岸那片槐樹林子裡，膝蓋上擺著一條一米多長的烏黑大辮子，滿臉苦相，一枝接一枝地抽菸。剛剛下過大雨，槐樹林子裡到處都是水，他坐在那件發給幹部們穿著下鄉指揮防汛的軍用雙面塑膠雨衣上，還是感覺到潮氣透上來，搞得雙股很不舒服。

這是個星期六的傍晚，暴雨剛過，玫瑰色的天空上飄著一些杏黃色的雲，倒映在清澈的湖水裡。湖對面那幾十幢紅瓦頂二層小樓被青天綠水映襯著，顯得很美麗。在緊臨著湖邊的那幢樓一層裡，有一個六十平方米的單元，那就是宣傳部副部長胡洪波的家。

胡洪波三十出頭年紀，大專文化程度，筆頭上功夫不錯，人長得清瘦精幹。有相當一部分姑娘喜歡嫁給胡洪波這種類型的男人，而一般地說，嫁給這種男人也總是能過上比較平靜、溫暖、有幾分藝術氣味的生活。這樣的男人在機關裡蹲上個十年八年的，一般地總是能熬成一個不大不小的官兒。這樣的家庭多數會生一個漂漂亮亮的女孩，這女孩一般地總是很聰明，嘴巴很甜，頭上紮著紅綢子。這女孩如果不會撥弄幾下電子琴，就會畫幾張有模有樣的畫兒，或是會跳幾個還挺複雜的舞蹈。最低能的也能背幾首唐詩給客人聽，博幾聲喝采。

這樣的家庭裡的主婦一般地都還不難看，都很熱情、很清潔、很禮貌，讓人感到很舒服。這樣的女人多數都會炒幾個拿手菜，端到席上向客人誇耀。這樣的女人多數都能喝一兩左右的白酒，在家宴將散時，必定腰繫著白圍裙上席來，以主婦和主廚的雙重身分，向客人們敬酒；這樣的敬酒絕大多數的客人都不好意思拒絕，這樣的女人是湖邊那十幾幢樓裡的靈魂。總之，這樣的女人、這樣的孩子、這樣的男人，住在一個單元裡，就分泌出一種東西。這東西叫作：幸福。

胡洪波原來是生活在幸福之中的。那時候他的妻子郭月英在新華書店兒童讀物部賣連環畫，雖然是生過孩子數年了的人，可還留著那條做姑娘時就蓄起來的大辮子。那條大辮子有一米多長，一把粗細，烏黑發亮，成為郭月英身上最引人注目的特徵。縣城的人都知道新華書店有個賣小人書的「郭大辮」。機關裡的人都知道「郭大辮」是宣傳部報導組「胡大主筆」的老婆。說實話郭月英的臉很一般，瘦瘦的，長長的，甚至有幾分尖嘴猴腮，但郭月英的大辮子實在是全城第一份的漂亮。當初談戀愛，每當胡洪波對郭月英的臉蛋兒表現出不滿時，郭月英就從腰後拖過大辮子纏在他的脖子上。三纏兩纏，胡洪波就被纏住了。

郭月英生下一個取名「嬌嬌」的女孩後，家務活兒增加了許多，梳大辮子浪費時間，胡洪波勸她剪成短髮。她瞪著眼，紅著臉說：「你想逃跑？」

胡洪波立即想起新婚之夜的情景：郭月英伏在他的身上，用辮子纏著他的脖子，咬著他的耳朵說：「只要我的辮子在，你就別想跑！」

胡洪波指指嬌嬌，說：「有嬌嬌拴著我，你剃成禿瓢兒，我也跑不了。」

郭月英披散著頭髮，眼睛夾著淚，嘴裡不停地嘟囔著。胡洪波正被一篇稿子弄得心煩，見郭月英糾纏不清，便火起來，拍了一巴掌寫字台上的玻璃，吼了一句：「神經病！」

郭月英「哇」地哭了一聲，哭聲很大，嚇得胡洪波不由自主地從寫字台邊蹦起來，他倒不是怕郭月英哭壞了嗓子，而是怕郭月英的哭聲被鄰居聽到，那時胡洪波還是個幹事，樓上住著宣傳部的馬副部長，一個讓胡洪波感到極不舒服的頂頭上司。他急忙跑上去，拍著郭月英的肩膀賠不是。郭月英又是「哇」地一聲，嚇得胡洪波伸手去搗她的嘴。胡洪波一鬆手，她又是「哇」地一聲，好像她的嘴巴是個漏水的管子，就這樣一搗就停，一鬆就「哇」，一會兒工夫，胡洪波就汗水淋漓了。嬌嬌也被驚醒了，手舞足蹈地哭。胡洪波急中生智，跑到廚房裡，選了一個小茄子，堵住郭月英大張著的嘴巴。此招十分有效，但情景十分可怕，郭月英仰著臉，瞪著眼，嘴裡塞著茄子，把那張瘦臉拉得更加狹長，像一隻鹿的臉或是狗的臉。胡洪波也像大多數男人一樣，結婚後就對妻子的臉視而不見，甚至忘記她的臉的樣子，只有一團模模糊糊的感覺在下意識裡潛藏著。他好不容易哄睡了嬌嬌，又一次認真地打量著郭月英的臉，他突然發現，郭月英其實是個相當醜陋的女人，她的呆呆的眼、稀疏的眉毛、狹窄的額頭、彎曲的鼻梁、尖尖的下巴，都讓他感到厭惡。他伸出手，想把茄子從她的嘴巴裡拔出來，又怕她又「哇」個不停；不拔出茄子，難道讓她永遠叼著？他猛然意識到情形有些蹊蹺，郭月英怎麼這麼老實？他輕輕捏著茄子把兒，想把茄子拽出來，但沒拽出來；他手上使了勁，再拽，還是沒拽出來。他有些著急，左手攥住郭月英的下巴，右手捏住茄子把，用力往外一拔，只聽得一聲響亮，茄子出來了，郭月英卻倒了。胡洪波慌忙把她抱在床上，摸摸心臟，還跳，試試鼻孔，還喘氣，知道沒死，心中頓時輕鬆了許多。再看郭月英，嘴大張著不闔，好像還叼著茄子一樣，胡洪波少時學過一點按摩正骨，便揉著郭月英的臉，往上托下巴，竟然把那張嘴闔住了。嘴闔了眼也閉了，並從鼻孔裡噴出一些齁齁的鼾聲。謝天謝地！胡洪波禱祝一聲，一坐在椅子上，渾身臭汗，骨頭痠痛，好像從籃球場上下來。

第二天早晨，胡洪波表現極好，一大早就去取回了奶，煮好，餵飽嬌嬌，然後又煮麵條，煎雞蛋，侍候郭月英吃飯。郭月英的臉像木頭一樣，沒有半點表情。胡洪波相信時間是治療一切痛苦的良藥，女人臉像木頭時，最好暫時躲開，於是他推出自行車，把嬌嬌送去幼兒園，自己跑到辦公室裡打開水，擦地板，抹桌子，好像要用勞動洗刷罪責一樣。胡洪波此刻還不知道，那種叫作「幸福」的東西，已經離他而去。後來他曾想到，所謂的「幸福」，就像燕子一樣，數量是有限的，牠在這家檐下築了巢，就不會再到別家去壘窩。所以要想得到幸福，首先要蓋一幢適合燕築巢的房子。

胡洪波忙完了，在辦公桌前坐下來，剛點菸吸了一口，馬副部長來了。胡洪波慌忙站起來，低垂著腦袋向馬副部長問好。馬副部長很嚴肅地問：「小胡，昨晚上跟小郭鬧矛盾了？」

胡洪波紅著臉說：「吵了兩句嘴，主要是我不好。」馬副部長語重心長地說：「小胡啊，現在，資產階級自由化氾濫，使許多丈夫不喜歡妻子，我們身為縣委幹部，一定要注意影響啊！」

胡洪波感到渾身發冷，心情緊張，好像自己就是一個被資產階級自由化氾濫了的丈夫一樣。他連聲說：「是，是，是，我一定注意。」

正在這時，電話鈴響了。胡洪波起身去接，馬副部長卻就近操起了話筒，拖著長腔：喂，找誰？是宣傳部，找誰？胡洪波？你貴姓？噢，是小郭，小胡欺負你了？我正在訓他呢！

馬副部長把話筒遞給胡洪波，臉上堆著令胡洪波感到恐懼的微笑。他戰戰兢兢接過話筒，剛喂了一聲，就聽到郭月英在那邊咬牙切齒地說：「只要我的辮子在，你就別想跑！」胡洪波剛要說點什麼，郭月英就把電話掛了。

胡洪波滿面羞愧，窘得連從電話機走回辦公桌這幾步路都不會走了。郭月英的聲音很大，那句像咒語一樣的話屋裡的人都聽得清清楚楚。馬副部長笑著說：「小郭又要施展『神鞭』的絕技了。」滿屋裡的人都笑起來，他們都聽說過「郭大辮子」纏住「胡大主筆」的趣聞。

胡洪波紅著臉說：「玩笑話……一句玩笑話……」嘴裡這麼說著，但他的心裡卻產生了對郭月英的強烈不滿。即使我有天大的不是，你也不該把電話打到辦公室裡來丟我的面子！整整一個上午，他都在發著恨，虛構著各種各樣的教訓郭月英的情景，五彩繽紛的妙語像潮水一樣滾滾而來。

中午下班後，懷著滿腔怒火他騎車回了家。支好車，一腳踹開虛掩著的門，想給郭月英一個下馬威。他迎面碰上了郭月英呆呆的目光。他看到她光著背，赤著腳，雙手攥著大辮子，半張著嘴，下巴耷拉著，怒沖沖地說：「只要我的辮子在，你就別想跑！」胡洪波憤怒地吼著：「郭月英，你不要得理不饒人！我讓你剪辮子，也不過是隨口說的一句話，沒有半點別的意思，願意剪你就剪，不願剪你就留著。退一步說，這話就算我說錯了，傷了你的心，但我已向你賠了禮，道了歉，投了降，告了饒，好漢不打告饒的。你這樣鬧，就是胡攪蠻纏，存心不想跟我正經過日子了！」

他怒沖沖說完，自己都感到義正辭嚴、通情達理。他準備著郭月英撒撒嬌，耍耍賴，用辮子抽他。然後抱她上床，親兩口咬兩嘴，就重歸於好了。但郭月英對他的那番話毫無反應，依然是摸著大辮瞪著眼，怒沖沖地說：

「只要我的辮子在，你就別想跑！」

胡洪波這才感覺到情況複雜，他仔細觀察郭月英，見她目光呆滯，反應遲鈍，已經是一個標準的精神病人了。但他還不願承認事實，大聲說：「月英，嬌嬌來了！」

他發現她連眼珠都沒動一下，卻咬著牙根，重複了一遍那句驚心動魄的話：

「只要我的辮子在，你就別想跑！」

往後的日子就亂七八糟了。胡洪波首先找到馬副部長匯報情況，把事情的前後經過毫無隱瞞地說了一遍，他說著說著就流下了眼淚，但他分明看出馬副部長的眼睛裡藏著許多問號。他捶胸頓足地發誓說，如有半句謊言天打五雷轟，馬副部長卻冷冰冰地說：你即使說得全是假話，天也不會打你五雷也不會轟你，我們共產黨員不搞賭咒發誓這一套。胡洪波說：我用黨性保證我沒說假話。馬副部長說：先送小郭去醫院治病，其餘的事組織會調查清楚。

後來他就把郭月英送進精神病醫院，醫院又讓他述說郭月英的發病經過，他又如實說了一遍。醫生們都說：就為這麼點事就得了神經病？言外之意還是說胡洪波隱瞞了重要內容，胡洪波又是賭咒發誓用黨性、人性用女兒嬌嬌的名義保證他一句謊話也沒說，但他發現醫生們的臉就像木頭一樣，於是他再也不解釋什麼，把希望寄託在郭月英身上，他真心希望她能恢復理智，好為他洗刷清白。他把女兒送回老家讓爹娘給養著，自己白天上班，晚上去精神病院陪郭月英。半年過去，胡洪波累弓了腰，愁白了頭，可郭月英的病沒有任何進展，飯送到嘴裡，吃；水端到唇邊，喝；也不哭，也不鬧，也不跑，也不跳，唯一的毛病就是，只要見了胡洪波，就攥著大辮子念咒語：「只要我的辮子在，你就別想跑！」

後來，連精神病院的醫生聽了這句話也忍不住笑起來，都說胡幹事你算是沒法子逃脫了，拴在郭月英辮子梢上算啦。

精神病院在半年內使盡了全部招數，郭月英的病不好也不壞，但醫療費海了去了。連年虧損的新華書店領導找縣委宣傳部哭窮說，郭月英再住下去，職工們意見就大發了。於是馬副部長親自去精神病院了解情況，醫院說住著也是白住著，於是在一個晴朗的秋日下午，胡洪波借了一輛三輪車，把郭月英拉回了家。郭月英的娘是個退休的小學教師，胡洪波把她請來照顧她女兒。

不久，馬副部長得急症死了，宣傳部空出了一個副部長的缺，很多人都暗地裡活動，想補這個缺。組織部那位女部長卻拍板讓胡洪波當了副部長。她的理由是：小胡有文憑，有能力，作風正派，難得是心眼好，侍候郭月英半年，連句怨言都沒有，比兒子還孝順，這樣的青年幹部不提拔，提拔什麼樣的？

胡洪波當了副部長，坐在了馬副部長的辦公桌上，苦悶略有減緩，但只要一進家門，一聽到郭月英那句詛咒，他就感到，家裡有個神經病老婆，即使當了市委宣傳部的副部長，也沒有什麼意思了。

有一段時間內，他曾生出過離婚的念頭，但聽人說與精神病人離婚相當麻煩，他既怕麻煩，又怕輿論，何況郭月英大辮還在，何況他這個副部長正是因為侍候郭大辮才得到呢。於是，嘆了一口長氣，算了，低著頭，把日子一天天混下來。

胡洪波當副部長半年，就到了一九九〇年年底。縣廣播電視局召開表彰先進大會，請他去參加。他去了，講了話，鼓了掌，然後就給先進工作者發獎狀。他的老朋友、廣播電視局局長萬年青宣讀受獎者名單。老萬念一個人名，就上來一個，胡洪波雙手把鑲在玻璃鏡框裡的獎狀遞給這個人，那人自然是用雙手恭恭敬敬接了，然後兩人都騰出右手，握一握，讓人照幾張相。然後那人就抱著鏡框到台下去了。

這些上台來領獎的人，有胡洪波熟識的，也有胡洪波不熟識的，不管熟識還是不熟識，他都報以微笑。他的老朋友萬年青念了一個名字：余甜甜。他接過旁邊的人遞過來的鏡框，低頭看到了獎狀上用毛筆寫著的「余甜甜」三個大字，抬頭看到余甜甜昂頭挺胸走上台來。他立即認出了她是縣電視台女播音員。他覺得她比在屏幕上的形象更有魅力。余甜甜這樣的女人自然不會羞澀，她落落大方地走到胡洪波的面前，莞爾一笑，接鏡框，握手。他感到她的手潮乎乎的，很小，像想像中的小母獸的爪子。照相的彎著腰照，一副格外賣力的樣子。余甜甜抱著鏡框轉身下台時，把腦後一根大辮子甩了起來「嗖溜」一聲，彷彿有一條鞭子抽在胡洪波的臉上。他感到心中充滿複雜的感覺，像驚懼不是驚懼，像幸福不是幸福，像緊張不是緊張。他感到腦袋暈乎乎的，有點醉酒的味道。萬年青輕輕地踢了一下他的腳，低聲道：「老夥計，小心！」

會後，萬年青在金橋賓館請客，余甜甜作陪，胡洪波不知不覺就把腦袋喝暈了。他感到自己想哭又想笑，心中有一種情緒，叫作「淡淡的憂傷」，萬年青提議讓他唱歌，他很爽快地答應了。他嗓子不錯，在縣劇團混過。他站起來，想了想，唱了一支民歌：在那遙遠的地方，有位好姑娘……她那美麗的笑臉，好像紅太陽……我願做隻小羊，跟在你身旁……唱到願讓那姑娘用鞭梢輕輕抽打脊梁時，他感到有兩滴涼涼的淚珠在腮上滾動……他不敢抬頭看余甜甜，他聽到萬年青問：「夥計，用鞭梢還是用辮梢？」

他問：「你說什麼？」

萬年青笑著說：「抽打脊梁呀。」

陪席的人都笑起來，胡洪波也跟著笑了。他心裡很溫暖，感到人與人之間的關係十分美好。

萬年青說：「行了，胡副部長累了，大家散了吧？」

他站起來，覺得腿像踩在雲霧裡。萬年青吩咐道：「小余，找服務員給胡副部長開個房間休息。」

萬年青攙著他的胳膊走出客廳，走到鋪了紅色化纖地毯的走廊裡。他看到余甜甜在前邊小跑，腦後那根大辮子像一根鞭子甩打著……

萬年青把嘴貼在他耳朵上說：

「夥計，想換條大辮子嗎？」

醒酒之後，他感到自己很荒唐，生怕招來流言蜚語。過了幾天，沒有什麼動靜，他放了心。

有一天傍晚，他騎著自行車路過這裡，有一個女人從槐樹林衝出來。他手閘腳閘並用，自行車前輪還是撞在那女人小腿上。他沒有發火，因為那女人是余甜甜。他怔怔地望著臉脹得通紅的余甜甜，一時竟不知該說什麼。後來他醒過神來，不自然地問：「撞壞了沒有？」

余甜甜沒回答他的問題，卻把腦袋一晃，將那條大辮子甩到胸前，雙手攥著，咬牙切齒地說：「只要我的辮子在，你就別想跑！」

胡洪波只覺得耳朵裡一陣轟鳴，眼前一片漆黑。等他恢復了視力時，余甜甜已經沒了蹤影。

他懷疑自己在做夢。

晚上，他打開電視機，看著余甜甜一本正經地報告著新聞，心中漸漸升騰起怒火，他認為這個女人在奚落自己。轉念一想又覺得不像。

第二天傍晚，騎車路過槐樹林時，他雖沒放慢速度卻提高了警惕，余甜甜跑出樹林時，他已跳下了車子。

他沒等她開言，就冷冷地說：「余小姐，不要拿別人的痛苦取樂！」

她愣了一會兒，突然大聲嗚咽起來。嚇得胡洪波四處看看，低聲下氣地勸：「別哭，別哭，讓人看見會怎麼想呢？」

她說：「愛怎麼想就怎麼想，我不怕！反正我愛你，我絕不放掉你！」說完了又哭，哭著一晃腦袋，甩過大辮子來，雙手攥著，沒等她念那句由郭月英發明的咒語，他就失去了控制地叫起來：「夠了，夠了，姑奶奶，饒我一條小命吧！我已經被大辮子女人嚇破了苦膽！」

第三天傍晚，暴雨剛過，還是在槐樹林邊，渾身透溼的余甜甜衝出來攔住胡洪波，從腰裡摸出一把大剪刀，伸到腦後，「卡嚓卡嚓」幾下子，將那根水淋淋的大辮子齊根鉸下來，扔到他的懷裡。她說：「我不是大辮子女人了。」她的頭去掉了沉重的辮子後，顯得輕飄飄的，很不自然的樣子。她撫摸著脖子，眼裡滾出了眼淚。雨後的斜陽照耀著她生氣蓬勃的年輕臉龐，顯出巨大的魅力來。胡洪波不得不承認余甜甜是個十分美麗的姑娘，郭月英差了她十八個檔次。

他雙手捧著余甜甜的大辮子，看著她那水淋淋的豐碩身體，渾身像篩糠一樣打著哆嗦說：「甜甜，你到底要幹什麼？」

「我已經屬於你了，你讓我幹什麼我就幹什麼！」余甜甜說著，一步步逼上來。

「瞎說，你怎麼會屬於我呢？」他著急地辯解著，膽怯地後退著。

「我把辮子都鉸給你了，怎麼不屬於你？」余甜甜拔高嗓門哭叫著。

……

暮色濃重了，湖上升騰起白色的煙霧。他把余甜甜的辮子塞進懷裡，推著自行車，昏頭脹腦地走進家門。郭月英對著他念那句咒語：

「只要我的辮子在，你就別想跑！」

他突然感到余甜甜的辮子在自己懷裡快速地顫抖起來，一股濃烈的髮香撲進了鼻腔，余甜甜美麗的一切都在對照著面如死鬼的郭月英。他感到一股怒火在心中燃燒，一句髒話脫口衝出。他從懷裡抽出余甜甜的大辮子，對準郭月英的臉，狠狠地抽了一下子。隨著一聲脆響，郭月英倒在地上。他的岳母聞聲從廚房裡趕出來，大聲叫嚷著：「她姊夫，你要幹什麼？」

「辮子，辮子，該死的辮子！」他紅著眼叫嚷著。

「啊呀，你把我閨女的辮子鉸掉了，你這個黑了心的畜生！」

他一辮子把岳母抽了一個趔趄，大聲吼著：「是，我要鉸掉你閨女的辮子！」

他翻箱倒櫃地找剪刀，沒找到。他衝進廚房，操起一把菜刀，跳過來，一辮子把爬過來保護閨女髮辮的岳母打到一邊去，然後，把余甜甜的辮子繞在脖子上，騰出左手，拉過一只小板凳。

胡洪波右腳踩住郭月英瘦長的頭顱，左腳支撐著身體，左手扯著郭月英的辮子——脖子上掛著余甜甜的辮子——右手高舉起菜刀，嘴裡罵一聲：「狗娘養的！」罵聲出，菜刀落，「嚓」地一聲，郭月英的辮子齊齊地斷了。

胡洪波坐在地上，大口地喘著粗氣。

郭月英爬起來，哭著說：「你這狠心的，鉸辮子就鉸辮子，下這樣的狠勁兒幹什麼？」

金鯉

月亮升起來了，青草湖變成了一面銀光閃閃的大鏡子。不時有魚兒躍出水面，劃出一道銀色的線，魚兒落水時，震破了銀色的鏡子，蕩漾開一圈圈波紋。

湖邊的一株老柳樹下，爺爺和孫子靜靜地坐著。爺爺抽著旱菸，菸鍋裡火星一明一暗，模模糊糊地映著他那張慈祥的臉。

「爺爺，該起網了。」

「噢，起。」

爺爺站起來，解開拴在鐵橛上的罾網拉韁。網的式樣像一架起重機，一枝長竹竿伸出去，竹竿梢頭掛著大網兜。網很重，老漁翁拉得很慢，沉在水下的網慢慢升高，突然撲撲楞楞地響起水聲。

「爺爺，有大魚！」

爺爺將網兒拉出水面，月光照著魚網，網裡躺著一條泛著金色光澤的鯉魚。他將網轉向岸邊。小孫子雀躍著將鯉魚抱起來，放在裝了水的桶裡。魚在桶裡蹦了幾下，便沒了聲息。

爺爺又把網下到水裡，轉過頭來看桶裡的魚。

「爺爺，這魚有六七斤重吧？」

「差不離兒。」

「是條什麼魚？爺爺。」

爺爺嚓一聲劃著火柴。火光照亮了水桶，桶裡是一條金色鯉魚，翅膀和尾巴像經霜的楓葉一樣鮮紅。

「金翅鯉魚，」爺爺說。

「這魚好吃嗎？」孫子問。

「嗯。」爺爺心不在焉地答應著。

「爺爺，您不高興？捕了這樣一條好魚。」

「怪事。這魚怎麼這樣老實呢？」

「您說什麼呀，爺爺？」

「噢，孩子，這魚太厚道了，網出水時，只要牠一跳，就把網給撕了。咱這罾網，只能拿小魚兒。」

「這魚大概睡著了。」

爺爺沉思起來，菸鍋子一明一暗地閃爍。周圍忽然變得十分沉靜，湖面上升騰著薄霧，幾枝粉荷花像畫在水上似的，岸邊的水草叢中，小蟲子低低地鳴叫。

「爺爺，您在想什麼？抓了這條魚，您好像不高興了。」

「沒想什麼，孩子。來，再拉一網。」

這一網是空的。網又沉下水底，一切又陷入沉寂。

「爺爺，再給我講個故事吧。」

「好吧，就給你講個金翅鯉魚的故事。」

「又是鯉魚變媳婦，說了多少遍了……」小孫子不高興地嘟囔著。

「不是鯉魚變人，是人變鯉魚。」

「人能變鯉魚？」

「能。」

孫子向前靠了靠，爺爺伸出胳膊，把孫子攬到懷裡：

「若干年前。」

「多少年？」

「小孩子家莫打岔，仔細聽著。若干年前咱這青草湖邊出了一個叫金芝的姑娘。這姑娘俊著呢，雙眼疊皮，高鼻梁骨，咕嘟著小嘴，紮著兩條大辮子，誰見了誰喜歡。那一年從城裡下放到咱村一個女作家，聽說那女作家寫了一本書，書名就叫《青草湖》，你爹他們都念過這書呢！女作家就住在金芝姑娘家。後來起了大革命，女作家天天挨鬥，有時還挨揍哩……

「有一天晚上，女作家挨了最厲害的一場鬥，半死不活地給抬到金芝家裡。金芝流著淚給女作家擦身上的血污。村裡的醫生不敢來給女作家治傷。金芝忽然想起來了，青草湖對岸她有個姨父，早年闖過外，家裡有一種治跌打損傷的藥，十分靈驗。救人如救火，金芝姑娘託鄰家的一個大嫂照料著女作家，自己來到青草湖邊。

「『青草湖，青草湖，東西只五里，南北六十五』。若干若干年前，天上的織女把織布梭子掉到人間，在地上砸了一個坑，這就是咱們的青草湖。金芝的姨家在湖對面王莊，坐小船幾袋菸工夫就能划過去，走旱路要兩天。那時節，小船都被鎖起來了，怕階級敵人破壞吶。金芝來到湖邊，脫下長衣服，捆成一個小包拴在身上，一縱身下了水。

「那天晚上也是好月亮，金芝姑娘就從這棵大柳樹下下了湖。金芝一身好水性，像一條雪白的大魚在水面上撒歡。她游啊游啊，水聲嘩嘩嘩地響，月亮明光光地照著她。半夜時分，她上了對岸，換上衣服，敲開了姨家的門。姨父挺疼這個外甥女，把珍貴的藥給了她。姨不放心地說：『金芝呀，半夜三更的，你一個閨女家下湖，有個閃失怎麼辦？別走了，趕明兒讓你姨父去送你。』金芝說：『姨，我水性好，沒事。』

「金芝姑娘又下了湖。姑娘家畢竟力氣單薄，游到湖中央，她吃不住勁，身子像拴上了十個秤鉈……後來，天上飄來一朵潔白的雲，把月亮遮住了，湖面上零零星星地落了一陣銅錢大的白雨點……一會兒，月亮又出來了。月亮煞白著臉，慢慢地往下落，慢慢地變大，最後掛在湖邊的柳樹梢上，望著像大鏡子一樣閃閃發光的青草湖……」

「金芝姑娘呢？」小孫子焦急地問。

月光下，爺爺兩眼閃著光。

「爺爺，你哭了？」

「傻孩子，爺爺鬍子都白了，不會哭了。爺爺的故事還沒講完呢。第二天夜裡，女作家在鄰居大嫂的攙扶下來到湖邊，湖上靜悄悄的，草葉上的露珠落在水面上的聲音都聽得清清楚楚。女作家輕輕地說：『好閨女，你喜歡看的《青草湖》我帶來了……』她掏出一包紙灰，輕輕地撒在湖水中……

「湖上突然翻起了波浪，湖中心裂開了一條縫，一群紅光閃過，浮上了一條金鯉魚，翅膀、尾巴像火苗一樣紅。金鯉魚游到湖邊，用頭拱上了一個衣裳包。然後，尾巴拍了三下水，又慢慢地游到湖中心，紅光消逝了。湖上又是一片月光。女作家撈起衣裳包。衣裳包裡包著一瓶雲南白藥……」

「爺爺講完了嗎？」

「完了。」

「金芝姑娘變成了金鯉魚了？」

「唔，也許。」

一隻水鳥從岸邊的青草中飛起來，撲楞楞地飛著，落到湖中的葦叢裡。

幾隻青蛙撲撲通通地跳到水裡，像扔了幾塊石頭。

水桶嘩啦一聲傾倒了，水面上翻起一陣浪花。

「孩子，你幹什麼？」

「我送金芝姑娘回家去了。」

「嗨，你這孩子。」

夜漁

經過很長時間的纏磨，九叔終於答應夜裡帶我去拿蟹子。那是六十年代中期。每年都澇，出了村莊二里遠，就是一片水澤。

吃過晚飯後，九叔帶我出了村。臨行時母親一再叮囑我要聽九叔的話，不要亂跑亂動，同時還叮囑九叔好好照看著我。九叔說，放心吧嫂子，丟不了我就丟不了他。母親還遞給我們兩張蔥花烙餅，讓我們餓了時吃。我們披著蓑衣，戴著斗笠。我拎著兩條麻袋。九叔提著一盞風雨燈，扛著一張鐵鍬，出村不遠，就沒了道路，到處都是稀泥渾水和一棵棵東倒西歪的高粱。幸好我們赤腳光背，不在乎水、泥什麼的。

那晚上月亮很大，不是八月十四就是八月十六。時令自然是中秋了，晚風很涼爽。月光皎潔，照在高粱間的水上，一片片爛銀般放光。吵了一夏天的蛙類正忙著入蟄，所以很安靜。我們拖泥帶水的聲音顯得很大。感到走了很長很長時間，才從高粱地裡鑽出來。爬上了一道堰埂，九叔說這就是河堤，是下柵子捉蟹的地方。

九叔脫了蓑衣摘了斗笠，又脫掉了腰間那條褲頭，赤裸裸一絲不掛，扛著鐵鍬跳到那條十幾米寬的河溝裡去，鏟起大團的盤結著草根的泥巴截流。河溝裡的水約有半米深，流速緩慢。一會兒工夫，九叔就在河水中築起了一條黑色的攔水壩，靠近堰埂這邊，開了一個兩米的口子，插上雙層的高粱稭柵欄。九叔把馬燈掛在柵欄邊上，便拉我坐在燈影之外，等待著拿蟹子。

我問九叔，拿蟹子就這麼簡單嗎？

九叔說你等著看吧，今夜颳的是小西北風，北風響，蟹腳癢，窪地裡蟹子急著到墨水河裡去集合開會，這條河溝是必經之路，只怕到了天亮，捉蟹子咱用兩條麻袋都盛不下呢。

堰埂上也很潮溼，九叔鋪下一件蓑衣，讓我坐上去。他裸著身體，身上的肉銀光閃閃。我覺得他很威風，便說他很威風。他得意地站起來，伸胳膊踢腿，像個傻乎乎的大孩子。

九叔那年十八歲多一點，還沒娶媳婦。他愛玩又會玩，捕魚捉鳥，偷瓜摸棗，樣樣都在行，我們很願意跟他玩。

折騰了一陣，他穿上那條褲頭，坐在蓑衣上，說，不要出動靜了，蟹子們鬼得很，聽到動靜就趴住不爬了。

我們安靜了，一會兒盯著那盞放射出溫暖的黃色光芒的馬燈，一會兒盯著那個用高粱稈柵欄結成的死城。九叔說只要螃蟹爬到柵欄裡就逃脫不了了，我們下去拿就行了。

河水明晃晃的，幾乎看不出流動，只有被柵欄阻擋起的簇簇小浪花說明水在流動。蟹子還沒出現，我有些著急，便問九叔。他說不要心急，心急喝不了熱黏粥。

後來潮溼的霧氣從地上升騰起來，月亮爬到很高的地方，個頭顯小了些，但光輝更明亮，藍幽幽的，遠遠近近的高粱地裡，霧氣團團簇簇，有時濃有時淡，煞是好看。水邊的草叢中，秋蟲響亮地鳴叫著，有嚁嚁的、有吱吱的、有唧唧的，會合成一支曲兒。蟲聲使夜晚更顯得寧靜。高粱地裡，還時不時地響起嘩啦啦的蹚水聲，好像有人在大步走動。河面上的霧也是濃淡不一，變幻莫測，銀光閃閃的河水有時被霧遮蓋住，有時又從霧中顯出來。

蟹子們還沒出現，我有些焦急了。九叔也低聲嘟囔著，起身到柵欄邊上去查看。回來後他說：怪事怪事真怪事，今夜裡應該是過蟹子的大潮呀，又說西風響蟹腳癢，蟹子不來出了鬼了。

九叔從河邊的一棵灌木上，摘下一片亮晶晶的樹葉，用雙唇夾著，吹出一些唧唧啾啾的怪聲。我感到身上很冷，便說：九叔，你別吹了，俺娘說黑夜吹哨招鬼。九叔吹著樹葉，回頭看我一眼。他的目光綠幽幽的，好生怪異。我心裡一陣急跳，突然感到九叔十分陌生。我緊縮在蓑衣裡，冷得渾身打顫。

九叔專注地吹著樹葉，身體沐在愈發皎潔的月光裡，宛若用冰雕成的一尊像。我心中暗自納悶：九叔方才還勸我不要出動靜，怕驚嚇了蟹子，怎麼一轉眼自己反倒吹起樹葉來了呢？難道這是一種召喚蟹子的號令？

我壓低嗓門叫他：「九叔，九叔。」他對我的叫喚毫無反應，依然吹著樹葉，唧唧啾啾吱吱，響聲愈發怪異了。慌忙咬了一下手指，十分疼痛。說明不是在夢中。伸出手指去戳了一下九叔的脊背，竟然涼得刺骨。這時，我真正有些怕了，我尋思著要逃跑，但夜路茫茫，泥湯渾水高粱遍野，如何能回到家？我後悔跟九叔捕蟹子了。這個吹著樹葉的冰涼男人也許早已不是九叔了，而是一個鱉精魚怪什麼的。想到此，我嚇得頭皮發炸，我想今夜肯定是活不回去了。

天上不知道何時出現了一朵黃色的、孤零零的雲，月亮恰好鑽了進去。我感到這現象古怪極了，這麼大的天，月亮有得是寬廣的道路好走，為什麼偏要鑽到那雲團中去呢？

清冷的光輝被阻擋了。河溝、原野都朦朧起來，那盞馬燈的光芒強烈了許多。這時，我突然嗅到一股淡淡的幽香。幽香來自河溝，沿著香味望過去，我看到水面上挺出一枝潔白的荷花。它在馬燈的光芒之內，那麼水靈，那麼聖潔，我們家門前池塘裡盛開過許許多多荷花，沒有一枝能比得上眼前這一枝。

荷花的出現使我忘記了恐懼，使我沉浸在一種從未體驗過的潔白清涼的情緒中。我不知不覺地站起來，脫掉蓑衣，向荷花走去。我的腿浸在溫暖的水中，緩緩流淌的水輕輕撫摸著我的大腿，我感到快要舒服死了。離荷花本來只有幾步路，但走起來卻顯得特別漫長。我與荷花之間的距離彷彿永遠不變，好像我前進一步，它便後退一步。我的心處於一種幸福的麻醉狀態，我並不希望採摘這朵荷花，我希望永遠保持著這種荷花走我也走的狀態，在這種緩慢的、有美麗的目標的追隨中，溫暖河水的撫摸，給了我終生難忘的幸福體驗。

後來，月亮的光輝突然灑滿河道，一瞬間，我看到它顫抖兩下，放射出幾道比閃電還要亮的灼目白光，然後，那些宛若玉貝雕琢成的花瓣紛紛落下。花瓣打在水面上，碎成細小的圓片，旋轉著消逝在光閃閃的河水中，那枝高挑著花瓣的花莖，在花瓣凋落之後，也隨即委靡傾倒，在水面上委蛇幾下，化成了水的波紋……

我不知不覺中眼睛裡流淌出滾滾的熱淚，心裡充滿甜蜜的憂傷。我心中並無悲痛，僅僅是憂傷。眼前發生的一切，宛若一個美麗的夢境。但我正赤身站在河水中，水淹至我的心臟，我的心臟的每一下跳動都使河水輕輕翻騰，水面上泛起漣漪。荷花雖然消逝了，但清淡的幽香猶存，它在水面上飄漾著，與清冽的月光、淒婉的蟲鳴融為一體……

一隻有力的大手抓住我的脖頸把我提出水面，水珠一串串，像小珍珠，從我的胸膛、肚腹、蠶蛹大的小雞雞上，滴溜溜地滾落到水面上。我聽到河水被兩條粗壯的大腿蹚開，發出嘩啦啦的巨響。隨後，我的身體被拋擲起來，在空中翻了一個筋斗，落在蓑衣上。

我想一定是九叔把我從河中提上來，但定眼一看，九叔端坐在堰上，依然那麼專注癡迷地吹著樹葉，沒有一絲一毫移動過的跡象。

我大叫了一聲：九叔！

九叔叼著樹葉，回頭看了我一眼，那目光完全是陌生人的目光，並且那目光中還透出幾分惱惱，好像嫌我打擾了他的吹奏。有了下河追隨荷花的經歷，恐懼竟離我而去，我已不太在乎九叔是人還是鬼，他似乎只是一個引我進入奇境的領路人，目的地到達，他的存在也就失去了意義。這樣想著，他吹奏樹葉的聲音也由鬼氣橫生變得婉轉動聽了。

馬燈的昏黃光芒向我提示，我們是來捉螃蟹的。一低頭，一抬頭，就看到成群結隊的螃蟹沿著高粱稭柵欄往上爬。螃蟹們的個頭很整齊，都有馬蹄般大小，青色的亮蓋，長長的眼睛，高舉著生滿綠毛的大螯，威風又猙獰。我生來就沒見過這麼大、這麼大的螃蟹集中在一起，心裡又興奮又膽怯。戳九叔，九叔不動。我很有些憤怒，螃蟹不來，你著急；螃蟹來了，你吹樹葉，要吹樹葉何必半夜三更跑到這裡來吹？我又一次感到九叔已經不是九叔。

一隻軟綿綿的手摸我的頭顱，抬頭一看，竟是一個面若銀盆的年輕女人。她頭髮很長、很多，鬢角上別著一朵雞蛋那麼大的白色花朵，香氣撲鼻，我辨不出此花是何花。她滿臉都是微笑，額頭正中有粒黑痦子。她身穿一襲又寬又大的白色長袍，在月光中亭亭玉立，十分好看，跟傳說中的神仙一模一樣。

她用低沉甜美的聲音問我：「小孩，你在這裡幹什麼呀？」

我說：「我在這裡捉螃蟹呀。」

她咘咘地笑起來，說：「這麼小個東西，也知道捉螃蟹？」

我說：「我跟我九叔一塊兒來的，他是我們村裡最會捉螃蟹的人。」

她笑著說：「屁，你九叔是天下最大的笨蛋。」

我說：「你才是笨蛋呢！」

她說：「小東西，我讓你看看我是不是笨蛋。」

她回手從身後拖過一根帶穗的高粱稈，往河溝中的兩道柵欄間一甩，那些青色的大螃蟹就沿著稈兒飛快地爬上來。她把高粱稈的下端插進麻袋，那些螃蟹就一個跟著一個鑽到麻袋裡去了。癟癟的麻袋很快就鼓脹起來，裡邊嘈雜著萬爪抓搔、千嘴吐泡沫的聲音。一只麻袋眼見著滿了，她從腳前揪下一根草莖，三繞兩繞，把麻袋口縫住了。另一只麻袋也很快滿了，她又用一根草莖封了口。

「怎麼樣？」她得意地問我。

我說：「你一定是個神仙！」

她搖搖頭，說：「我不是神仙。」

「那你一定是個狐狸！」我肯定地說。

她大笑著說：「我更不是狐狸。狐狸，多醜的東西，瘦臉、長尾、滿身的髒毛、一股子狐臊氣。」她把身體湊上來，說：「你聞聞，我身上有臊氣沒有？」

我的臉籠罩在她的那股濃烈的香氣裡，腦袋有些眩暈。她的衣服摩擦著我的臉，涼涼的，滑滑的，十分舒服。

我想起大人們說過的話，狐狸能變成美女，但尾巴是藏不住的。便說：「你敢讓我摸摸你的屁股嗎？要是沒有尾巴，我才相信你不是狐狸。」

「咦，你這個小東西，想占你姑奶奶的便宜嗎？」她很嚴肅地說。

「怕摸你就是狐狸。」我毫不退讓地說。

「好吧，」她說，「讓你摸，但你的手要老實，輕輕地摸，你要弄痛了我，我就把你摁到河裡灌死。」

她掀起裙子，讓我把手伸進去。她的皮膚滑不留手，兩瓣屁股又大又圓，哪裡有什麼尾巴。

她回過頭來問我：「有尾巴沒有？」

我不好意思地說：「沒有。」

「還說我是狐狸嗎？」

「不說了。」

她用手指在我腦門上戳了一下，說：「你這個又奸又滑的小東西。」

我問：「你既不是狐狸，又不是神仙，那你究竟是什麼？」

她說：「我是人呀。」

我說：「你怎麼會是人呢？哪有這麼乾淨、這麼香、這麼有本事的人呢？」

她說：「小東西，告訴你你也不明白。二十五年後，在東南方向的一個大海島上，你我還有一面之交，那時你就明白了。」

她把鬢角上那朵白花摘下來讓我嗅了嗅，又伸出手拍拍我的頭頂，說：「你是個有靈氣的孩子，我送你四句話，你要牢牢記住，日後自有用處：鐮刀斧頭槍。蔥蒜蘿蔔薑。得斷腸時即斷腸。榴槤樹上結檳榔。」她的話還沒說完，我便睡眼矇矓了。

等到我醒來時，已是紅日初升的時候，河水和田野都被輝煌的紅光籠罩著，那一望無際的高粱像靜止不動的血海一樣。這時，我聽到遠遠近近的有很多人呼喚我的名字。我大聲地答應著，一會兒，我的父母、叔嬸、哥哥嫂嫂們從高粱地裡鑽出來，其中還有我的九叔。他一把抓住我，氣憤地質問我：

「你跑到哪裡去了！」

據九叔說，我跟隨著他出了村莊，進了高粱地，他摔了一跤爬起來就找不到我了，馬燈也不見了。他大聲喊叫，沒有回音，他跑回家找我，家裡自然也找不到，全家人都被驚動了，打著燈籠，找了我整整一夜，我說：

「我一直跟你在一起呀。」

「胡說！」九叔道。

「這是兩麻袋什麼？」哥哥問。

「螃蟹。」我說。

九叔撕開縫口的草莖，那些巨大的螃蟹匆匆地爬出來。

「這是你拿的？」九叔驚訝地問我。

我沒有回答。

今年夏天，在新加坡的一家大商場裡，我跟隨著朋友為女兒買衣服，正東挑西揀地走著，猛然間，一陣馨香撲鼻，抬頭看到，從一間試衣室裡，掀簾走出一位少婦，她面若秋月，眉若秋黛，目若朗星，翩翩而出，宛若驚鴻照影。我怔怔地望著她。她對著我嫵媚一笑，轉身消逝在熙熙攘攘的人流裡。她的笑容，好像一枝利箭，洞穿了我的胸膛。靠在一根廊柱上，我心跳氣促，頭暈目眩，好久才恢復正常。朋友問我怎麼回事，我心不在焉地搖搖頭，沒有回答。回到旅館後。我突然想起了那個幫我捉螃蟹的女人，掐指一算，時間正是二十五年，而新加坡也正是一個「東南方向的大海島」。

魚市

凌晨，「魚香」酒館的老闆娘徐風珠推開臨街的窗戶，看著窗外的風景。夜裡下了一場不大不小的雨，青石板鋪成的街道上，坑坑窪窪裡積存著雨水和銀光閃閃的魚鱗。沒積水的地方也是明晃晃的。團團霧在街上緩緩地滾動著，一陣陣濃一陣陣淡；一陣陣明一陣陣暗。水溼的光滑青石在霧中閃爍著青幽幽的光芒。濃重的魚腥味藉著潮氣大量揮發出來。這一段鋪著青石的街道是高密東北鄉著名的魚市。南海的風和北海的風你吹來我吹去；南海的魚和北海的魚在這裡匯集。街上的青石滋足了魚的汁液、蝦的汁液、蟹的涎水。娘說從街上敲一塊青石就能煮幾鍋魚湯。娘細腰長頸削肩豐臀。兩眼水汪汪。在魚販子腿縫裡鑽著，在魚簍間跑著，到處都是腥味，一個紮羊角辮的女孩長大了。奇怪奇怪真奇怪，仙姑嫁了個醜八怪，眼睛瞎，鼻子歪。腋下挾根木頭枴……

太陽在霧裡透了紅，青石潤澤，水裡的魚鱗閃閃爍爍。對面的幾家鋪子正在下門板。雜貨鋪老板于疤眼把那兩隻疤眼斜過來，朝街心使勁啐了一口痰。雜貨鋪的幾個夥計從井裡打上水來，嘩啦啦地往街上潑。德生也下了門板，打水沖洗飯館前的台階，街兩邊對著潑，好像要把魚腥氣沖到對家一樣。德生，別沖了！她大聲說。德生朝窗戶裡笑笑，答應著。姑，今日逢大集，買賣少不了，要不要請我妹妹來幫忙，刮刮魚鱗，打個下手？德生二十出頭，在縣黨部掌過廚，現在是「魚香」酒館的大師傅，唯一的。「魚香」店面小，擺四張桌子、容十幾個人喝酒吃飯。只做魚蝦海鮮，由客人自己在市上買。德生是她的血緣遙遠的侄子。她看到德生用腰間圍裙擦著手，踏著魚市街上的積水，匆匆地走去。他去叫他的妹妹德秀來幫廚。那是個很健康的姑娘，紅撲撲的臉上總是沾著一些銀灰色的魚鱗。家住在鎮東頭，曬乾魚賣。只要來店裡，總是很甜地叫姑。

霧漸漸散去。太陽紅紅的，像個羞怯的女人。臊×！她聽到有個嗓門沙啞的女人在很遠的地方罵。高高的朱紅色旗竿斗子從對面店舖深處的灰瓦屋頂中挺起來。那是劉舉人家的大門口。民國了，那玩意兒還被劉家視為榮耀，一年好幾遍上油漆。劉家的旗竿婊子的×，一個天天漆，一個天天洗。這鎮上經常傳一些順口溜，作者不明。劉隊長發誓查出這人要割掉他那玩意兒餵狼狗。說完一拍桌子。他解開土黃色軍裝的釦子，露出腰間寬皮帶上掛著的盒子槍。保安隊有二十幾個人，住在魚市街西頭的大廟裡。任務是保衛地方治安。沒見到他們幹什麼捉土匪的事，只看到他們晨起跑操。逢集日早上跑，平日不跑。

他們沿著青石街跑來了。十八個人，分成兩排。劉隊長跑在隊伍外，嘴裡叼著一個鐵哨子，嚯嚯地吹著。哨音分明與隊伍的步調不一致，七隻蟹子八隻螯，亂七八糟。保安隊員們都穿著土黃色制服，腰裡整著牛皮帶。臉色都灰撲撲的，嘴唇都青著，目光都散著，打不起精神來。青石板道上坑窪裡有水，他們跳跳蹦蹦地躲避著。路過窗口時，都斜過眼來，行注目禮。窗台變成檢閱台。幾十隻腳都不避坑窪裡的水了，呱呱唧唧地響。腳上都是黑膠鞋，莊戶人穿不起。這些兵裡，只有顏小九沒來過。餘下的沒個好貨。什麼好貨壞貨，死了都是一樣的貨。都往前看！劉隊長喊叫。他歪著頭說：老闆娘，好大的勁兒，拉歪了二十個弟兄的脖子。你的×脖子不也是歪過來了嗎？他嘻嘻笑著，把哨子塞到嘴裡，用雙手的指頭做了一個象徵性的姿勢，嚾嚾嚾著，往前跑了。

魚蝦開始上市了。販魚的人幾乎都是紅臉膛粗脖頸，嗓音沙啞，手上沾著魚鱗。他們各有各的固定地點，誰也不去侵犯別人的地盤。魚販子都是鐵肩飛毛腿，每人一條又長又寬的國槐木扁擔，兩只大魚簍。到南海一百五十里，到北海一百六十里，不管去南海還是去北海，都是擔著兩百斤魚兩天一個來回。南海的漁碼頭和北海的漁碼頭上，都有這些腥魚販子的相好。臨著她的窗那塊兒，是魚販子老耿父子的地盤。早來的魚販子都橫了扁擔，開了魚簍，擺出樣兒魚，支起馬架子凳坐了，守著魚抽菸。主顧還沒上街呢。

又過了一陣子，青石街上熱鬧起來。魚販子們大批湧來，扁擔上的生皮扣子摩擦扁擔發出悅耳的吱扭聲。魚販子們互相之間的大聲問訊，響了半條街。銀灰的帶魚、藍白的青魚、暗紅的黃魚、紫灰的鯧魚、黏黏糊糊的烏賊、披甲執銳的龍蝦，擺滿了街道兩側；濃烈的、生冷的魚腥味兒混濁了街上的空氣。「扁擔六」來了。王老五來了。「大黑驢」來了。「程秀才」來了。「老法海」來了。「猴子貓」來了……街上晃動著許多她熟悉的面孔，獨獨缺少兩張她最熟悉的面孔——老耿和他兒子小耿的面孔。窗前的青石板上空著兩步距離，那裡就是老耿小耿的攤位，往常他們父子總是最早站這裡的。最早的變成最晚的。她感到心裡空空盪盪，後來又有一絲不祥之感像小蛇一樣在那空空盪盪裡遊動。難道在路上遭了匪？或是得了絞腸痧？散了操的保安隊員們三三兩兩地閒逛回來，土黃色雜在黑色的魚販子中間，顯得格外扎眼睛，好像青魚群裡雜著幾條黃花魚。兵們都是饞嘴的貓，少了他們，魚市街其實就沒意思了。他們多數犯著菸癮、酒癮、賭癮、娘們癮，諸癮之外還有魚癮。這十幾個兵爺爺是青石街魚市裡寄生的蛔蟲，有他們眾人不舒服，沒他們也許會更不舒服。兵們在「買」魚，嘴裡說是買，但只揀大個的魚提著走，沒有一個解腰包掏錢。大爺昨夜手氣不好，輸了，先記在帳上吧，老闆。老總您說笑呢，吃條魚，該孝敬。兵們提著魚，一個個眉開眼笑，輕車熟路地走了。沒有一個兵到「魚香」酒館來，他們不夠級別。在「魚香」酒館吃魚喝酒的是劉隊長。他是鎮上手握著兵權，能指揮二十幾枝鋼槍的唯一的人，最高軍事指揮。據他自己說畢業於日本士官學校，誰也不想去證明他說的是謊言。多幾個有資歷的人總是好事，哪怕是編造的也好。

劉隊長提著一條紅加吉魚走進酒店。那條魚有五六斤重，她早就瞅見了。紅加吉是一等好色，從不成大群的，難捕。肉是雪白的蒜瓣肉，不腥。吃完了肉，魚架子能煮一鍋好湯。這傢伙今日竹槓敲得挺響，一下子就從魚簍子底下把這條魚拽出來，「猴子貓」心疼得直眨巴眼睛，哭喪臉上擠笑紋。劉隊長，這條魚是給于大爺留的。他老人家……屁，于大爺吃得難道老子就吃不得嗎?你不說留給于大巴掌那老驢,我興許還不要你的,你一說我偏要提走不可!說著,手就摸到了腰間的盒子槍,拍著,脹紅著臉,一副受了大侮辱的憤怒樣子。「猴子貓」說:我的親爺,你儘管提著魚走吧,別老去拍打那玩意兒,怪嚇人的。劉隊長說,知道害怕就好辦,就怕你連它都不怕了,事情就有些麻煩了。讓「猴子貓」用馬蘭草穿了魚鰓,提著,大包大攬地說:「讓于大巴掌去找我就是!」「猴子貓」說:不敢,不敢,爺您只管走就是。

德生!進店就大聲吼叫,拿去這條紅加吉拾掇了,今日四月初八,閻王爺過生日,我與你那個浪姑姑喝個鴛鴦交杯酒!

德生還沒回來。聽著劉隊長吼叫得太猖狂,她推開一扇通向店堂的小門,懶洋洋地離了窗口,踱過去。

掌櫃的,心口痛又犯了?劉隊長蹙著眉頭說,見了我,你永遠是這副病西施的模樣,可是一見了老耿小耿,就臉發紅光,像頭母豹子,爺孝敬你的難道還不夠嗎?總有一天爺要搬掉這兩塊絆腳石,拔掉這兩棵障眼草。她咳嗽一聲,說:快閉了那張鳥嘴!老娘是你一個人包下的?劉隊長見店裡沒人,涎著臉湊上來,伸出沾著加吉魚鱗的手,摸住了她的胸,說:爺就是要學學那賣油郎,獨占了你這花魁!她冷冷地看著他,隨意他那鯉魚般黏稠的手指在自己胸脯上遊走,一個幽靈般的男人,無聲無息地從店堂的裡間裡飄出來,落在了劉隊長的身後。他伸出兩隻抖抖顫顫的手,摸住了劉隊長的腦袋。他嘴裡嘟囔著:你是誰?讓我摸摸。

看你是誰？他的十指蒼白、細長，宛若章魚生滿吸盤的腕足。劉的頭在他的手底縮小著，改變著顏色。那隻遊動在她胸間的手軟綿綿地垂下去。他的手上似乎有一種法力，形成一個看不見的罩子，把劉禁錮住了。他垂著手，渾身篩著糠，任由他撫摸。瞎子的手停在劉的喉結上，說：劉隊長。然後突然鬆了手，咳嗽著，摸到一張桌子邊上，坐下，大聲說：德生，我要喝茶。她也大聲說：你等著吧，德生家去叫德秀了。他說：你還心痛嗎？她說：還痛。他說：你要學我的樣子，喝濃濃的茶。你是魚毒攻心，一輩子吃了多少魚？

德生領著德秀來了，德秀身體壯碩，像條滿腹子兒的新鮮小青魚。她大聲叫著姑姑。瞎子叫德生，要茶。劉隊長恢復活力，說：瞎眼大哥，你這陰魂八卦掌真是厲害，你摸我一次，我半年不能和女人行房。你是風珠的護寶神哩。

德生提著一把大號南泥茶壺，放在暖套子裡，搬到瞎子面前，說：「姑父，茶來了。」瞎子貪婪地抽搐著鼻子，說：「好茶，好茶。德生，忙你的去吧，你姑父有這壺茶就行了，不喝茶，在這魚市街上就活不過五十歲。魚毒攻心吶。」

瞎子喝茶，全神貫注，進入忘我境界。她提起那條紅加吉，看看，扔到盆裡，說，德生，這條魚是劉隊長的，他要怎麼吃，由他吩咐吧。

劉隊長瞅著德秀說：我要你給我做。德秀說：行啊，劉隊長吩咐的事，連黑三都不敢不做！他怔了一怔，看看神態自若的德秀，鼻子抽抽，彆彆扭扭地咳嗽了幾聲。

她搗著胸口，青著嘴唇，踱回窗口。魚市上的風景親切地撲入眼簾。程秀才擺出了一簍鰻魚。那些黏膩的東西在陽光下閃爍著，她感到噁心。她想起很早之前的一個早晨，一個男人用鰻魚抽打一個女人的情景。她雖然看不見自己的臉，但也知道自己的臉已經蒼白了，像死鮎魚的肚皮一樣的顏色；嘴唇一定紫紅了，像青魚的眼睛一樣。她的窗前還空著，老耿父子還沒出現。

劉隊長坐在她的背後，她知道街上的人看不見他。他說：風珠大妹子，你可真夠狠心的，說不理我就不理我了。那老耿，一個滿身魚臭的魚販子，到底有什麼好？火起來我砸了他的魚簍子，折了他的扁擔。

她不回頭，忍受著他在她身上的厮纏，說：劉隊長，憑著你的身分、地位，什麼樣的女人找不到？何苦來纏我一個滿身魚腥的女人？我是個什麼樣子你也不是沒經過，你放了我行不行？

劉說：好一個貞節女，要為老耿守節哩！你那窟窿裡，鰻魚進去過，青魚也進去過，鰟魚進去過，帶魚也進去過，假裝什麼正經。

她說：諸般雜魚都經過，才知道金槍魚最貴重！

劉說：你準備怎麼著？撇下這店，扔了瞎子，跟老耿跑？

她說：我憑什麼要撇了這店？憑什麼要扔了瞎子？我哪兒也不去，鋪開熱被窩等老耿來睡。

劉說：好好好，倒讓這臭老耿獨占了花魁。

她聽到劉出去了。

街上的魚招引來無數的蒼蠅，魚販子們揮動著蒲扇轟趕著。一個左手端著破氈帽，右手拿著剃頭刀子的叫化子出現在魚市上。他對著魚攤主人伸出氈帽，橫眉豎眼地說：拿錢！魚販子一見他那樣子，知道這種劈頭士比綠頭蒼蠅還難纏，慌忙掏出一張沾滿魚腥的紙票，打發走了這位爺。「猴子貓」不知犯了哪門邪愣，尖著嗓子說：這買賣還怎麼做？半上午了，連片魚鱗還沒賣出去，已經賠進去兩條紅加吉，當兵的搶也罷了，你一個賴皮狗一樣的東西也這麼霸道，老子前輩子欠你們的嗎？劈頭士把氈帽幾乎到「猴子貓」鼻子尖上，大聲說：拿錢！

「猴子貓」說：沒錢，你走吧！

劈頭士舉起剃頭刀子，說：不拿錢，我劈頭。

「猴子貓」說：你就是把頭割下來我也沒錢。

旁邊的人勸說：老孫，給張票子打發他走，別耽誤了生意。

「猴子貓」說：這生意橫豎是做不成了，要劈就讓他劈吧！

劈頭士呀呀地叫起來，嚷著：這世道不公哇，逼得人活不下去了呀！然後，舉起剃刀，在額頭上一拉，皮肉裂開，鮮血滲出，又伸出手掌，往臉上一抹，頓時面目猙獰，讓人骨頭裡往外。

魚市上的閒人們圍上來看熱鬧，小無賴從人腿縫裡偷「猴子貓」的魚。

劉隊長提著匣槍過去，用槍筒子戳著閒人們的腰，硬戳開一條道路。走到劈頭士面前，用匣槍的準星頂著劈頭士的下巴，笑嘻嘻地說：王阿狗，你什麼時候練了這一手，這魚市街是你吃巧食的地方嗎？劈頭，好麼，劈，繼續劈，劈那麼一條小傷口就想訛人？劈，給我連劈四十八刀，我賞你兩塊大洋！

劈頭士王阿狗扔掉刀子，跪在地上，說：劉隊長饒了我吧，我家裡有八十歲的老娘，靠我要口飯養活……

劉隊長說：你娘早死個球了，還敢來蒙我！掏出鐵哨子，嚯嚯地吹響，幾個在街上打秋風敲竹槓的兵跑過來，大聲問隊長有何吩咐，劉隊長說：把這個擾亂社會治安的傢伙拉到後河崖上去斃了！幾個兵如狼似虎地撲上來，叉起劈頭士，拖拖拉拉地走。劈頭士雙腿蹬著地，鬼叫著：隊長饒命！阿狗再也不敢了……

幾個兵把劈頭士拖走，劉隊長冷笑著看「猴子貓」，直看得「猴子貓」臉冒冷汗，雙腿打抖。

劉隊長說：「猴子貓」，吃你條加吉魚，是我瞧得起你！你以為本隊長買不起一條魚？說著拍拍腰間，有的是光洋！你說，我欠你多少錢？用得著你罵大街？

「猴子貓」掄圓巴掌，啪啪地扇著自己的耳朵，罵著：打，打，打死你這個沒出息的東西！

劉隊長罵罵咧咧地走到窗口，說：好像我們是吃閒飯的一樣！哼，有我們在，地痞流氓就不敢囂張，沒有我們，只怕一天太平日子也沒得過。

她說：真抖起威風來了！有本事把黑三的桿子滅了去！

你以為我滅不了他是怎麼著？他說，這種事兒，你們娘們家根本不懂！

她歪歪嘴，不去看他。這時德秀跑出店門來喊：劉隊長，您的魚燒好了。俺哥讓您趁熱吃，涼了腥。

他說：老闆娘，陪我一起吃？

她說：沒那肚福。

劉隊長訕訕地進了店堂。她的眼睛被光閃閃的魚鱗耀花了。一條癩皮狗叼著一條大魚在青石街上跑，兩邊的魚販子一齊喊打，但沒人起身。癩皮狗叼著魚，大搖大擺地跑了。窗前空盪盪，更加空盪盪的是她的心。她問王老五：老耿和小耿在路上出事了嗎？

王老五說：八成被北海下營鎮上那個白狐狸精給迷住了。

她說：死老五，我問你正經話哩。

老五說：我回你的也是正經話哩！你不知道，這世界上有兩種男人不能交，哪兩種男人？兵痞子，魚販子。那白狐狸一身白花花的蒜瓣子肉，吃一次還想第二次，更妙的是下邊，哈哈，寸草不生，一隻白虎星……耿大哥是不是一條青龍？

旁邊的小元插嘴道：耿大哥是不是青龍只有老闆娘知道。

她罵道，小元，人家西院餵騾子，你東院抻出根鱉脖子！

小元嘻嘻地笑著，說：仙姑，什麼時候也讓咱嘗嘗鮮，三十歲的人了，連女人的肚皮都沒挨過。

她吐了小元一臉唾沫，罵道：留著這些話家去騙你老娘吧！你們這些臊魚販子，哪一夜不在女人肚皮上旋磨磨！

小元道：那麼老耿呢？

她說：你們這一群裡，就出了老耿這麼個老實人。

老五道：老實人？老耿那傢伙——哎，那不是小耿的老驢嗎？

她把大半個身子探出窗戶，向東張望著。從太陽升起的方向，來了一匹披著萬道光芒的小毛驢。在魚販子當中，唯一不用扁擔挑魚而用毛驢馱魚的，就是十四歲的精瘦少年小耿。往常的集日清早，老耿挑著兩簍魚，大扁擔忽閃著，好像一隻大鳥在飛翔；小耿趕著背馱兩簍魚的小毛驢，歪歪斜斜，跟著老耿，跑得風快，小驢蹄子彈著青石板，啪啪啪啪啪啪，一片聲兒連著響……那些時候她心潮難平，像一個妻子盼來了丈夫和兒子。

小毛驢無精打采地穿過魚市，停在了她窗前的石板路上。驢垂著頭，一動不動。魚販子們都把驚詫的目光投過來。

她從窗口躍出來，揭開了毛驢肚腹兩側的馱簍蓋子。她嚎叫一聲，萎軟在驢身旁。馱簍裡沒有魚。左邊馱簍裡是老耿的頭，右邊馱簍裡是小耿的頭。

貓事薈萃

數月來日夜攻讀魯迅先生的著作——這是一個雙目炯炯匪氣十足的朋友敦促的結果。當時他對我說：「你一定要讀魯迅。」我不以為然地說：「讀過了呀。」他說：「讀過了還要讀！要下死功夫！」隨即這「讀魯迅」的話頭也就扔掉，喝著酒扯到魯迅的小說。我馬虎地記著前些年一些文章中說，魯迅先生曾計畫要寫一部紅軍長征的長篇小說，終未寫成，是天大的遺憾，雲雲雨雨。朋友則說一點都不遺憾，魯迅先生如果真寫成了這部小說，也未必就是偉大著作，偉大人物也有他的局限性。他認為先生最大的遺憾是沒有修成一部中國文學史，先生是有這能力有這計畫，並做了充分準備，甚至擬定了一些篇目，如「《離騷》與反《離騷》」、「從廊廟到山林」之類，這些篇目就不同凡響，此書若成，才是真正的傑構。又扯到老舍先生，朋友認為老舍備受推崇的幾部書如《四世同堂》之類，「水」得很，因老舍在淪陷後的北平待了並沒幾天，他的最偉大的著作是僅寫了開頭八萬字的《正紅旗下》，此書若成，亦不是可以什麼同日而語的。看來「面壁虛造」真是文學的大敵，近年來被青年作家們幾乎忘光了的革命現實主義創作原則並沒過時，事情怕只要沒親身體驗過，就難得其中真正的味道，調查也好、讀檔案也好，得到的印象終究模糊。大如某先生的滾滾歷史長河小說，也是一部比一部稀鬆，農民起義領袖都像在黨旗下舉著拳頭宣過誓的共產黨員了。這使人十分容易想起「評法家」的故事，貼上十分「馬克思主義」的商標，也未必就是馬克思主義的真貨。真是到了認真讀馬列主義的時候了，不但青年作家要讀，老年作家恐怕也要讀，因為馬列主義並不是如「長效磺胺」類的藥品，吞一丸可保幾百年不犯病——我「死讀」魯迅了。讀到妙處，往往心驚肉跳；讀到妙處，往往浮想聯翩。心驚肉跳是不能入小說了，浮想聯翩大概是藝術的搖籃或曰「翅膀」吧？

魯迅先生的《狗・貓・鼠》裡寫著：「那是一個我的幼時的夏夜，我躺在一株大桂樹下的小板桌上乘涼，祖母搖著芭蕉扇坐在桌旁，給我猜謎，講故事。忽然，桂樹上沙沙地有趾爪的爬搔聲，一對閃閃的眼睛在暗中隨聲而下，使我吃驚，也將祖母講著的話打斷，另講貓的故事了——」先生的祖母給先生講了貓如何教虎捕、捉、吃的本領，虎以為全套本領學到，只要滅了貓，老子便天下第一，就去撲貓，貓一跳便上了樹。這故事我在高密東北鄉當天真爛漫的幼兒時，也聽老人們說過，幾乎一模一樣，只是比先生晚聽了七十多年。想想這故事倒像一個寓言或諷刺小說。在這故事中，貓是光彩奪目的，虎卻不怎麼樣。

在人的世界裡，口頭流傳或見諸書刊的貓事不比狗事少，魯迅先生文章中舉過一些例子，如Edgar Allan Poe小說裡的黑貓，日本善於食人的「貓婆」，中國古代的「貓鬼」等等。但這都是醜化貓的，美化貓的例子沒舉，這類貓也是很多的。這類貓或聰明伶俐，如《小貓釣魚》；或嬌憨可愛，如《好貓咪咪》；或執法如鐵，如《黑貓警長》。這類貓與「貓婆」、「貓鬼」、「貓精」們成為鮮明的對照，善與惡、正與邪、美與醜，截然對立，前者給兒童心靈留下陰影，後者使兒童心靈美。在一片「我是一個父親」的呼聲中，我這個父親也茫然如墜大荒，不知是該把Edgar Allan Poe的書燒掉呢，還是在孩子的課本上塗滿美貓的形象——這大概也是杞憂，上述貓形象並存於世，久矣，我輩也並沒因受貓鬼貓怪們的影響而變成魔鬼，也沒有因真善美貓的影響而變成天使。正如人不是天使也不是魔鬼一樣，貓也不是惡的典型或美的象徵；正如陰邪奸詐的貓形象與活潑美麗的貓形象可以並存一樣，寫人的陰暗心理與寫人的光明內心的作品也未嘗不可並存，誰也不會去有意毒殺孩子。貓撒嬌時、貓捕鼠時的形象是有益兒童的，可貓偷食牆上懸掛的帶魚時、貓偷食兒童養的鳥雀時卻未必使童心愛貓。編造十萬則美好的貓童話，貓一旦偷食了小鳥，童心還是要觳觫，豈止觳觫，他會感到受了騙，才被貓鑽了空子，早知貓吃鳥，他不會把鳥籠掛得那麼低。

還有一類貓形象，就很難用善或惡來概括了。記得前幾年看過戴晴一篇寫貓的小說《雪球》，還看過中杰英一篇《貓》，都有些象徵意味，固然這兩隻貓被寫得貓毛畢現，但總讓人想到某種人的生存狀態，對認識貓世界無多裨益。

還有一類被剝了皮的貓，最著名的是《三俠五義》中被太監郭槐剝了皮換出太子的狸貓。這類貓最冤枉，既沒寄託作者的高尚感情，又沒抒發作者的刻毒心理，但被剝皮的狸貓這形象真不但令童心觳觫，連翁心也觳觫了。《三俠五義》看過多年，故事都忘了，這血淋淋的貓形象卻歷歷在目。我認為這剝皮狸貓實在是該書的精彩象徵物，無意之象徵實乃大象徵。那後被皇帝封為「御貓」的大俠展昭，我總感覺他是那匹正在等待太監們剝皮的狸貓，還沒剝皮是因為白玉堂、盧方、徐慶、韓彰、蔣平這五匹大耗子還在興風作浪，擾亂朝廷，捉盡了耗子必剝貓皮無疑。貓皮可充貂皮做女大氅之風領，貓之肉體則可與雞、蛇作伴，成一盤名為「龍虎鳳大鬥」的名菜。我還是在十幾年前看李六如先生的《六十年的變遷》時，知道了廣州有這樣一道名菜。剝皮之貓一旦被烹炸成焦黃顏色，與雞、蛇一起盤桓一大盤中，芳香撲鼻。看著書就垂涎，還觳觫個屁！可見影響人的感覺的，多半是顏色和味道，同是一隻剝了皮的貓。

換了太子的狸貓和盛在盤裡的「貓虎」還是幸運的，起碼在牠臨被剝殺前，會得到主人精心餵養。因要換太子，就要肥大些；因要成名菜，自然要有肉吃。這些貓生前還是享福的。真正受苦的貓是受虐待的貓，如冰島女作家F．A．西格查左特小說《傍晚》中那隻無辜受害的貓，虐待者是一個受虐待的少年，他把貓當成了發洩胸中憤怒的對象。這少年絕對不是受了寫貓小說的影響，如受惡貓形象影響，他若以為貓能成精成怪，諒他也不敢下手；如受美貓形象影響，愛都愛不夠，何忍折磨牠？如果冰島也有一個剝貓皮的郭槐，自然又另當別論。

以上都是書上的貓，不是真貓。

有關貓鬧春的描寫或以貓鬧春時發出的惡劣叫聲比喻壞女人笑聲的字句，在小說裡比比皆是，可見貓與人生活關係之密切。可見人非但對同類的事情十分感興趣，對貓的戀愛也頗為關注。人即便是成了什麼「作家」或「靈魂的工程師」，也並無超脫到坐懷不亂的程度，更無坦蕩到敢把自己的叫聲像寫貓的叫聲一樣惡毒地寫出來的程度。不過也是咎由貓取，如貓們悄悄地幹那事，也就沒人罵牠們，甚至可以去罵別人了。魯迅先生是嫉惡如仇的，他說他手持長竿把戀愛中出狂呻的貓們打跑，這是因為他要夜讀。只要不煩擾他，先生也絕不會手持長竿去專找情貓們痛打的。視性描寫如洪水猛獸，中外大都有過這階段，目下在小書攤上高價出售的英人勞倫斯的大著《查泰萊夫人的情人》，當年在英國亦是禁書，禁又禁不住，乾脆開了禁，印上幾十萬本，也就蹲在書架上無人問津了。目下在小書攤上的這《查泰萊夫人的情人》聽說售價已由十五元降至八元，再過幾天連八元也賣不出了吧？國家禁書，小書攤發財，這也要怨讀者不能令行禁止，愈說是老虎，偏要捋虎鬚，這也是人類一個既寶貴又可惡的特點。

還是貓事為要，至於性描寫，大家其實心裡都有數。一窩蜂鑽進褲襠裡去不好，避之如蛇蠍也不是好態度。私心而論，一個「作家」（加引號是向別人學習，我始終懷疑作家是當然的「靈魂工程師」的資格，好像一戴上「作家」桂冠，自然就成了德行高貴的聖人，就不爭權奪利，就見了漂亮女人掩面哭泣，就不去偷別人的老婆，就不嫉妒別人的才能，就不寫錯別字，就不大便與放屁，這樣的好「工程師」大概還沒出生）敢暴露陰暗心理，總比往自己的陰暗心理上塗鮮明色彩的人，要可信任一些。即便是交朋友，也要交一個把缺點也暴露給你的人。其實都是廢話，只有一句話是真的。連我在內，也是「馬列主義上刺刀」的時候多。只要到了人人敢於先用「馬列刺刀」刮了自己的鱗，然後再用「馬列刺刀」去剝別人的皮的時候，被剝者才雖受酷刑而心服口服。

半夜裡的貓叫對於成人，其實並不殘酷，對於孩子，才真是精神上的酷刑。我在孩提時代，一聽到這淒厲的「戀愛歌曲」，就拚命往被窩裡縮，全不怕呼吸哥哥姊姊母親父親及我自己的屁臭腳臭與汗臭的——這又不是好的話，怎麼哥哥姊姊父親母親都睡一個被窩呢？這只好為讀者（一部分）解釋了：睡在一個被窩裡並不是要為亂倫創造便利，而是為了取暖，而是為了全家只有一條被子。這當然都是過去的事了。其實飢餓和寒冷是徹底消滅性意識的最佳方案，一九六〇、一九六一、一九六二這三年，我所在的村莊只有一個女人懷過孕，她丈夫是糧庫的保管員。到了一九六三年，地瓜大豐收，村裡的男人和女人吃飽了地瓜，天氣又不冷，來年便生出了一大批嬰兒。——這正應了「飽暖生淫欲」的舊話。這批孩子，被鄉間的「創作家」們諡稱為「地瓜小孩」。這都是過去的事了，隨便扯來，竟也感覺不到有多大恐怖，一旦吃飽，那餓肚的滋味便淡忘了許多，以為那果真就是一場夢。我之所以還有些感受，大概是因為一九七六年參軍之前，很少與「豐衣足食」這種生活結過親緣的關係。當兵之後，一頓飯吃八個饅頭使司務長吃驚的事也是經歷過的，扯得更遠啦，打住。

暗夜中之貓叫，是關於貓的最早記憶，真正認識一隻貓，並對這隻貓有了深刻了解，則是很晚——大概是一九六四年的事情吧。因為那時村裡住進了四清工作隊，工作隊一個隊員來我家吃「派飯」時，那隻貓突然來了，所以至今難忘。

當時，有資格為工作隊員做飯，是一種榮譽，一種政治權利。地主、富農、反革命、壞分子、右派家是無權的，大概怕這些壞蛋們在飯菜裡放上毒藥，毒殺革命同志吧。富裕中農（上中農）家庭比較積極的，可以得到這殊榮，比較落後的，就得不到。所以我家得到招待工作隊員吃飯的通知時，大人孩子都很高興，很輕鬆，心裡油然生出一片情，大有涕零的意思。那些被取消了「派飯」資格的中農戶，可就惶惶不安起來，也有提著酒夜間去村裡管事人家求情，爭取「派飯」資格的。——這種故事一直延續到一九七六年之後。自四清工作隊之後，各種名目的工作隊一撥一撥進村來，有「學大寨工作隊」、「整黨建黨工作隊」、「普及忠字舞工作隊」、「鬥私批修工作隊」。給我留下深刻印象的是一九七三年那支「學大寨工作隊」。那支隊伍有二十七個人，隊員和隊長都是縣茂腔劇團裡的演員和拉胡琴、敲小鼓的。這樣人會拉會唱會翻筋斗，人又生得俏皮，行動又活潑，把村裡的大姑娘小媳婦青年小夥子給弄得神魂顛倒，這工作隊撤走後，很留下了一批種子，只可惜長大了，也沒見個會唱戲的就是了。這段故事也許編成個小說更好。

四清工作隊是最嚴肅的工作隊，水平也最高，後來的工作隊都簡直等於胡鬧。與其說他們下來搞革命，毋寧說他們下來糟踐老百姓。我記得派到我們家吃飯的那個四清工作隊員是個大姑娘，個子不高，黑黑瘦瘦的，戴一副近視眼鏡，一口江南話，姓陳，據說是外語學院的學生。家裡請來了這尊神，可拿什麼敬神呢？那時生活還是不好，白麵一年吃不到幾次的，祖父是有些骨氣的，憤憤地說：「咱吃什麼就讓她吃什麼！」我們吃什麼？霉爛的紅薯乾、棉籽餅、乾蘿蔔絲子，這都是好的了，差的就勿須說了。祖母寬厚仁慈，想得也遠，因我父親那時是大隊幹部，請著就不是玩。於是決定盡量弄得豐盛一點。白麵還有一瓢，雖說生了蟲，但終究是白麵；肉是多年沒吃了，為貴客殺了唯一的一隻雞；沒有魚，祖母便吩咐我跟著祖父去弄魚。時令已是初冬，水上已有薄冰，我和爺爺用扒網扒了半天，淨扒上些瘦瘦黑黑的癩蝦蟆，爺爺抽搐著臉，咕咕噥噥地罵著誰，後來總算扒上來一條大黃鱔，可惜是死的，掐掐肉還硬，聞聞略略有些臭味，捨不得丟，便用蒲包提回了家。祖母見到這條大黃鱔，十分高興。我說臭了，祖母觸到鼻下聞聞，說不臭，是你小孩嘴臭。祖母便與母親一起，把黃鱔斬成十幾段，沾上一層麵粉，往鍋裡滴上了十幾滴豆油，把黃鱔煎了。雞也燉好了，魚也煎好了，單餅也烙好了，就等著那陳工作隊員來吃飯了。

我聞著撲鼻的香氣，貪婪地吸著那香氣，往胃裡吸。那時我有一種奇異的感覺，感覺到香味像黏稠的液體，吸到胃裡也能解饞的，香味也是物質，當時讀中學的二哥說，香味是物質，魚香味是魚分子，雞肉香味是雞分子，我恍然認為分子者就是一些小米粒狀的東西，那麼嗅著魚香味我就等於吃了魚分子——小米粒大小的魚肉；嗅著雞肉香味也就等於吃了雞肉分子——小米粒大小的雞肉。我拚命嗅著，腦裡竟有怪象：那魚那雞被吸成一條小米粒大小的分子流，源源不斷地進入了我的肚子。遺憾的是，祖母在盛魚的盤和盛雞的碗上又扣上了碗和盤。我的肚子轆轆響，饞得無法形容。我有些恨祖母蓋住了雞、魚，挫了我的陰謀。但馬上也就原諒了她：要是雞和魚都變成分子流進了我的胃，讓陳同志吃屁去？在我二十年的農村生活中，我經常白日做夢，幻想著有朝一日放開肚皮吃一頓肥豬肉！這幻想早就實現了，早就實現了。再發牢騷，就有些忘本的味道啦。

陳同志終於來了，由姊姊領著。

陳同志要來之前，祖母和母親恨不得「掐破耳朵」叮囑我：不要亂說話，不要亂說話——我從小就有隨便說話的毛病，給家裡闖過不少禍，也挨過不少打罵，但這毛病至今也沒改，用母親的話說就是：「狗改不了吃屎！」這句話貌似真理，實則不正確，這邊一塊肥豬肉，那邊一泡臭屎，我相信沒有一匹狗不吃肉去吃屎，即便那屎也是吃過肉的人拉的，到底也是被那人的腸胃吸取了精華的渣滓，絕無比肉味更好、營養更豐富的道理，何況那都是吃地瓜與蘿蔔的人拉的屎呢。

陳同志進了院，全家人都垂手肅立，屁都憋在肚子裡不放，祖母張落著，讓陳同志炕上坐。陳同志未上炕，母親就把雞、魚、餅端上去，香味瀰散，我知道那魚盤和雞碗上的碗和盤已被母親揭開。

陳同志驚訝地說：「你們家生活水平這樣高？」

站在院裡的父親一聽到這句話，臉都嚇黃了，兩隻大手也哆嗦起來。

我是後來才悟出了父親駭怕的原因的。父親早年念過私塾，是村裡的識字人，高級合作社時就當會計，後來「人民公社化」了，雖然上邊覺得讓一個富裕中農的兒子當生產大隊的會計，掌握著貧下中農的財權，不太合適，但找不到識字的貧下中農，也只好還讓父親幹，對此父親是受寵若驚的，白天跟社員一塊在田裡死幹，夜裡回來算帳，幾十年如一日，感激貧下中農的信任都感激不過來，怎敢生貪污的念頭？但「四清」開始，父親當了十幾年會計，不管怎麼說也是個可疑對象——這也是祖母傾家招待陳同志的原因。

所以陳同志那句可能是隨便說的話把父親嚇壞了。全村貧下中農都吃爛地瓜乾子，你家裡卻吃雞吃魚吃白麵，不是「四不清」幹部又是什麼？你請她吃魚吃雞吃白麵，是拉攏腐蝕工作隊！這還得了！

父親嚇得不會動了。

母親和我們都是不准隨便說話的。

祖母真是英雄，她說：「陳同志，您別見笑，莊戶人家，拿不出什麼好吃的。看你這姑娘，細皮嫩肉的，那小肚，腸子也和俺莊戶人不一樣，讓你吃那些東西，把你的肚和腸就磨毀了。所以呀，大娘要把那隻雞殺了，他媳婦還捨不得，我說，『陳同志千里萬里跑到咱這兔子不拉屎的地方，不容易，要是咱家去請，只怕用八人大轎也抬不來！』他們都聽話，就把雞殺了。這魚是你大爺和小狗娃子去河裡抓的，凍得娃子鼻涕一把淚一把。我說，『為你陳大姑姑挨點凍是你的福氣，像地主家的富農家的娃子，想挨凍還撈不著呢！』這麵年頭多了點，生了蟲，不過姑娘你只管吃，麵裡的蟲是『肉芽』，香著呢！快脫鞋上炕，他大姑，陳同志！」

他們只能聽到祖母的說話聲，看不到陳同志的表情。

祖母說完了話，就聽到陳同志說：「大家一起吃吧！」

祖母說：「他們都吃飽了的，姑娘，大娘陪著你吃。」

我站在院子裡，痛恨祖母的撒謊，心中暗想：你們大人天天教育我不要撒謊，可你們照樣撒謊。這世界不成樣子。

陳同志走出來，請我們一起去吃，父親和母親他們都說吃過了，很高興地撒著謊，我卻死死在盯著陳同志的眼，希望她能理解我。

她果然理解我啦。她說：「小弟弟，你來吃。」

我往前走了兩步，便感到背若芒刺，停步回頭，果然發現了父親母親尖利的目光。

陳同志有些不高興起來，這時祖母出來，說：「狗娃子，來吧！」

母親搶上前幾步，蹲在我面前，拍拍我身上的土，掀起她的衣襟揩揩我的鼻涕，小聲對我說：「少吃！」

我知道這頓飯好吃難消化，但也不顧後果，跟隨著陳姑娘進了屋，上了炕。

在吃飯的開始，我還戰戰兢兢地偷看一下祖母浮腫著的森嚴的臉，後來就死活也不顧了——陳同志走後，因我狼吞虎嚥，吃相凶惡，不講衛生，嘴巴呱唧，嘴角掛飯，用襖袖子揩鼻涕，從陳姑娘碗前搶肉吃，吃飯時放了一個屁，吃了六張餅三段黃鱔大量雞肉，吃飯時不抬頭像搶屎的狗，等等數十條罪狀，遭到了祖母的痛罵。城門起火，殃及池魚，連母親也因為生了我這樣的無恥的孽障，而受了祖母的訓斥。祖母嘮叨著：「讓人家陳同志見了大笑話！他爺爺都沒撈著吃！我也沒吃多點！」祖父憤憤地說：「我吃什麼？嘴是個過道，吃什麼都要變屎！我從小就不饞！」

進了母親的屋，母親流著淚罵我，罵我不爭氣，罵我沒出息，罵我是個天生的窮賤種。哥和姊姊也在一旁敲邊鼓——他們其實是見我飽餐一頓眼紅——真到了關鍵時刻，連兄弟姊妹也不行——愛是吃飽喝足之後的事——這也可能是鄉下人生來就缺乏德行——沒有多看「靈魂工程師」們的真善美的偉大著作之故——按時下的一種文學批評法，凡是以第一人稱寫出的作品，作品中之事都是作家的親身經歷，於是莫言的父親成了一個「土匪種」，莫言的奶奶和土匪在高粱地性交……那麼，照此類推，張賢亮用他的知識分子的狡猾坑騙老鄉的胡蘿蔔，也不是個寧願餓死也要保持高尚道德的人。這不是因為張賢亮說了什麼話，我來攻擊他，只是順便舉個例子。那些不用第一人稱做小說的人也許能像伯夷叔齊一樣吧？但願如此。不過張賢亮行使的騙術並不是他的發明，他一定看過這樣一本精裝的書，書名《買蔥》，裡邊寫著這樣一個故事：一鄉下人賣蔥，一數學家去買蔥。買者問：「蔥多少錢一斤？」賣者答：「蔥一毛五分錢一斤。」買者說：「我用七分錢買你一斤蔥葉，八分錢買你一斤蔥白，怎麼樣？」賣者盤算著：蔥葉加蔥白等於蔥，七分加八分等於一毛五，於是爽快地說：「好吧，賣給你！」——這個寫《買蔥》的人是個教唆犯。

就在那次吃飯的時候，我即將吃飽的時候，一隻瘦骨伶仃的狸貓，忽地躥上了炕。祖母掄起筷子就打在貓的頭上，貓搶了一根魚刺就逃到炕下那張烏黑的三抽桌下，幾口就把魚刺吞下去，然後虎坐著，目光炯炯地盯著炕桌上的魚刺——這隻貓還是恪守貓道的，牠知道牠只配吃魚刺。祖母揮著筷子嚇著貓，陳姑娘則夾著一節節魚刺扔到炕下餵貓，貓把魚刺吞下去。既是陳同志愛貓，祖母也就不再罵貓，反而講起了貓故事，而這時我也吃飽了，看著祖母浮腫著的慈祥的臉，聽著祖母講述的貓故事——祖母那麼平靜地講述貓事時，心裡卻充滿對我的仇恨，這是我當時絕對想不到的。祖母說：

「貓是打不得的！貓能成精。」

陳同志微笑不語。

「早年間，東村裡一個閒漢養了一隻黑貓，成了精，那閒漢想吃魚啦，只要心裡一想，不用說話，就有一盤煎好的大魚，從半天空裡飄飄悠悠，飄飄悠悠，落在閒漢眼前，酒盅、酒壺、筷子也跟著飄來。那閒漢想吃肉啦，只要一想，就看到一盤切成雞蛋那麼大的紅燒豬頭肉，噴香噴香，冒著熱氣，飄飄悠悠，飄飄悠悠，落在閒漢眼前……人吃飽了，就挑口吃了，有一天那閒漢想吃鯉魚，飄來了一盤鯽魚，閒漢生了氣，把那盤噴香冒熱氣的鯽魚給倒進圈（廁所）裡了。黑了天，就聽到黑貓在窗外說：『張三，你這個沒良心的東西！你想吃鯉魚，全青島大小飯館都沒有，尋思著鯽魚也不差，女人生了小孩沒有奶都吃鯽魚，就給你來一盤，一百八十里路，遠路風程，給你弄來，你竟倒進圈裡！張三，你等著吧，我饒不了你！』張三也不是個省事的，就說：『你能怎麼著我？』黑貓說：『你看，著火啦！著火啦！』張三躺在炕上，就看到窗戶櫺上的紙冒著藍色的小火苗著起來……打這天起，張三可就跟黑貓鬥上了，兩人鬥得你死我活，分不出個高低。有一天黑夜，張三坐在炕上吃菸，巴嗒巴嗒的，一袋接著一袋，黑貓在窗外說：『真香！這菸兒真香！』張三也不吱聲。黑貓又說：『我吃口菸，好張三！』張三說：『吃口就吃口。』他慢吞吞地把早就裝足了藥的槍從身後拿過來，把槍筒子伸到窗櫺子外邊，張三說：『老黑，你含住菸袋嘴。』黑貓說：『好。』『含住了？』張三問。黑貓說：『含住了。』『真含住了？』『真含住了。』『點火啦。』『點吧。』張三一勾槍機子，只聽『呼通』一聲響，把窗戶紙都震破了。張三說：『雜種！叫你吃！』剛要出去看看，就聽到黑貓咳嗽著說：『吭吭……這菸好大的勁！』」

陳姑娘笑起來。

蹲在炕前的狸貓叫了一聲。

陳姑娘夾起一段魚，扔給了貓。

祖母的腮幫子哆嗦起來。

二哥踢了一腳貓，說：「連你都吃了一塊魚！」——這是以後的事。

這匹狸貓在我家待著，任你踢，任你罵，牠都不走啦。

這是匹女貓。

根據我的觀察，貓是懶惰的動物——至於那些成為寵物的貴種，就不僅僅是懶惰而是十足的墮落了——不是萬不得已，牠是不會去捉耗子的。在我的記憶裡，我們家那隻貓只捉到過一隻耗子。

那是一個傍晚，祖母剛燒完晚飯，祖父他們尚未從田野裡歸來，我和叔叔家的姊姊在院子裡架起一根葵花稈練習跳高，就見那貓叼著一匹大鼠從廂屋裡跳出來，我和姊姊衝上去，貓棄鼠而走，走到祖母身邊，嗚嗚叫著，彷彿在告我們的狀。

祖母興奮得很，飛速地移動著兩隻小腳，跳到院子裡，把那匹大鼠奪過去。

「啊咦！這麼大個耗子！」祖母說，「拿秤去！」

我們趕快拿來了秤。看著祖母用秤鉤掛住鼠肚皮秤牠。

「九兩，高高的九兩！」祖母說（那是一桿舊秤，十六兩為一市斤）。

「孩子們，該犒勞你們了。」祖母說。

祖母把老鼠埋在鍋灶裡的餘燼裡。

我和姊姊蹲在灶門前，直眼盯著黑洞洞的灶膛。

貓在我們身後走來走去。

香味漸漸出來了。

我和姊姊每人坐一小板凳，坐在也坐著小板凳的祖母面前吃耗子肉的情景，已過去了幾十年，但我沒忘。燒熟的老鼠比原來小了許多，烏黑的一根。祖母把牠往地上摔摔，然後撕下一條後腿，塞到姊姊嘴裡，又撕下牠另一條後腿，塞到我嘴裡。鼠肉之香無法形容，姊姊把鼠骨吐出來給了貓，我是連鼠骨都嚼碎嚥了下去，然後，我們眼睜睜地看著祖母的手。暮色沉沉，蚊蟲在我們身邊嗡嗡地叫著。我總感到祖母塞到姊姊嘴裡的鼠肉比塞到我嘴裡的多。寫到此，我感到一陣罪疚感在心裡漾開，那時我們是個沒分家的大家庭，吃飯時，我和這個比我僅大三個月的姊姊總能每人得一片祖母分給的紅薯乾，我總認為祖母分給姊姊的薯乾比分給我的薯乾大而且厚，於是就流著眼淚快吃，吃完了就把姊姊手裡的薯乾搶過來塞到嘴裡。她抖著睫毛，流著淚，看著她的母親我的嬸嬸。嬸嬸也流淚。母親舉著巴掌，好像要打我，但只嘆息一聲就把手放下了。前年回家，我對姊姊提起這事，姊姊卻笑著說：「哪有這事？俺不記得了。」今年回家，一進家門，母親就對我說：「你姊姊『老』了。」

「老」了就是死了。

母親說姊姊死前三天還來趕集賣菜，回家後就說身上不舒坦，姊夫找了輛手推車推她去醫院，走出家門不遠，就見她歪倒了脖子，緊叫慢叫就「老」了。

人真是瞎活，說死就死了，並不費多少周折。

我想起了和她一起坐在祖母面前分食老鼠的情景，就像在眼前一樣。

祖母十幾年前就死了。她是先死了，打了一針，又活過來，活過來又活了一個月，又死了，這次可是真死了，真「老」了。

祖母說，貓抓耗子，並不需要真撲真抓，貓一見到耗子，就豎起毛大叫一聲，老鼠一聽貓叫，立刻就抽搐起來，貓愈叫老鼠愈抽搐，貓上去咬死就行了，根本不要追捕。這說法我不知是真是假。

祖母還講過一個故事：明朝時，有五個千斤重的大耗子成了精，變成人，當了皇帝的宰相一類的大官，他們擾亂朝綱，慫恿著皇帝幹壞事。一個大臣，自然是忠臣，自然也是有慧眼的，看破了機關，回家對父親說了——這又引出了一個故事：相傳古代為了削減人口，人到了六十歲，不管健康與否，統統要「裝窯」的，這「裝窯」據祖母說，就是把人揹到一個專門的地方去餓死（有點像日本小說《楢山節考》裡的情景）。這大臣是個孝子，因為孝，就把父親放在夾壁牆裡藏起來（其實是利用職權破壞皇家的法規，是孝子不是忠臣）。大臣說：爹，朝裡那五個重臣是五匹成精的老鼠，每匹有一千斤重，不知可有法子降服沒有？大臣爹說：八斤貓可降千斤鼠。大臣說：哪裡去尋八斤重的貓？大臣爹說：咱家那匹黑貓差不多就有八斤。大臣喚了貓來用秤一秤，只有七斤半重。大臣爹說：不妨事，明日上朝前，你弄半斤豬肉讓貓吃了，不就八斤貓了嗎？大臣點頭稱是。次日，那大臣割了九兩（舊秤）豬肉餵給貓吃。為什麼割九兩呢？因為貓吃肉不會不掉渣，餘出一兩來保險。大臣把原重七斤半吃了九兩肉的黑貓揣在袍袖裡，胸有成竹地上了朝。文武群臣分列兩邊，皇帝坐在龍墩上打盹。大臣把藏在袍袖裡的貓往外露了露，那貓淒厲地叫了一聲，群臣詫異著，皇帝也睜開了睡眼。貓又叫了一聲，就見那五個耗子變成的重臣索索地抖起來。大臣一鬆袍袖，那貓嗖地躥出，跳到龍墩前的台階上，豎毛弓腰，揚尾奓鬚，連連發威鳴叫，那五重臣抖抖索索，抖抖索索，癱倒在堂前。貓繼續鳴叫發威，五重臣顯出原形，袍靴之類盡脫落，就見五匹大鼠一字兒排開，初時都大如黃牛，後來愈縮愈小，愈縮愈小，縮得都如拳頭般大，貓慢慢踱上去，一爪一個，全給消滅了。皇上幡然醒悟，要重賞那大臣，大臣卻跪地叩頭，求恕欺君之罪。皇上聽他訴說，知道這奇謀出自一該「裝窯」而未「裝窯」的老人，由此可見，老人還是有用處的，於是就撤銷了六十歲「裝窯」的命令——我總懷疑這故事與《三俠五義》裡的「五鼠鬧東京」有些瓜葛，不過考證這些事也沒意思就是了。後來又讀《西遊記》，見孫悟空被陷空山無底洞那匹金鼻白毛耗子精折騰得狼狽不堪，最後去玉皇大帝那兒告了李靖父子一刁狀（母耗子是托塔天王的乾女兒）。乾爹和乾哥哥出面，才把她降服了。孫悟空如果聽過我祖母的故事，只須尋一隻八斤貓抱進洞去就行了。那耗子精也實在迷人，不但美麗絕倫，而且體有異香，連唐三藏都心猿意馬，有些守不住，悟空不得不變成蒼蠅，叮在耳朵上提醒師傅不要被美人拉下水。記得當年看到這裡時，不由地恨唐僧太迂，要是我，就留在這無底洞當女婿了。

後來我和姊姊天天盼望貓捕鼠，可再也沒見到過。只見到那傢伙每日懶洋洋地曬太陽，吃飯時就蹭到飯桌下撿飯渣吃。這貓，是被我們傷了心。牠捉了耗子，被我們燒吃，這行為也是「欺貓太甚」，貓從此不捕鼠，也有牠的道理。

魯迅先生在《狗．貓．鼠》裡，開玩笑般地引用一外國童話裡所說的狗貓相仇的原因。引用完畢，先生接著寫道：「日耳曼人走出森林雖然還不很久，學術文藝卻已經很可觀，便是書籍的裝潢，玩具的工致，也無不令人心愛。獨有這一篇童話卻實在不漂亮；結怨也結得沒有意思。貓的弓起脊梁，並不是希圖冒充，故意擺架子的，其咎卻在狗的自己沒眼力。」

魯迅先生所引童話裡說，動物們要開大會，鳥、魚、獸都齊集了，單缺象。大家決定派一夥計去迎接象，誰也不願去，於是就運用了某團體分派救濟金的方式：拈鬮。這倒楣的鬮偏被狗拈著。狗說不認識象，大眾說象是駝背的，狗遇見一匹貓正在弓著脊梁，可能是因為沒請牠去參加動物大會而發怒吧！狗就把牠請來了，大家都嗤笑狗不識象。狗貓從此相仇。

這童話裡貓是很冤的。動物大會，鳥、魚都去了，偏不請牠，牠如何能舒服？正在發怒弓背，巧被狗請，於是放平脊梁赴會，到會後又發現不是那麼回事，牠又被陷進一個尷尬的泥潭裡，狗與貓都是受害者，不知那動物大會的主席是誰，如果是百獸之王老虎，那虎主席就是怕見貓老師，便故意不發給貓請帖，虎怕貓把牠當年逼貓上樹的醜事給抖摟出來呢。矛盾的對立面是虎和貓，狗代虎受過了。

這童話真該焚燒，不知編這童話的覃哈特博士是不是「現代派」，如果是「現代派」，又寫了這壞童話，那就豈止該燒書！

比較之後，還是我祖母講的貓狗成仇的原因對頭。

祖母說，很早很早以前啦，有一個人養了一條貓和一匹狗。主人是開劈柴店的，外出時，就吩咐狗和貓劈柴。狗埋頭苦幹，貓偷懶耍滑。主人回來，貓就蹦到主人肩頭上，把劈柴之功據為己有，然後又說狗如何如何奸滑不賣力氣。貓一邊說一邊用爪子輕輕搔著主人的耳垂——那纖細的小爪子撓著耳垂癢癢的實在是舒服——主人就痛打狗一頓，連分辯都不許。

分配飲食時，主人自然就偏著貓。狗只好生悶氣。第二次，狗為贖罪，更努力地勞動。主人回來，貓更快地跳到主人肩上——那纖細的小爪子撓著耳垂癢癢的實在是舒服——貓哭訴道：「主人啊，主人！你不要表揚我啦！也不要嘉獎我啦！狗今天對我冷嘲熱諷，我受不了啦！」主人大怒，打了狗一頓。分配飲食的時候，一丁點兒也不給狗。貓吃食時，狗蹲在一邊，生著悶氣挨著餓。第三次，狗乾脆罷工了，貓更不幹。主人回來一看，一根柴也沒劈，便氣沖沖地問：「怎麼回事？」狗自然不吱聲。主人就問貓。貓哆嗦著說：「我不敢說……」主人道：「你說，我給你作主！」貓哭著說：「主人啊，狗今天說我拍馬屁，我跟牠爭了兩句，牠張嘴就咬我，幸虧我會上樹，跳到杏樹上才沒被牠咬死。狗在樹下蹲著，我不敢下來。我雖然想下來劈柴，但我怕死。主人啊，我有罪，我沒能堅持工作，我錯了啊！」主人這一次把狗腿都打斷了，分配飲食時，一點也不給狗。貓吃飽了，就把一條剩下的魚叼到狗面前，說：「狗大哥，你把這條魚吃了吧！」狗張開嘴，一下就把貓的脖子咬斷了。主人一棍就把狗打死了。從此，狗與貓便成了仇家。

我自認為祖母的故事比覃哈特博士的童話要高明得多，這也是「外國月亮沒有中國月亮圓」的一條證據。

其實，現代生活中的狗和貓看不出有什麼仇。你捉你的耗子我看我的門，又無共同的異性要爭奪，互不干涉，無利害衝突，能有什麼仇？只有當牠們一同劈柴為同一主人效勞時，才可能有釀成大仇的機會。但「劈柴」畢竟是久遠的往事了。沒有永遠的朋友，也沒有永遠的敵人，狗和貓也早就無宿怨了吧？貓之媚主不消說了，從「劈柴」時代就如是，可是狗的子孫們，也從被打殺的老祖宗那裡吸取了教訓，固然不能像貓一樣跳到主人肩膀上為主人抓癢，但在主人面前搖著尾巴替主人舔去靴子上的灰塵，其媚不遜於貓。

偶爾還有貓狗死鬥的情形，但這並不是狗貓之間自發的戰鬥，而是人的挑唆。

我家那隻貓生第二窩貓的時候，已是初夏，家家戶戶都賒了毛茸茸的小雞雛。放在院子裡，唧唧地叫著、跑著，確實有幾分可愛的樣子。我家自然也賒了雞雛。

我經常發現貓蹲在黑暗的角落裡，目光炯炯地窺測著雞雛，我把這個發現告訴了祖母，祖母對貓說：「雜種，你要是敢動牠們，我就扎爛你的嘴！」

貓咪嗚著，好像懂了祖母的意思。

幾天之後，鄰居一個孫姓的老太太，我要呼之為「姑奶奶」的，拄著枴棍，罵上門來了，自然是罵貓，說有一隻小雞被我家那隻該千刀萬剮的瘟貓給吃了。

祖母與這孫姑奶奶不是太睦，跟著罵了幾句貓。孫姑奶奶還不完，叨叨著，意思好像是要從我家這群雞雛中捉走一隻權充賠償。祖母說：「姑奶奶，畜生的事，人能管著嗎？要是我的孫子吃了你的小雞，我這群小雞裡就任你挑走一隻，這還不完，我還要拔掉他的牙！」祖母對著我揮了揮手。

孫老姑奶奶還在絮叨，意思是非要祖母賠償她一隻小雞不可的。

祖母那群屁股上染了鮮紅顏色的金黃色小雞雛在院子裡歡快地奔跑著。

貓臥在門旁一個蒲盤上，團著身體睡覺。

「反正是你家的貓吃了我的雞……」孫老姑奶奶說。

有些慍色上了祖母的臉。她把小雞喚到眼前，提起一隻，攥著，走到貓旁，蹲下，拍了貓一掌，問：「貓，你吃小雞嗎？」貓睜開眼看著祖母。祖母把小雞放到貓嘴邊，貓閉上眼睛，把嘴扎到肚皮下，又呼呼地睡起來。小雞雛在貓的背上蹣跚著。

祖母冷笑一聲，說：「姑奶奶，看到了吧？這隻貓怎麼會吃你的小雞？你的小雞興許是被老耗子拖去，被黃鼠狼叼走，被野猁子吃掉啦！」

孫姑奶奶說：「你家的貓當然不吃你的雞，再說它吃了我的雞，已經飽了。」

祖母說：「『抓賊拿贓，捉姦拿雙』，你說我家貓吃了你的小雞，有什麼證據？」

孫姑奶奶說：「我親眼看見！」

祖母說：「我親眼看見你吃了我家一條牛！」

孫姑奶奶氣翻了白眼，搗著小腳，原地轉了兩圈，嘴裡罵著貓，歪歪扭扭地走啦。

祖母抄起掃地苕帚，撲了貓一下子，說：「你要再出去闖禍，我就打殺你。」

幾天之後，又有一個人提著一隻鮮血淋淋的小雞雛罵上門來了。貓正蹲在門邊，舔著鬍子上的血。

祖母無法，只好捉了一隻小雞雛，換了那隻死雞雛。

祖母抄起棍子打貓，貓縱身上了梨樹。

後來又接二連三地有人罵上門來，我們本是積善之家，竟因一隻貓擔了惡名，並不僅僅賠償人家幾隻雞罷了。我家的貓惡名滿村，罵貓時，總是把我父親的名字作為定語：×××家的貓……

祖母惶惶起來，先是以塗滿辣椒的小死雞餵貓，想藉此戒掉牠的惡習——祖母是用給小孩子斷奶的方式——乳頭上塗滿辣椒，孩子受辣，便不想吃奶——來為貓戒食雞癖的，但毫無效果，想那塗滿辣椒的雞不是成了一道大飯館裡才肯做的名菜「辣子雞」了嗎？人尚求食不得，拿來戒貓「食雞癖」，無疑是火上澆油啦。

再以後，凡有人找上門，祖母便說：「這原本不是俺家的貓，牠賴著不走。現在俺更不管了，誰有本事誰就打死牠。」再要祖母把自己的雞雛賠給人家是萬萬不能啦。

這隻貓作惡多端，但無人敢打殺牠，是有原因的。鄉村中有一種動物崇拜，如狐狸、黃鼠狼、刺蝟，都被鄉民敬作神明，除了極個別的只管當世不管來世的醉鬼閒漢，敢打殺這些動物食肉賣皮，正經人誰也不敢動牠們的毛梢。貓比黃鼠狼之類少鬼氣而多仙風，痛打可以，要打殺一匹貓，需要非凡的勇氣。這裡本來還蘊藏著起碼十個故事，但為了怕讀者厭煩，就簡言一個吧。

也是祖母對我說過的：從前，一個女人在案板上切肉，家養的貓伸爪偷肉，女人一刀劈去，斬斷了一隻貓前腿，那隻貓蔫了些日子就死了。女人斬斷貓腿時，正懷著孕，後來她生出一子，缺了一隻胳膊，此子雖缺一臂，但極善爬樹，極善捕鼠。此子乃那貓轉胎而生。

這故事也無大恐怖，那缺臂的男孩也可愛，也有大用處，在這鼠害氾濫的年代，他不愁沒飯碗，多半還要發大財。關於念咒語，拘出全村的老鼠到村前跳河自殺的故事，是祖母緊接著「貓轉胎」的故事講的，因與貓少牽連，只好不寫了。

但我家的貓實屬罪大惡極，村人皆曰該殺，可誰也不肯充當殺手，聰明者便想出高招：讓狗來咬殺牠。

事情發生在一個炎熱的中午，柳樹上的蟬發了瘋一樣叫著，一群人遠遠地圍著一條健壯的大狗和我家的貓，看牠們鬥法。他們如何把我家的貓騙出來，又如何煽動起狗對貓的戰鬥熱情，我一概不知道。

大狗的主人是個比我大三或二歲的男孩，乳名「大響」，據說他出生時駐軍火砲營在河北邊打靶，砲聲終日不斷，為他取名「大響」是為了紀念那個響砲的日子。

圍觀的不僅僅是孩子，還有青年、中年和老年，他們看到狗和貓對峙著，興奮得直喘粗氣。

那條狗叫「花」，大響連聲說著：「花花花，上上上，咬咬咬！」

狗頸毛直豎，齜著一口雪白的牙，繞著貓轉圈，似乎有些膽怯。貓隨狗轉，貓眼始終對著狗眼，也是聳著頸毛，嗚嗚地叫著，像發怒又像恐懼。狗和貓轉著磨。

眾人也叫著：「花花花，上上上，咬咬咬！」

狗仗人勢，一低頭，就撲了上去，貓淒厲地叫一聲，令人周身起慄。地上一團黑影子晃動著。

狗不知何故退下來，貓身上流著血，瞅著空，躥出圈外。人聲如浪，催著狗追貓。我忽然可憐起貓來了，畢竟牠在我家住了好幾年了。貓腿已瘸，跑得不快，看看就要被狗趕上時，牠一側身，鑽進了一個麥稭垛上的小孩子藏貓貓時掏出的洞穴裡。洞穴不大，貓在裡邊蹲著，人在外面看得很清楚。

狗逼住洞口，人圍在狗後，狗叫，人嚷，十分熱鬧。

狗占了一些小便宜，翹起尾巴，氣焰十分高昂，在人的唆使下，牠一次次往洞穴裡突襲著。狗每突襲一次，貓就發出一陣慘叫。

狗又退下來，耷拉著舌頭，哈達哈達喘著粗氣，狗臉上沾滿貓毛。

「花花花，上上上，咬咬咬！」人們吼著。

狗閉住嘴──這是狗進攻前的習慣動作──正要突襲，就見那洞穴中的貓眼裡射出翠綠的火花，刺人眼痛，射到麥草上似乎窸窣有聲，與此同時，貓發出令人小便失禁的人叫聲，狗和人都驚呆了。正呆著呢，就見那貓宛若一道黑色閃電從洞穴裡射出來，射到狗頭上，看不清楚貓在狗頭上施什麼武藝，只能看到狗全身亂晃，只能聽到狗轉著節子的尖聲嗥叫。

大響揮動木棍亂打著，也看不清是打在了狗身上還是打到了貓身上。

貓從狗頭上跳起來，眼裡又放著綠光，比正午的陽光還強烈，牠叫著，對著人撲上來。人群兩開，閃出一條大道，貓就跑走了。

驚魂甫定的人們看那狗。這條英雄好漢已經狗臉破裂，耳朵上鼻子上流著血，一隻黑白分明的狗眼已被貓爪摳出，掛在狗臉上，悠悠盪盪的，像一個什麼「象徵」之類的玩藝兒。狗在地上晃晃蕩蕩地轉著圈，看熱鬧的人都不著一言，掛著滿臉冷汗，悄悄地走散。只餘下大響抱著狗哭。活該！這就叫作：炒熟黃豆大家吃，炸破鐵鍋自倒楣！

貓獲大捷之後，在家休養生息，我因欽佩牠的勇敢，背著祖母偷餵了牠不少飯食。那時，三隻小貓都長得有二十公分長了（不含尾巴），生動活潑可愛無比，牠們跟我嬉戲著，老貓也不反對。

幾天之後，貓養好了傷，能上街散步了，又有貓食雞的案子報到我家來了。祖母把貓裝進一條麻袋裡，死死地捆紮住了麻袋口，然後，由二哥揹到街上，扔到一輛去濰坊的拖拉機後斗裡。祖母對拖拉機手說了半天好話，央求人家第一不要厭煩貓叫把牠中途扔下；第二到了濰坊後要把麻袋左轉三圈右掄三圈，把貓掄得頭暈了再放牠出袋，免得牠記住方向跑回來；第三就是希望千萬把麻袋給捎回來。祖母再三強調麻袋是借人家的，我知道這麻袋是我們自家的。

貓被扔進拖拉機後斗裡，拖拉機後斗顛顛簸簸，把貓給拖到濰坊去了。

這下子好了。

村裡的雞雛們太平了。

濰坊的雞雛該倒血楣啦。

濰坊離我們村子有多遠？

三百零二十里。

失去母親的四隻小貓徹夜嗚叫，激起我的徹夜淒涼。天亮後，祖母連連嘆息，說：「可憐可憐真可憐，人貓是一理，這四個孤苦伶仃的小東西。」

祖母騰出一個筐子，絮上一些細草，做成了一個貓窩。又吩咐我從廂房裡把四隻小貓抱到家裡來。

梅雨時節到了，半月雨水淋漓，連綿不斷。我無法出家門，百無聊賴，便逗著四隻小貓玩，便用馬鈴薯糊糊餵牠們。老貓已被送走半月多，那條麻袋，拖拉機手也給捎了回來。拖拉機手姓邱，四十多歲，是個「右派」，人忠實可靠。

我看著生滿綠苔的房檐下明亮的雨簾，想像著籠罩田野的雲霧，想像著那一片片玉米，一片片高粱，成群的青蛙癩蝦蟆，泥濘不堪的田間道路，被淋溼了羽毛的雞擎著瘦脖子縮在樹下打盹，遠處傳來沉悶的火車笛聲。明亮的鋼軌被雨水沖洗得亮或生滿稀疏的紅銹……

雨大一陣小一陣，但始終不停，屋子裡也一陣晦暗一陣明亮。當晦暗時，四隻小貓的八隻眼睛綠綠地閃著光，好像鬼火一樣。樹葉沙沙響著，是風在吹，我想像著那隻老貓的情景，牠在那遙遠的濰坊，生活得怎麼樣？

農村的陰雨天，無事可幹，勞累日久的大人們便白天連著黑夜睡覺，雨聲就是催眠曲。我逗著貓玩一陣，看一陣雨，胡思亂想一陣，瞌睡上來，伏在一條麻袋上便睡。

朦朧中看到那隻貓穿越河流與道路，出沒鬱鬱青紗帳，頂風冒雨，向家鄉奔來……

一陣喧鬧吵醒了我，我揉揉眼睛，我又揉揉眼睛。那隻貓果真回來了。牠遍身泥巴，雨溼貓毛更顯得瘦骨嶙峋。四隻小貓與老貓親熱成了一個蛋。

我大叫著：「貓回來啦！貓回來啦！」

家裡人紛紛起來，看著貓兒女與貓母親生離死別又重逢的情景，這情景委實有點動人。祖母立刻吩咐母親給貓備食，牠吃雞的罪惡陰影消逝，起碼是在我家老幼的心裡，洋溢著一片貓中英雄所創造的奇蹟的輝煌光彩。

貓離家十七天，如果不走彎路，跋涉三百餘華里，牠是被裝進暗無天日的麻袋裡運走，老邱又忠實地履行了祖母「左轉右掄」的囑咐，牠是靠著什麼方法重返家園的呢？這個謎我始終解不開。

祖母看著急急進食的貓，感嘆道：「貓老多啦！」

多年來，我一直珍藏著對這隻貓的敬佩，一直認為這隻貓創造了貓國的奇蹟，並一直存著寫篇文章歌頌這隻貓的這段光榮的念頭。但偶然翻閱今年的參考消息，看到一則題為《一隻貓孤身穿越日本》的珍聞，方知天外有天，人外有人，貓外更有貓。抄錄珍聞如下。

日本《朝日新聞》三月三十一日報導：一隻母貓為了尋找牠的家，從東往西穿越日本，走了三百七十公里的驚險旅程，花了一年七個月的時間。

這隻五歲的母貓名叫米基，一九八四年八月隨主人乘火車到須知夫人的故鄉旅行。她被裝在一個紙盒子裡，隨主人從東到西通過了整個日本，即從太平洋沿岸的平家到日本海岸的系魚川。

但是到達目的地後不久，這隻貓就跑掉了，須知一家只好返回。從此，這隻貓就「失蹤了」。直到一九八六年二月九日，貓的主人在花園裡發現了這個小傢伙，可是她已經變瘦了，尾巴上的毛也被拔掉了，耳朵也被弄破了，但牠仍安然無恙。

有關方面為了表彰牠的功績，特授予牠「模範貓獎」，即免費供給牠一年多的食物。

東京動物園的一位獸醫說，這隻貓創造了令人難以想像的奇蹟，因為家貓的活動半徑只有兩百米至五百米。

初讀此文，我不免沮喪。好像不但人間奇蹟多由外國人創造，連貓間奇蹟也是外國貓創造得多。讀過之後一想，我不沮喪了。數據最能說明問題：

貓別	跋涉路程	跋涉時間	日均跋涉路程
中國貓	三百二十華里	十七日	十八·八二三五三華里

簡直不可同日而語！

這又是一個外國月亮不如中國月亮圓的鐵證。

日本貓	七百四十華里	五百七十五日	一・二〇八一華里

日本貓得了「模範貓獎」，我家那隻貓因為得不到足夠的飼料，重犯偷食雞雛毛病，竟被當場捉獲，可能是牠惡貫滿盈的報應，也可能是因長途跋涉健康狀況大不如前。牠萬不該偷雞偷到大響家去，獨眼狗協助大響把牠擒住，也應了「冤家路窄」的話。

大響把貓拉到河灘上去，只一鐮，就把貓頭削落黃沙。

我為此難過了好久。

大響斬貓之後，日子很不好過。村裡那些恨貓的人，這時卻把同情賜給了貓。有關貓的神話鬼話流傳很盛，人們見了大響，都換了一種眼光，好像大響不日就要遭到天譴或被貓鬼所祟。

大響卻始終安然無恙。去年我探家時，聽說他成了「滅鼠養貓專業戶」，這真是天下之大無奇不有，故鄉人豐富的想像力由此可見一斑。我帶著滿肚皮興趣去找他，「鐵將軍把門」，他不在，鄰人說他趕集賣貓去了。三隻大貓在他家牆上徘徊著，滿院子貓叫。幾天後我見到了他，發現他已成了一個「通仙入魔」的奇人，奇人須有奇文，願家貓在地之靈佑我佐我，賜我成就奇文的奇思妙想。

文章本已寫完，忽然想到北京土語「貓兒膩」，我總認為這話與「貓蓋屎」的行為有關係。

我親眼見過貓蓋屎，也就是拉過屎後用後爪子象徵性地蹬點土蓋蓋，並不真正蓋得不露一點痕跡。我在農村鋤地時，鋤一蓋二，隊長批評我：「你這是『貓蓋屎』！糊弄誰呀！」

「貓蓋屎」——「貓蓋膩」——「貓兒膩」。

養貓專業戶

姑姑對我說過，他的爹不務正業，閒冬臘月別人忙著下窨子編草鞋賺錢，他的爹卻抱著兩隻大貓東遊西逛。姑姑說他出生時，解放軍的砲隊在村後那片鹽鹼地上實彈射擊，荒地上豎著一股股煙，有白色的，有黑色的。砲聲很響，震得窗戶紙打哆嗦。

他長到七歲時，和我打架，用手抓破了我的腮，用牙咬破了我的耳朵，流血不少。被姑姑撞見，姑姑罵他：「大響，你這個野貓種，怎麼還咬人呢？」

他不住地用舌尖舔著嘴唇，好像貓兒舔唇上的鼠血，眼睛瞇縫著，在我姑姑的數落聲中，不吱聲，也不挪動。一隻藍貓從我家磨屋裡叼著一匹耗子躥出來，耗子很大，把貓頭都墜低了。他瞇縫著的眼突然睜開，從眼裡射出一道光線，綠熒熒的。手提到胸前，身體縮起來，片刻都不到，他直飛到貓前去，把那匹大耗子截獲了。藍貓怪叫幾聲，像哭一樣，對著他齜牙咧嘴，無奈何，悻悻地貼著牆根又溜進磨屋裡去了。姑姑停止了用玉米皮包紮著我的耳朵的手，嘴不說話，僵硬地半張著。我和姑姑都定著眼看手提著大耗子的大響，他的臉上掛著謎一般的好像是愚蠢也許是殘酷的笑容。

後來，大響跟隨著他爹闖關東去了，一去也就沒了音信。我當兵前兩年，一個老得有點糊塗了的關東客回了老家，我跟他坐在一起為生產隊編苫，問起大響一家，關東客眊著眼說：大響的爹死了，大響被山貓吃了。問到山貓形狀時，關東客滿嘴葫蘆，只說好像一種比貓大點比狗小點的十分凶猛的野獸，連老虎狗熊都怕牠三分。

大響被山貓吃了，我也沒感到難過，只是又恍然記起他臉上那謎一般的好像是殘酷也許是愚蠢的笑容來。

老關東回鄉一年就死了，埋在村東老墓田裡，村人都說這叫葉落歸根，故土難離，哪怕再窮，也難忘了，老來老去，終究要轉回來。

又一年初冬，徵兵開始了，來帶兵的解放軍都穿著大頭皮鞋羊皮大衣，問問說是黑龍江來的。我馬上就想起老關東客那些關於關東的神祕傳說，想起了那個被山貓吃掉了的大響，那怪異而凶殘的動物正用帶刺的舌舔著大響的白骨，淒厲一聲叫，連山林都震動了……那時農村日子不好，年輕人都想當兵，爭得頭破血流的。因我姑姑頭二年嫁給了民兵連長邢大麻子，我沾了光，沒爭沒搶就拿到了入伍通知書。坐上悶罐子車，連白帶黑地往北開了不知幾多工夫，到了一座大森林的邊上，觸鼻子扎眼的樹、雪，風嗚嗚地叫，夜裡滿樹林子都是狼嗥。首長聽說我在家養過豬，就把我分配去養狼狗。養狗的日子裡，我經常偷食餵狗的一種紅色肉灌腸，挨過批評，但也改不了，因我一見那紅色灌腸，就像生精神病似的煩躁不安，非吃不可，非吃不能平息煩躁情緒……現在我還是不敢回憶那紅色灌腸的形狀和味道……吃著紅色灌腸的時候，我的眼前交替出現著兩幅幻景：大響像電一般撲到貓頭上，截獲耗子，臉上是愚蠢的或是殘酷的笑容……山貓用帶刺的舌舔著大響的白骨，舔著那笑容，像用橡皮擦紙上的字跡一樣……

我就好像見過了山貓似的，腦海裡浮動著山貓機警而凶殘的臉。

因我惡習難改，被調到炊事班，負責燒火餵豬。有一天，指導員和炊事班長到山上去談心，抓回三隻小貓崽，山貓崽子！通體花紋，黑與灰交織，黑的特別鮮豔，耳朵直豎，似比家貓尖銳，別的也就與家貓無大差別了。山貓吃掉大響的故事從此完結了。

抓回小山貓不幾日，老兵復員，一宣布名單，炊事班長是第一名，我是最後一名。炊事班長已當兵五年，風傳著要提拔成司務長的，他工作積極，經常給我做思想工作。我當兵兩年，被復了員，是因為我偷食紅色灌腸吧！復員就復員，總算吃了兩年飽飯，還發了好幾套裡裡外外從頭到腳的新衣新帽，夠穿半輩子啦！當了兩年兵，這一輩子也算沒白活。我是這麼想。可炊事班長不這麼想，宣布復員名單時，一念到他的名字，他當場就昏倒了。衛生員用針扎巴了半天，才把他扎醒了。醒了後，他又哭又鬧。後來，他用菜刀把兩隻小山貓的頭剁下來——他把一隻小山貓按在菜板上（小山貓還以為他是開玩笑呢，咪嗚咪嗚地叫著，用爪子搔他的手），高舉起菜刀，吼一聲：「連長！你娘的！」同時，菜刀閃電般落下，貓頭滾到地上，菜刀立在菜板上，貓腔子裡流黑血。貓眼眨古，貓尾巴吱吱地響著直豎起來，豎一會兒，慢慢地倒了下去。第二隻小山貓又被他按在菜板上，在滿板的貓血上，在同胞的屍體旁，這隻小山貓發瘋地哭叫著。炊事班長歪著嘴，紅著眼，從菜板上拔出刀來，高舉起，罵一聲：「指導員，你娘的！」話起刀落，貓頭落地，貓血濺了他一胸膛。人們呼呼隆隆跑過來，其中有連長也有指導員。炊事班長蹲在地上，歪歪嘴，就有兩顆淚湧出來，他說：「指導員……連長……留下我吧……我不願回去……」

那隻沒被炊事班長斬首的小山貓被我裝進一個紙盒裡帶回了家鄉。炊事班長殺貓、哭求也無濟於事，與我坐同一輛汽車，哭喪著臉到了火車站，乘一輛燒煤的火車，回他的老家去了。據說他的家鄉比我的家鄉還要窮。

生怕那隻山貓在火車上亂叫被列車員發現罰款，副連長送我一鐵筒用燒酒泡過的魚，把貓餵醉了，讓牠睡覺。副連長說，牠一醒你就用魚餵牠。副連長是我的老鄉，他說家鄉鼠害成災，缺貓。

雖說見過山貓之後便不再相信大響被山貓吃掉的鬼話，但在街上碰上了他，心裡還是猛一「格登」，互相打量著，先是死死地互相看著臉，接著是從頭到腳地上下掃，然後便互相大叫一聲名字。

他身體長大了很多，臉盤上卻依然是幾十年前那種表情，不開口說話的時候，臉上便浮現那種神祕的微笑，好像愚蠢，又好像殘酷。

「『喀巴』說你讓山貓吃了呢！」我說的「喀巴」是老關東的名字。

他咧咧嘴問：「山貓？」

連田裡的老鼠都跑進村裡來了，牠們嘴裡含著豆麥，腮幫子鼓得很高，在大街上慢吞吞地跑著，公雞想去啄牠們的時候，牠們就疾速地鑽進牆縫裡，鑽進草垛裡，鑽到路邊隨處可見的鼠洞裡。

「你見過山貓嗎？」他問我。

我告訴他我從關東帶回來一隻小山貓，在姑姑家躺著，還沒真正醒酒呢！

他高興極了，立即要我帶他去看山貓。

我卻執意要先看他的家。

他的家是生產隊過去的記工房，被他買了。房有四間，土牆，木格子窗，房上有三行瓦，兩行瓦藍色，一行瓦紅色。兩隻大貓臥在他的炕上，三隻小貓在炕上遊戲。土牆上釘著幾十張老鼠皮。他枕頭邊上擺著一本書，土黃色的紙張，黑線裝訂，封面上用毛筆寫著幾個笨拙的黑字：𪕟鼠催貓。我好奇地翻開書，書上無字，卻畫著一些奇奇怪怪的花紋。也許別的頁上有字，我不知道，我只看了一眼那些花紋，他就把書奪走了。他厲聲喝斥我：「你不要看！」

我的臉皮稍稍紅了一下，自我感覺如此，訕訕地問：「什麼破書？還怕人看。」

他似乎有些不好意思，摩挲著那本書道：「這是俺爹的書。」

「是你爹寫的？」

「不是，是俺爹從吳道士那裡得的。」

「是守塔的吳道士？」

「我也不知道。」

那座塔我知道，磚縫裡生滿了枯草，幾十年都這樣。道士住塔前的小屋裡，穿一襲黑袍，常常光著頭，把袍襟掖在腰裡，在塔前奮力地鋤地。

「你可別中了邪魔！」我說。

他咧咧嘴，臉上掛著那愚蠢與殘酷的微笑。他把書放在箱子裡，鎖上一把青銅大鎖，嘴裡咕噥著什麼，五隻貓都蹲起來，弓著腰，圓睜眼看著他的嘴。

我的背部有點涼森森的，耳朵裡似乎聽到極其遙遠的山林呼嘯聲，正欲開口說些什麼，就聽到啪嗒一聲響，見一匹雪白的紅眼大鼠從梁上跌下來，跌在群貓面前，呆頭呆腦，身體並不哆嗦。白鼠的臉上似乎也掛著那愚蠢又殘酷的笑容。

大響捉著鼠，端詳了半天，說：「放你條生路吧！」嘴裡隨即嘟囔了幾句，貓們放平了腰，懶洋洋地叫了幾聲，老貓臥下睡覺，小貓咬尾嬉鬧。那紅眼白毛鼠頓時有了生氣和靈氣，從大響手裡嗖地跳下，沿著牆，哧溜溜爬回到梁頭上去，陳年灰土紛紛落下，嗆得我鼻孔發癢。

我當時有很大的驚異從心頭湧起，看著大響臉上那謎一般的微笑，更覺得他神祕莫測。一時間，連那些貓，連那土牆上貼著的破舊的布滿灰塵的年畫，都彷彿通神通鬼，都睜了居高臨下、超人智慧的眼睛，在暗中看著我冷笑。

「你搞的什麼鬼？」我問大響。

大響趕走那微笑認真地對我說：「夥計，人家都在搞專業戶掙大錢，咱倆也搞個專業戶吧！養貓。」

養貓專業戶！養貓專業戶！這有趣而神祕怪氣十足又十分正常富有吸引力的事業。

「聽說你從關東帶回來一隻小山貓？」他又一次問。

晚上我就把小山貓送給了大響，他興奮得一個勁搓手。

我到姑姑家去喝酒。

姑父三盅酒進肚，臉就紅了，電燈影裡，一張臉上閃爍著千萬點光明。他把我的酒盅倒滿，又倒滿了自己的盅，把酒壺放在「仙人爐」上燎著，清清嗓子，說：「大侄子，一眨巴眼，你回來就一個月了，整天東溜西溜，不幹正事，我和你姑姑看在眼裡，也不願說你。你也不小了，天天在這裡吃飯，我和你姑即便不說什麼，只怕左鄰右舍也要笑話你！現在不是前兩年啦，那時候村裡養閒人，遊遊逛逛也不少拿工分；現如今村裡不養閒人，不勞動不得食。我和你姑不知道你心裡怎麼想的，是分幾畝地種還是出去找個事掙錢？」

我的心有點淒涼，喝了酒，說：「姑父，姑姑，我一個大小伙子，自然不能在你家白吃乾飯！雖說是要緊的親戚，畢竟不是自己的家，就是在爹娘家裡，白吃飯不幹活也不行。吃了你們多少飯，我付給你們錢。」

姑姑說：「你姑父不是要攆你，也不是心痛那幾頓飯。」

我說：「明白了。」

姑父卻說：「明白就好，就怕糊塗。你打的什麼譜？」

我說：「這些日子我跟大響商量好了，我們倆合夥養貓。」

紙糊的天棚上，老鼠嚓嚓地跑動著。

姑父問：「養貓幹什麼？」

我說：「村裡老鼠橫行，我和大響成立一個養貓專業戶，賣小貓，出租大貓……」

我正想向姑父講述我和大響設想的大計畫時，姑父冷笑起來。

姑姑也說：「哎喲我的天！你怎麼跟那麼個神經病搞到一堆去胡鬧？大響是給他爹那個浪蕩梆子隨職，你可是正經人家子女。」

姑父諷刺道：「有千種萬種專業戶，還沒聽說有養貓專業戶！你們倆還不如合夥造機器人！」

姑姑說：「我和你姑父替你想好了，讓你一頭扎到莊稼地裡怕是不行，當過兵的人都這樣。喇叭裡這幾天一個勁兒地叫，縣建築公司招工，壯工一天七塊錢，除去吃喝，也剩三五塊，你去幹個三年兩載，賺個三千兩千的，討個媳婦，就算成家立了業，我也就對得起你的爹娘啦！」

我又見了大響，把準備去建築公司掙錢不能與他養貓的事告訴他，他很冷淡地說：「隨你的便。」

以後我就很難見到大響的面了。建築公司放假時，我回家去探望過大響，那兩扇破門緊鎖著，門板上用粉筆寫著一行大字：養貓捕鼠專業戶。旁有小字注著：捉一隻鼠，僅收酬金人民幣一元整。鐵將軍把著門，這老兄不在。但我還是吼了幾聲：「大響！大響！」院子裡一片回聲，好像在兩山之間呼喚一樣。我把眼貼到門扇上往裡望，院裡空蕩蕩的，低窪處存著夜雨的積水，那匹我曾見過的白耗子在院裡跑，牆上釘著一片耗子皮。

大響的鄰居孫家老太太迎著我走過來，一頭白髮下有兩點磷火般的目光閃爍。她拄著一枝花椒木枴杖，乾乾的小腿上裂著一層白皮。她問：「您是請大響拿耗子的吧？他不在。」

「孫大奶奶，我想找大響耍耍，我是老趙家的兒子，您不認識我？」

老太太一隻手拄定枴棍，一隻手罩在眉骨上方，打量著我，說：「都願意姓趙，都說是老趙家的兒子，『趙』上有蜂蜜！有香油？」

我立刻明白，這老太太也老糊塗了。

她以與年齡不相適合的敏捷轉回頭來，對我說：「大響是個好孩子，他發了財，買蜂蜜給我吃，你買毒藥給我吃，想好事，我不吃！前幾年，你們藥耗子，把貓全毒死了，休想啦，休想啦……」

回家與姑姑說大響的事，姑姑說：「這個瘋子！不是個瘋子也是個魔怪！」

姑父插言道：「你可別這麼說！大響不是個簡單人物，聽說他在墨河南邊一溜四十八村發了大財！」

有關大響的傳說如雷貫耳是一九八五年，那時我時來運轉，被招到縣委大院幹部食堂燒開水，婚也結了，媳婦的肚子也鼓了起來，滿心裡盼她生個兒子，可她不爭氣，到底生了個女兒。

女兒出生後，我告了一個月假，回家侍候老婆坐月子。這些日子裡，大響來過一次，坐在院子裡也不進屋。他比從前有些瘦，但雙目炯炯，言語中更有一些玄妙的味道，但細揣摩，又好像是正常的。他說：「老兄，賀喜，喜從天降！浩浩乎乎乾坤朗朗！沒有工夫煮雞湯，吃耗子在南方，多跑路身體健康，不可能萬壽無疆！送你二百元，給嫂子和侄女添件衣裳。」他把一個紅紙包拍在我手裡，一轉身就走了。我沒及謙讓，就見他那黑黑的身影已溶到遠處的月影裡。一聲柳哨，令人腸斷。我不知這柳哨是不是大響吹的。又隔了幾天，因尋一味中藥，我騎車跑到鄰縣的馬村，那裡有一家大中藥舖，三個縣都有名。騎到距馬村不遠的一個小莊子，見村裡男女老幼都跌跌撞撞地往村中跑，下車問一聲，說是有一師傅在村中擺開法場，要把全村的耗子拘到池塘裡淹死。心裡一撲楞，立即想到這是大響，便推了車，隨著人群往前擁。將近池塘時，早望見紅男綠女，圍成了一個大大的圓圈。垂柳樹下，站著一瘦高個子男人，披一件黑斗篷，蓬鬆著頭髮，恰如一股裊裊的青煙。我把草帽拉低，遮住眉頭，支起自行車，擠進人圈裡，把頭影在一高大漢子背後，生怕被大響瞧見。

起先我想這人也未必就是大響，他的眼神時而渙散，時而凝結，渙散時如兩池星光閃爍，凝結時則如兩坨青水冷氣，彷佛直透觀者肺腑；我才覺得他必定是大響。因為他不管目光渙散還是凝結，那種我極端熟悉的謎一般的愚蠢或殘酷的微笑始終掛在臉上。他的身後，蹲著八隻貓。

好像是村裡的村長一類的人物——一個花白鬍子的老漢走到大響面前，啞著嗓子說：「你可要盡力，拘出一匹耗子，給你一塊錢，晌午還管你一頓好菸好菜；拘不出耗子麼……這裡離派出所並不遠，前天還抓走了一個跳大神的婆子呢！」

大響也不說什麼，只是更加強烈了那令人難以忘卻的笑容。花白鬍子退到人堆裡。大響從貓後提起一面銅鑼，用力緊敲三響，鑼聲慘厲，銅音嗡嗡，不知別人，我的心緊縮起來，更直著腰看大響。他赤著腳，那黑袍上畫著怪紋，數百根老鼠的尾巴綴在袍上，袍袖擺動，鼠尾嚓嚓啦啦細響。他提著銅鑼，緊急地敲動，邊敲鑼身體邊轉動起來。黑袍張開，像巨大的蝙蝠翅膀。群貓也隨著他跳動起來，牠們時而雜亂地跳，時而有秩序地跳，但無論雜亂無章還是秩序井然，那隻我從關東帶回來的山貓無疑始終充當著貓群的領袖。兩年不見，牠長大了許多，只是從牠的格外尖銳的耳上，從牠那些纏繞周身的格外鮮豔奪目的黑色條紋上，我才能認出牠。牠的身體比那七匹貓要大，正應了老關東客「比貓大點，比狗小點」的話。我總覺得群貓臉上，尤其是山貓臉上的表情與大響臉上那微笑有著密切聯繫，在本質上是一致的、共同的、互通的，同屬於一個尚未被人類完全認識的，因而也就是神祕的精神現象的朦朧範疇。

貓們的跳躍舞蹈協調一致時，就好像八顆圍繞著大響旋轉的行星。陽光燦爛，照耀著光亮的貓皮，垂柳吻著生滿青萍的池塘，蜻蜓無聲地滑翔。貓的身體都拉得很長很細，八貓首尾連接，宛若一條油滑的綢緞。

大響與群貓旋轉舞蹈，約有抽兩袋旱菸的工夫，眾人正看得眼花撩亂時，鑼聲停了，人與貓俱定住不動，好像戲台子上演員的亮相。天氣燥熱，大響臉上掛著一層油光光的汗。大家都不錯眼珠地盯著他，他嘴裡振振有詞，語言含糊，聽不清什麼意思，兩條潔白的泡沫掛在他的嘴角上。定住的貓在他的「咒語」中活動開來，貓嘴裡發出人的叫，貓腿高抬慢落，徘徊行走，八匹貓好像八個足登厚底朝靴在舞台上走過場的奸臣。

群眾漸漸有些煩惱，毒辣的太陽曬著一片青藍的頭皮，煩惱是煩惱，但也沒人敢吱聲。我私下裡卻為大響擔憂起來，全村的耗子難道真會傻不稜登地前來跳塘？

忽然，貓叫停止，八匹貓在大響身前一字兒排開，山貓排在最前頭，俱面北，弓著腰，尾巴旗桿般豎起，鬍鬚奓煞，嘴巴裡咈咈地噴著氣，貓眼發綠，細細瞳仁直豎著，仿如一條條金線。我的汗馬上變得又冷又膩，眼前幻影重重，耳朵裡鐘鼓齊鳴，恍惚中見群馬奔馳在塞外的冰冷荒漠上，枯黃的羊兒在衰草中逃竄……趕忙晃頭定神，眼前依然只有八匹發威的貓。大響從腰裡掏出一枝柳笛，嘟嘟地吹起來，笛聲連續不斷，十足的淒楚嗚咽之聲。斜目一看，周圍的觀眾都緊縮著頭頸，臉上掛著清白的冷汗珠。不知過了幾多時光，人背後響起一片嘈雜聲，笛聲忽而高亢如秋雁嘹唳，群貓也大發惡聲。有人回頭，喊一聲「來了」，人群便豁然分開，裂開一條通衢大道，數千匹老鼠吱吱叫著，大小混雜，五色斑駁，蜂擁而來。眾人都不敢呼吸，身體緊縮，個個矮下一截。大響閉著眼，只管吹那柳笛，群貓毛髮戧立，威風大作，逼視著鼠群。鼠們毫不驚懼的樣子，一個個呆頭呆腦，爭先恐後地跳到池塘裡去，池塘裡青萍翻亂，落水的老鼠奮力游動著，把青萍覆蓋的水面上犁出一條條痕跡。後來都沉下去，掙扎著，露出紅紅的鼻尖呼吸，又後來，連鼻尖也不見了。

柳笛聲止，群貓伸著懶腰徘徊，大響直立在烈日下，低著頭，好像一棵枯萎的樹。

灣水平靜，眾人活過來，但無有敢言語者。村裡管事的花白鬍子蹣跚到大響面前，叫了一句「先生」，大響睜開眼，嫣然一笑，幾乎笑破我的心。

我騎著自行車疾速逃走，渾身空前無力，尋了一塊花生地，便扔下車子，不及上鎖，一頭栽倒，沉沉睡去。醒來時紅日已平西，近處的田疇和遠處的山影都如被血塗抹過，稼禾的清苦味道直撲鼻孔，我推車回家，回想上午的事，猶如一場大夢。

回到縣裡後，我見人就說大響的奇能，起初無人相信，後來見我說得有證有據，也就半信半疑起來。

初冬時，鄰縣的領導向我們縣裡領導問起大響的事，縣委莫書記很機智地做了回答。莫書記到伙房裡找我，了解大響的情況，我把我知道的有關大響的一切都說了。

大嚮成了名人，市裡有關部門也派人前來調查。這樣張張揚揚地過去了半年。麥收的時候，縣糧食局一號庫老鼠成災，準備請大嚮來逮鼠。消息很快傳開，市電視台派了記者來，帶著錄相器材，省報也派了記者來，帶著照相機和筆，據說有幾位很大的領導也要來觀看。

那天上午，一號糧庫的防火池裡貯滿清水，池旁排開一溜桌子，桌子上鋪了白布，白布上擺著香菸茶水。縣裡領導陪著幾個很有氣派的人坐在那兒抽菸喝茶。

半上午時，一輛黑色的轎車開進院子，大嚮從車裡鑽出來。他穿著一雙皮鞋，一件藏青的西服掛在身上，顯得十分彆扭。我尋找著他臉上那謎一般的微笑。

從轎車裡把八匹貓弄出來就費去了約十分鐘，貓們顯得十分煩躁，尤以山貓為甚。

總算開場了，記者把強光燈打在大嚮的臉上，那微笑像火中的薄紙一樣顫抖著。強光燈打在貓臉上，貓驚恐地叫起來。

表演徹底失敗。我聽到一片罵聲。

水池旁一個戴眼鏡的人站起來，冷冷地說：「徹頭徹尾的騙局！」然後拂袖而去。

莫書記急忙追上去，臉上一片汗珠。

我的臉上更是一片汗珠。

地道

黎明時分，村裡的狗咬成一片。方山機警地跳下炕，輕輕拉開房門，站在院子裡，豎起耳朵，諦聽街上的動靜。他聽到街西頭有男人在咋呼、女人在哭嚎，便慌忙跑回屋子裡，把挺著大肚子在炕上昏睡的老婆拽起來。

「來了嗎？」老婆問。

「八成是來了，」他興奮地說：「不怕一萬，就怕萬一，還是先躲出去吧。」

「我估計著也就是這幾天的事了，」老婆說：「他們來了，又能怎麼樣呢？」

「你好糊塗！」方山說，「這一次比以前更狠，只要是沒出肚的，就不算條性命，八點鐘生，七點五十九分被捉住，也要打針引產。」

「引產就引產，」老婆說。

「你知道什麼！」方山說，「打了引產針，那孩子生出來過不了三天就要死。」

老婆挽起早就收拾好的包袱，蹭下炕沿，嘟囔著，往外走，「我實在是不願下到你那耗子洞裡去，」老婆說。

「好老婆，你不知道下邊有多麼舒坦，」方山說。

一個七八歲的女孩翻身從炕上爬起來，睡眼惺忪地問：「爹娘，你們去哪兒？」

方山壓低嗓門，說：「別吵吵，盼弟，在家好生照顧妹妹，我帶你娘出去避難，沒事了就回來。」

女孩懂事地點點頭。她長得很瘦，頭髮蓬著，像個鵲巢。

方山又說：「鍋裡有餅子，甕裡有水，餓了就吃，渴了就喝。有人來問我和你娘，就說到你姥姥家去了。」

女孩點點頭。

方山看看炕上那兩個酣睡未醒的女孩，心裡有些牽掛。外邊的狗叫聲益發囂張起來，一種緊張與狂熱相結合的情緒攫住了他。他拖著妻子，走到院子裡，掀起一口反扣在牆角的破鐵鍋，露出一個邊緣被爬得光溜溜的洞口，他對老婆說：「下去吧。」

老婆說：「我這樣，怎麼能下去？下去還不憋死？」

方山得意地說：「放心吧你，不怕憋死你，還怕憋死我兒子呢。」

方山扯著老婆的胳膊，把她放到洞底，自己也縱身下去，然後踩著洞壁的台階，把鐵鍋蓋在洞口上。

她落到洞底，快速地抽搐著鼻孔，讓肺裡吸滿地道裡的氣味。他聽到老婆在呻吟，便問：「你怎麼了？」

老婆說：「下洞時抻了一下。」

方山不在意地說：「反正快要生了，抻下就抻下吧。」

他從老婆挽著的包袱裡摸出了一支袖珍手電筒，撳亮，一道狹窄的黃光射出去，照亮了通向前方的地道。老婆驚訝地說：「這麼長？」

方山得意地說：「你以為我這半年的工夫白費了？告訴你，地道一直通向河邊，往前爬吧。」

他撳著手電，照亮了彎彎曲曲的地道，夫妻兩人一前一後爬行著。他催促老婆快爬，老婆氣喘吁吁地說：「我拖著大肚子哩，哪像你那樣輕鬆！」

方山笑笑——他的心情極好，說：「慢慢爬、慢慢爬吧。」爬行了約有三十米，地道變得寬敞高大起來，他們漸漸地直起了腰，終於完全站直了腰。方山從洞壁上摸到火柴，點燃了一盞放在沿壁方孔裡的油燈。明亮又溫暖的光芒射出來，照亮了洞裡的一切，土洞的一角上鋪著金黃的麥草，像一個溫暖的土炕，還有盛水的瓦罐，還有盛乾糧的柳條筐。簡直是一個溫暖的家。老婆興奮地說：

「孩他爹，你打算在這裡過日子是不是？」

方山捲了一枝菸，觸到燈火上點燃，吸了一口，乾核桃一樣的小臉上，綻開狡猾的微笑。他身材矮小、四肢短小，兩隻小手像瞎老鼠發達的前掌。老婆欣賞著丈夫細小的眼睛和高聳在亂髮中的兩扇又大又薄的透明耳朵，笑著說：「怪不得人家叫你耗子！」

方山說：「這個外號是糊給咱爹的，爹死了，又傳給了我。」

「爹是耗子，兒能不是耗子？」老婆戲謔道，「只怕我這肚子裡也是一隻小耗子呢。」

方山說：「不管是耗子還是貓，反正你要給我下個公的。」

老婆說：「那誰敢打保票？下出來才知道呢！」

方山說：「你要再敢下個母的，我就掐死你。」

老婆說：「狠的你！誰願意下母的？要是頭胎就下個公的，我還用遭這些活罪，一胎兩胎三胎四胎，整日家提心吊膽、東躲西藏，人不是人，鬼不是鬼。要是這胎還是母的，乾脆就去結了紮，我受夠了。」

方山說：「你敢！你想給我們老方家斷了種？」

老婆說：「斷了就斷了，反正也不是什麼好種。」

方山說：「怎麼不是好種？俺家八輩子貧雇農，根紅苗正。」

老婆說：「別翻那本老皇曆了。現在是愈富愈光榮，窮種不吃香了。」

方山感嘆一聲，說：「還是毛主席好。」

他揿亮手電筒，把一束黃光照在洞壁上懸掛著的那張毛主席畫像上。

老婆說：「咦，我還沒有看到呢。」

方山說：「掛上避邪消災。」

老婆說：「真要在下邊過日子呀？」

方山說：「有了這個地方，咱就不怕了。萬一這胎還是母的，咱就再生一胎。」
老婆說：「這不是跟那電影《地道戰》一樣了嗎？」
方山說：「我就是想起了《地道戰》才想起了挖地道。」
老婆說：「要是暴露了洞口，人家往裡灌水，那不像耗子一樣？」
方山說：「水是寶貴的，井裡來，河裡去。」
老婆說：「要是人家往裡放毒瓦斯呢？」
方山說：「不會的，工作隊也不是日本鬼子，到哪兒去弄毒瓦斯？」
老婆說：「難說哩，你能挖地道，人家還弄不到毒瓦斯？電影《地道戰》，放了八百遍，誰沒看過？」
方山說：「都看過，可誰也沒想到挖地道是不是？這就叫作：會看的看門道，不會看的看熱鬧。」
「老鼠生來會打洞！」老婆說。
方山說：「我是公老鼠，你就是母老鼠。」
兩口子調笑著，見一線光明從洞外射進來。他們停住嘴，聽到河裡有青蛙的叫聲。
「外邊就是河？」老婆問。
方山說：「外邊是草叢、柳棵子，下邊是河。」
老婆說：「天亮了。」

方山說：「天亮了，我上去看看，你等著別動。」

他四肢著地，爬到了隱蔽在河堤半腰上一叢茂密的柳棵子下的洞口。河水在洞口下方。透過碧綠柳條的縫隙，他看到一輪紅日，黏連在遙遠的河面上。河面上躺著一條漫長的紅影子。柳條下垂，與洞口下裸露的棕色樹根交叉在一起。河水澄清，他看到自己從洞中運出的大量黃土使洞下的河道變成了淺灘。他欣賞自己的智慧和毅力，在短短半年的夜晚時間裡，他神不知鬼不覺地完成了這項對一個小男人來說是顯得十分巨大的工程。聽聽堤上，悄無人聲，堤外的村子裡卻十分喧鬧。他分撥著柳條和雜草，迅速地鑽出洞。拽住柳條，他爬上河堤，將身體隱蔽在一叢紫穗槐中，觀察著村裡的動靜。

他看到街上匆匆跑動著一些莫名其妙的人，一輛火紅色的鏈軌拖拉機掛著高檔，在街上隆隆地跑著，團團旋轉的輪子驅趕著銀光閃閃的履帶，傾軋著浮土很厚的街道。拖拉機的兩隻大眼射出電光，比陽光還要強烈。拖拉機後邊小跑著一群人。打頭的一位，身高不過一米，穿著一套鑲有銅釦子的綠制服，頭戴一頂大檐帽，手提著一只紅色電喇叭。別人是小跑，他是飛跑。他那兩條小短腿像兩根鼓棰子，快速地打擊著地面。方山認出了這位小個子是鄉政府計畫生育辦公室大名鼎鼎的郭主任，外號「催命大郎」。看到「催命大郎」，育齡婦女都恨爹娘少生了兩條腿。方山暗暗慶幸。郭主任身後，跟著十幾個穿土黃色制服的青年，都弓著腰，小跑步前進，像一隊跟著坦克車打衝鋒的士兵。

拖拉機停在一幢新蓋的瓦房前，那是村裡的超生戶袁大頭家的，袁殺豬賣燒肉，賺錢很多，雖因超生屢遭罰款，但家底還是很厚實。

郭主任指揮著手下的人，拉開一捲鋼絲繩，捆住袁大頭的新瓦房，又把繩頭掛在拖拉機的後槓上。郭主任開了電喇叭，大聲吆喝著：

「村民們聽著，那些屢教不改的超生專業戶聽著，上級有了新指示：『寧要家破，不要國亡』，『上吊不解繩，喝毒藥不奪瓶』，今日本主任要做出個樣子給你們看看。袁大頭，讓你老婆出來，趕快去流產。」

袁大頭家寂靜無聲。

郭主任大喊：「限你們五分鐘，不出來，拉倒房子砸死活該，本主任不負責，國家也不負責。」

袁大頭家寂靜無聲。

郭主任揮手，大吼：「開車！」

拖拉機尖銳地鳴叫起來，圓桶狀的煙囪裡，噴吐著一圈圈白色的煙霧。方山看到，拖拉機駕駛員戴著墨鏡，嘴巴上還蒙著一塊黑布，根本看不清他的模樣。

拖拉機緩緩前進著，鋼絲繩漸漸抽緊。袁大頭家瓦房起初巋然不動，拖拉機一加馬力，瓦房便搖晃起來。袁大頭家的院子裡一陣哭嚎，大門洞開，袁大頭手持殺豬刀一馬當先，後邊跟隨著他的大肚子老婆，還有三個階梯樣的女孩，最後邊，還有一個拄著枴棍的老太太。

袁大頭吼著：「『催命大郎』，老子跟你拚了！」

郭主任硬挺著架子，說：「你來，你來，殺人要償命的！」

袁大頭說：「管你償命不償命！」揮起明晃晃的刀，斜劈下來，郭主任一低頭，大檐帽掉在地上。

郭主任搗著頭，喊：「抓住他！抓住他！」

十幾個青年一擁而上，按倒袁大頭，用繩子捆住。郭主任回過氣來，下命令：「抓住他老婆，送衛生院。他媽的，開車，拉，讓你們劈叉著兩條腿養！」

拖拉機聲嘶力竭地吼叫著，袁大頭家的新房子緩緩地倒塌，一股煙塵升上了天。

郭主任舉著喇叭喊：「那些自己鉤掉環的，那些非法懷了孕的，都給我出來！」他揮舞著一張紙片，喊：「誰也別想矇混過去，我這兒有名單！」

一些蓬頭垢面的女人，哭哭啼啼地集中到郭主任周圍。郭主任對著名單點名。

「楊大成家的！」

一個女人哭著舉起手。

「李金鋼家的！」

一個女人青著臉站出來。

「方山家的！」

沒人出來。

「方山家的！」……

郭主任說：「跑了和尚跑不了廟，走！」

方山溜下河堤，鑽進洞去，對老婆說：「今日動了真格的了。」

老婆問：「剛才是什麼響？」

方山說：「拖拉機把袁大頭家的房子拉倒了。」

老婆說：「咱家的房子呢？」

方山說：「怕是保不住了。」

老婆說：「那怎麼辦？」

方山說：「三間破草屋，拉倒拉倒。」

老婆說：「破家值萬貫，拉倒咱住哪？」

方山說：「這地洞冬暖夏涼。」

老婆嘆息一聲，說：「真成了耗子了。」

方山說：「你別嘈嘈了，我先去把孩子們轉移到地道裡來。」

老婆說：「我……怕要生了……」

方山這才注意到老婆滿臉汗水，腿間流出鮮血。他興奮地說：「你你你，你麻利著點，生個兒子，給他們一個沉重打擊。」

老婆說：「他爹，我感到不大好，往常生她們時，都沒流這麼多血……」

方山說：「那一定是個男孩了！」

老婆說：「你別走……幫幫我……」

女人生孩子，瓜熟蒂落，自然現象，幫什麼？方山嘴裡說著不幫，但還是把老婆扶到麥稭草上躺下，幫老婆脫了褲子，他看到老婆圓溜溜的青肚皮上那兩個紅漆大字：「兒子」，忍不住笑起來。

老婆喘息著，罵道：「死鬼，我都這樣子了，你還笑……」

方山指指老婆肚子上的字，說：「看到兒子，怎能不笑？」

老婆突然掙起來，扯過方山的手脖，狠勁兒咬了一口。

方山疼得噭噭叫，撫著流血的傷口：「你還真咬？」

老婆說：「每次都是我淌血，這次也讓你淌點血。」

方山說：「好老婆，你抓緊時間生，我上去把女兒們救下來，別被那些傢伙拉倒房子砸死她們。」

老婆哀求著：「好方山，你別走，我試著不好……八成是你上次用鐵鉤子取環時把我的子宮鉤壞了……」

「你別胡思亂想，我的技術絕對沒問題。」方山說著，不理老婆哼唧，往通往家院的地道口爬去。

地道中濃烈的土腥味令他陶醉，正是這種對土腥味的迷戀促使他夜間瘋狂地挖掘地道，起初自然是為了老婆挖掘，後來則純然是為了自己挖掘。在那些日子裡，他拖著死魚樣的身體從田野裡歸來，極度疲倦彷彿躺下就會死去，但只要到了地道的挖掘面上，他立刻變得精神百倍，周身充滿力量。他挖掘地道使用的工具是兩把短柄的小頭。他揮舞著小頭，讓紛紛落下的新鮮黃土落在自己的腦袋上、嘴巴裡和赤裸的身體上。在漆黑的地道裡，他的眼睛亮晶晶的，能毫不費力地看清黃土落下的情景，能看清頭在土層上砍出的光滑痕跡，如果不是為了老婆，他不會在地道裡放上燈盞，更不會花掉好幾塊錢去買支袖珍手電筒。挖掘地道時挖出的新鮮草根是他的美味佳餚。尋找新鮮草根也是他挖掘地道的動力。他沿著地道爬行，四肢靈活，腦袋裡有流水的感覺。

他站在洞口，透過鐵鍋上的破洞看到了一塊玫瑰花朵般豔麗的天空。只要待在地道裡，他的感覺器官便特別靈敏。他曾想過自己也許真是耗子轉世。

他聽到郭主任正在嚴厲地詢問自己的女兒。

女兒堅定地按照他教的話回答郭主任。

他聽到郭主任指揮人把三個女孩抱到屋外去。

他聽到三個女兒一齊用利齒咬破了那些人的手。

他得意地笑起來。

他聽到郭主任罵：真是一窩耗子！拖拉機，拖走，今日說什麼也要把耗子窩搗了。

他聽到女兒們哭叫著被拖走了。聽到拖拉機響。聽到鋼絲繩套住了房子。聽到郭主任發號施令。聽到一聲巨響。

頭上的鐵鍋被倒塌的牆壁砸破，碎磚爛土嘩嘩落下，他急忙倒退到地道裡去。

他心裡感到很輕鬆。

方山爬回大洞，看到老婆膝間多了一個蠢蠢欲動的肉蛋子。他衝上去，一眼就看見了那肉蛋子雙腿間凸著一個花生米大的肉芽芽。

「兒子！兒子！」方山喊叫兩聲，突然感到牙齒發癢，便用嘴啃了一口洞壁上的硬土。他一點不感到牙磣。他感到泥土像酥油。

他從老婆的包袱裡找出剪刀，剪斷了嬰兒的臍帶。他拍拍老婆的臉，說：「真是好老婆。」老婆翻動著灰白的眼珠看著他。他用一張草紙擦淨嬰兒臉上的血跡，看到這個小東西跟自己一樣生著尖嘴巴大耳朵。他用一塊包袱皮包起嬰兒，說：

「老婆，我們勝利了！」

地震

蔣四亭捆完了瓜田裡最後一棵枯萎的西瓜秧，直起腰，抬頭看了一下天。初秋的正午陽光明媚而強烈，湛藍的天空比夏天時高了許多，有一些大團的白雲急匆匆地奔馳著，投下一些飛快滑動的暗影。熱熱鬧鬧的西瓜季節過去了，瓜農們的腰包裡都有一些皺皺巴巴、充滿酸臭氣息的鈔票，腰桿子顯得比春天時直溜了一些。唯有蔣四亭的腰直不起來。他用半握的拳頭捶打著痠麻脹痛的腰部肌肉，嘆息一聲，抱起那顆最後的落秧西瓜，心事重重地往家走。臨近村頭時，外號「花豬」的中年男人問他：

「蔣大叔，大志兄弟的研究成果什麼時候見報？」

他從「花豬」油滑的臉上讀出譏諷來，便冷冷地回道：「總有那麼一天，你會後悔今日說的話。」

「花豬」道：「大叔，我可沒有瞧不起大志兄弟的意思，我跟他從小同學，我知道他有天才。」

蔣四亭說：「誰知道你是什麼意思！」說完了話，他不去理「花豬」。抱著那個青油油的小西瓜，朝自己家裡走。他聽到「花豬」在背後說：「爺兒兩個都成了神經病。」

「他爹，」蔣四亭的老婆愁苦地說，「我端詳著咱孩子不大對勁兒，一天到晚關在屋裡，嘴裡神念八語的，也不知說些什麼，人家都說他得了神經病……」

「胡說，」蔣四亭放下西瓜，壓低嗓門訓斥老婆，「別人糟蹋大志，是他們看著咱孩子有出息妒忌，咱自己怎麼也糟蹋孩子？」

「你這個老東西，」老婆說，「我能不巴望咱兒好？我是說旁人說……」

「旁人說什麼，咱不能去堵住人家的嘴，」蔣四亭說，「要緊的是咱自己，不能懷疑兒子。」

「我也沒懷疑，」老婆說：「千萬斤的西瓜，都讓他給剁爛了，我不是半句也沒抱怨嗎？」

蔣四亭說：「不抱怨就好，捨不得孩子套不住狼，何況幾個西瓜。等咱孩子把事弄成了，咱就不用種地了，到時候氣死那些說風涼話的東西。」

老倆口子正說著話，蔣大志從裡屋走出來。他面色蒼白，頭髮蓬著，衣衫不整，院子裡的光線使他瞇縫起眼。他用手掌遮住陽光看了看天，然後急匆匆地轉到豬圈牆後小解。回來後，不跟爹娘打招呼，就要往屋裡鑽。蔣四亭說：

「大志，你慢點走，我有話跟你說。」

蔣大志停住腳，說：「爹，你快點，我正忙著哩。」

四亭道：「再忙也聽我說幾句，」他指著那個青翠的西瓜，「這是咱瓜地裡的最後一個瓜了，我抱回來，讓你研究。」

大志趨前一步，屈起中指，敲了敲西瓜，自言自語地說：「只要給我足夠長的槓桿，我就能移動地球！」

四亭道：「還要什麼槓桿，我一隻手從地裡抱來家的。」

大志道：「爹，你是犯了偷換概念的邏輯錯誤。」

四亭道：「兒呀，你別給爹撇文嘍，爹不明白。爹想跟你說，你那東西要是搗弄得差不多了，就該拿出來顯顯世、堵堵外人嘴。你憋在家裡聽不到風，風言風語可不少啊！」

大志道：「如果沒人風言風語，那才叫奇怪呢！他們說我得了神經病，說我想入非非，說我異想天開對不對？爹，倒回一百年去，要是有人說坐著飛船上了月亮，誰會相信？但是現在人上了月球。當年老伽利略說地球圍繞著太陽轉動，教會架起火來要燒死他，他卻說：它依然在轉動！爹，科學上的任何一次革命都是一些被人罵為瘋子的人搞出來的，許多人為此甚至犧牲了性命，爹、娘，想想那些偉大的先驅，想想你們的兒子研究課題的偉大，犧牲幾個西瓜算什麼？別人說幾句風言風語又算什麼呢？」

大志一席話，說得蔣四亭眼淚汪汪，他激動地說：「兒啊，俗話說得好，『知子莫如父』，別人不相信你，是他們『狗眼看人低』，爹相信你，只要你能把事情弄出來，別說剖幾個西瓜，就是賣房子賣地，爹也不會猶豫。」

大志的娘也被煽動起昂揚情緒，她雙手捧起那個落秧子西瓜，說：「兒啊，別說話耽誤工夫了，這是咱家瓜地裡最後一個瓜，你快抱去研究吧。」

大志也很激動，蒼白的臉上泛起幾片紅，他接過西瓜，說：「爹，娘，你們是我國農民中思想最解放、行為最果斷、風格最高尚、最具遠見卓識最少保守思想的空前的傑出代表，能給你們做兒子是我的最大幸福，將來有一天，你們的名字將被銘刻在高大的紀念碑上。」

四亭說：「兒，研究吧，咱家的西瓜雖然沒有了，爹準備把圈裡的豬賣了，買西瓜供你研究，賣豬的錢花光了，爹再去賣牛，賣完了牛就賣雞，管什麼都賣光了，爹就豁出老命去賣血。」

大志嘴唇顫抖著，抱著西瓜跑到屋裡去了。

老蔣肚子餓了，吩咐老婆拿飯吃。老婆端出一摞粗麵餅，一碟子蘿蔔鹹菜，放在鍋台上。老蔣咬了一口粗麵餅，感到粗澀難以下嚥，有些不滿意地瞟了老婆一眼。他老婆同樣不滿意地瞟了他一眼。這時，他就想起那上千個被兒子剜爛的西瓜。他意識到這些想法與兒子給自己下的斷語相差甚遠，便大口地嚥粗麵餅吃蘿蔔鹹菜，藉以驅散卑俗，走向高尚與偉大。

「爹，娘，你們跟我來。」蔣大志對正在伸著脖子吃餅的爹娘招招手，神祕又嚴肅地說。

蔣四亭扔掉手中的餅，扯了一把欲張嘴問話的老婆，老倆口子尾隨著兒子，進入那間「實驗室。」

「實驗室」前窗戶上掛著一條破被套，後窗戶上糊著幾層舊報紙。一盞煤油玻璃燈放射著昏黃、柔弱的光線。屋子裡一股霉變味兒。蔣四亭身上冷嗖嗖的，彷彿進入了傳說中的森羅寶殿。他看到兒子房間的牆壁上畫著一些圖畫，閃閃爍爍地，看不清楚。

兒子站在擺放著煤油燈的桌子旁邊，用一根撐蚊帳用的小竹竿，指指牆上的圖畫，說：

「爹，你看不明白吧？」

老蔣把頭搖得像貨郎鼓一樣，連聲說：

「看不明白，看不明白……」

「娘你呢，看明白了嗎？」蔣大志又問。

老太婆瞇著眼，打量了一會，怯怯地說：

「兒啊，我瞅著你畫了塊西瓜地。」

蔣大志說：

「也可以這麼說吧！」

老蔣道：

「我也早看出來像塊西瓜地，這些圓的是西瓜，這長的瓜蔓，這些彎彎曲曲的是瓜鬚子……但我猜想這不會是西瓜地，你閒著沒事畫塊西瓜地幹什麼？」

大志道：

「爹，這像塊西瓜地，但的確不是西瓜地。這是我畫的太陽系結構圖。你們看，這是我們居住的地球，這是火星，這是木星……星球之間的藤蔓，實際上就是使它們維持平衡的引力。西瓜的大小、形狀，主要是由西瓜在藤上的位置決定的；同理，星球的大小、形狀、轉速以及諸如地震、火山噴發、山呼海嘯等等現象，也都是由連結著星球的藤——引力——決定的。當然，實際的道理要比這複雜一萬倍，我說了你們也聽不明白。」

老蔣膽怯地問：

「兒啊，那些像西瓜葉子的東西是什麼？」

大志說：

「那是正在形成的新星球。」

老蔣又問：

「兒啊，沒聽說西瓜葉子能長成西瓜呀。」

大志說：

「爹，你這問題問得好。你知道嗎？很多植物的果實，就是由葉子進化而成。你切開西瓜，沒看到裡邊有許多筋筋絡絡？那筋筋絡絡，原來就是葉子的筋筋絡絡呀。」

老蔣困惑地搖搖頭。

大志道：

「爹，你來看張圖片。」

老蔣看兒子掛起一張圖片，聽到兒子說：

「爹，這是衛星拍攝的地球照片，你看像不像個西瓜？」

老蔣不敢說話，小蔣用竹竿指點著說：

「這是北極，往外凸著，正是瓜蒂連結瓜蔓的地方；這是南極，往裡凹著，正是落花坐果的痕跡。」

老蔣說：

「我明白了。」

大志放下竿，手按著桌子上的西瓜，神色莊嚴地說：

「爹，娘，叫你們來，是想告訴你們一件大事！」

「兒啊，什麼大事？」老倆口子一起問。

大志把那顆西瓜往前推了推，拿起一枝削得溜尖的鉛筆，指著瓜上一點說：

「爹，娘，你們看，這一點，就是咱村所在地，當然，咱村在地球上的比例，比這一點還要小許多許多。根據我的推算，」他指指桌上一大堆紙張，「由於連結著太陽瓜的主藤和蓬勃發展的月亮藤的相互作用，地球瓜上的一點將發生強烈變化，這變化就是一場大地震，時間在十月一日前後。」

「兒啊，怎麼辦？」老婆子驚呼。

老蔣道：

「別急，聽孩子說。」

小蔣道：

「根據我的推算，這次地震的中心，是以我們村為中心點的方圓五十里的地盤。地震過後，這裡的房屋將全部倒塌，地面上將裂開一條五百米寬的大溝，溝深得望不到底，往外湧帶油花子、散發硫磺味道的黑水……」

「兒啊，快逃命吧！」老婆子說。

「別急，聽兒子的。」

大志道：

「爹，娘，我想咱趕快分頭通知鄉親們，讓大家趕快轉移到安全地帶，今天是九月十日，還有半個多月的安全期，來得及。」

老蔣道：

「不能告訴他們，尤其不能告訴那些用冷舌冷語譏笑過我們的人，砸死他們活該！」

大志道：

「爹，這就是你的不對了。鄉親們待咱們好不好，那是小事；可這逃脫地震卻是性命攸關的大事情。要是全村人都砸死了，剩下咱一家三口有什麼意思？」

老蔣道：

「兒啊，你說得對。爹剛才說的是氣話，幾百口子性命，不是鬧著玩的。」

大志說：

「爹，事不宜遲，你和娘分頭通知鄉親們去吧，讓他們至遲在五天之後離開村莊，向西南方向遷移，走得愈遠愈安全。」

老蔣道：

「大志，我把嘴唇都磨薄了，可是沒人聽你的話。」

老蔣婆道：

「兒啊，咱盡到了心，他們不走咱就走吧！」

大志道：

「爹，娘，這樣吧，你們把家裡值錢的東西收拾收拾，套上牛車拉著，隨時準備走，我親自出馬去勸他們。」

傍晚時，老蔣家的場園上燃起了一把熊熊大火，我們提著水桶衝去救火，到那兒一看，見我們的老同學天才蔣大志站在火堆旁邊，明亮的火焰照耀著他彷彿全身透了明。

他大聲說：「鄉親們，老同學們，火是我點的，不用救了。」

他點燃的是自家的麥草垛。燃燒著的麥稭草發出劈劈啪啪的聲音，好像十幾串鞭炮在同時爆響。烈火生旋風，他的衣服和頭髮在風中飄揚，好像整個人隨時會飛起來一樣。

「大志，你這是幹什麼？」我們疑惑地問。

「鄉親們，老同學們，」蔣大志揮舞著雙臂，灼熱的氣流衝激著他透明的身體，使他像一塊淺黃色的松香，隨時都會燃燒，隨時都會熔化，他的臉上流著亮晶晶的液體，大聲喊叫著，「聽我的話吧，趕快收拾收拾，朝西南方向逃命，十天之後，這裡將是一片廢墟，地將開裂、湧出黑水……」

我們驀然想起在小學課本上學到的獵人海力布的故事，海力布為了勸說鄉親們逃離險境，最後變成了石頭，蔣大志呢？他是不是想投身火海？

「大志，背井離鄉，拋家捨業，這可不是一件小事情，」我們問他，「你有把握嗎？」他斬釘截鐵地說：「我有絕對的把握！鄉親們，把眼光放遠點，留得青山在，不怕沒柴燒。快回家收拾收拾，跟我走吧。」

我們回頭望望被深沉的暮色籠罩著的家園，心中湧起難以割捨的眷戀之情。

「大志，到了那幾天，我們搬到田野裡去住行不？」我們問。

他悲哀地垂下頭，停了一會，揚起掛滿淚花的臉，說：「鄉親們，老同學們，難道非要我跳進火堆裡你們才肯走嗎？」

「你千萬別這麼想，」我們感動地說，「你這番好心我們深領了。我們想，這山崩地裂，是天神爺爺地神奶奶的事，連國家科學院都不敢打保票，萬一……不是我們信不過你……」

「鄉親們，老同學們，」他難過地說，「那就隨你們吧，記住，十月一日前後三天，萬萬不可在屋子裡待著……後會有期……」

他大哭著走了。

我們的眼裡也盈滿淚水。

當天夜裡，老蔣家趕著牛車上了路。我們齊集在街上為他們送行。不習慣夜路的老牛走起來搖搖晃晃像個醉漢，崎嶇不平的街道使牛車發出嘎嘎吱吱的響聲。老蔣兩口子坐在車上，擁著鋪蓋抱著雞，蔣大志提著馬燈牽著牛，慢騰騰地走出村去。我們目送著那盞昏黃的燈光，耳聽著嘎吱吱的車聲，燈光愈來愈暗，車聲愈來愈弱，終於全部消逝。我們默立在昏暗的街道上，感到十分空虛。

十幾天後，我們都搬到田野裡去躲避災難。秋天的涼風寒露讓村裡半數以上的人患了感冒。起初沒有怨言，後來怨言漸多。都說蔣大志是不折不扣的神經病，都慶幸沒有聽他的鬼話拋家捨業去逃難。過了十月二日，大多數的人都回家睡覺去了，只有我們幾個老同學還強迫著老婆孩子們與我們一起野營。連老婆孩子也嘲笑我們，說我們和蔣大志一樣中了魔症。我們坐在一起，抽著菸，看著滿天閃爍不定的星斗，聽著秋風吹拂晚熟的莊稼葉子的颯颯聲，也漸漸地悟到了這事情的荒唐。我們決定，立即回家去，不再傻乎乎地遭罪了。我們牽著牛，領著狗，抱著孩子：心情古怪地往村子裡走。臨近村頭時，「花豬」說：

「地震！」

我們停住腳，用心體驗著。遠處傳來火車鳴笛的聲音。後來便沉入死樣的寂靜。正南方有一片閃閃的光芒，「花豬」說：

「地光！」

其實那是膠州城的萬家燈火。

「花豬」發誓說他真的感覺到地皮顫抖了幾下。大家都拿他取笑，說他將繼承蔣大志的事業，把地震預報搞下去。

蔣大志一家今夜宿在什麼地方？

「大志，」老蔣不耐煩地說，「過了十月一日三天了，地怎麼還不震？要是不震，你讓我怎麼回去見人？」

蔣大志的娘沿途受了風寒，躺在車上連聲咳嗽著、呻吟著。老蔣捶打著她的背，她吐了一口痰，喘息著說：「回家……回家……」

蔣大志就著馬燈的昏黃光芒埋頭計算著，幾天的工夫，他又瘦了許多。在父母的嘟囔、埋怨聲中，他抬起頭來，痛苦萬分地說：「錯了，我計算錯了……」

「花豬」拿著一個半導體收音機衝進來，大聲說：「聽廣播沒有？祕魯發生六級地震，就是昨天夜裡我感到地震那會兒。看起來蔣大志那小子並不完全是瞎說。」

天才

蔣大志少時，被村裡的尊長、學校裡的老師公認為最聰明的孩子。他生著一顆圓溜溜的腦袋，兩隻漆黑發亮的眼睛，一看模樣就知道是個天才。那時候，老師誇獎他，女同學喜歡他，我們——他的男同學，總感到他彆扭，總是莫名其妙地恨他——現在，我們知道了那種不健康的感情是嫉妒。老師常常罵我們的腦袋是死榆木疙瘩，利斧劈不開一條縫，要我們向蔣大志學習。我們的一位叫「花豬」的同學反駁老師：蔣大志的腦袋跟我們的腦袋不一樣，讓我們怎麼學？難道讓爹娘重新回我們一次爐嗎？「花豬」的話把那位外號「狼」的老師逗笑了。「狼」看看蔣大志那顆在一片腦袋中出類拔萃的腦袋，嘆一口氣，說：是不能學了，你們也無法回爐——出窯的磚，定型了。我們回家把「狼」的話向家長轉述了，家長們也只好嘆息。

從此後，「狼」便把大部分精力傾注到蔣大志身上，對我們這些蠢才放任自流。蔣大志也不辜負「狼」的期望，先是在地區小學生作文比賽中獲得一等獎，繼而又寫了一篇題為《地球是顆大西瓜》的科幻文章，在《小學生科技報》發表了。這件事引起了很大的轟動，成了村裡人半個月內的主要話題。蔣大志的爹蔣四亭也興奮得要命，逢人說不上三句話就扯出兒子的話頭來。後來，人們一見他的面，索性劈頭便說：老蔣，你這個兒子是怎麼做出來的？把祕訣傳傳，我們也去做個天才。老蔣聽不出人們話語中的譏諷之意，反而十分認真地說：哪裡有什麼祕訣。一樣的父精母血，一樣的炕東頭滾到炕西頭，要說有什麼，就是這孩子生下來就睜著眼。老蔣還說，如果吃得好一點，蔣大志還要聰明。聽話的人說：老蔣，別讓你兒子再聰明了，他要再聰明，俺那些孩子就該捏死了。

我明白了蔣大志的聰明與他那顆大腦袋有關後，就開始醞釀一個陰謀。「花豬」是主要的策畫者。我們的目的是打壞蔣大志的腦袋，但又不能被「狼」發現。有人提議夜晚把他騙出來，從後腦勺上給他一悶棍；有人提議放學後躲到胡同裡，當面給他一磚頭。這些辦法都被「花豬」否定了，說這樣搞非倒大楣不行。「花豬」想了個辦法：拉蔣大志打籃球，用籃球砸他的後腦勺，第一是不破皮不出血，「狼」抓不到把柄；第二可以把事情解釋成傳球失誤。這辦法贏得了我們的一致喝采。我們說：「花豬」你才是真天才呢，蔣大志會寫幾篇破作文算什麼天才？

有一天上體育課，「狼」照老例給我們一個籃球，讓我們到球場上去胡鬧。球場上坑坑窪窪，碎磚爛瓦到處可見，球場邊上有一棵槐樹，樹幹上綁一個鐵圈，就算籃筐。女生們在一起玩跳繩、跳方、踢毽子，男生在一起搶籃球，嗷嗷叫著跑了一陣子，「花豬」擠擠眼，我們會意，故意擁擠在一起，把蔣大志推來搡去，先把他搞得暈頭轉向，然後，不知是誰冷不防揚起兩把浮土，大喊著：地雷爆炸了。浮土迷了許多人的眼，當然蔣大志的眼迷得最厲害。我看到籃球傳到「花豬」手裡，他雙手抱球，舉到頭上，卯足了勁，對著蔣大志的後腦勺子砸過去。砰！籃球反彈回去，蔣大志就地轉圓圈。我們叫著追籃球去了。蔣大志一個人站在那兒哭。

事後，大家都擔心蔣大志向「狼」報告。「花豬」跟我們幾個骨幹分子訂立了攻守同盟。我們等待著「狼」的懲罰，每天上課時都提心吊膽。但什麼事也沒有發生。我們繼續蠢笨，蔣大志繼續聰明。

幾年之後，我們畢了業，很自然地回家種莊稼做農民，只有蔣大志一個人考到縣一中去繼續念書。我們與蔣大志拉開了距離，那種莫名其妙地恨人家的感覺無形中消逝了。當我們趁著凌晨水清去河裡挑水時，經常能碰到蔣大志揹著書包、口糧匆匆往學校趕。我們很恭敬地問候他，他也很禮貌地回答。我記得那時他的臉很蒼白，神情很悒鬱，走起路來飄飄的，好像腳下沒有根基。

又過了幾年，聽說他考上了大學，而且還是很名牌的大學。我們聽到這消息，一點兒也不感到吃驚。我們感到這是應該發生的事情，蔣大志有那麼大、那麼圓的腦袋，他不去上大學，這個世界上誰還配上大學呢？

好像是在一個陰雨連綿的夏季，我、「花豬」等人在河堤上守護堤壩。河裡水很大，淹沒了橋梁，但決堤的危險是不存在的，所以我們坐在河堤上下五子棋玩。蔣大志的爹找到我們，說蔣大志放暑假回來了，被河水隔在了對岸，剛才鄉政府搖電話過來，讓我們綁幾個葫蘆渡他過來。我們很爽快地答應了。

渡他過河後，他穿著一條褲頭站在河堤上發抖，周身的皮膚土黃色，一身骨頭，顯得那頭更大。我們不約而同地想起在籃球場上算計他的事，都覺得心裡愧愧的。

「花豬」說：兄弟，當年我打了你一球，原想把你的天才打掉哩。

他笑著說：真要感謝你那一球呢，你那一球把我打成天才了。

「花豬」問：哪有這樣的事。

他說：你們等著看吧。

我問：兄弟，你在大學裡學什麼呢？

他說：大學裡學不到什麼，我正準備退學呢！

我說：使不得。兄弟，你是咱村多少年來第一個大學生，大家都盼著你成大氣候呢。你成了大氣候，我們這些同學也跟著沾光。

他搖搖頭，顯然是走神了。

我們聽到蔣大志退學回家的消息，都大吃了一驚。多少人想上大學去不了啊！吃驚之後，我們也感到惋惜，像我們這些蠢豬笨驢，在莊戶地裡翻土倒糞，原是生就的骨頭長就的肉，命定了。但你蔣大志長了顆那樣的腦袋，在莊戶地裡不是白白糟蹋了嗎？我找到幾個當年合謀陷害蔣大志的同學，想一起去勸勸他。我們想，書念多了的人，有時也會犯糊塗，他哪裡知道莊戶地裡的厲害？要是真有十八層地獄，莊戶地裡就是第十八層了！權貴人家的狗，也比我們活得舒坦。

我們推開他家的柵欄門，一條尖耳朵的小黃狗搖著尾巴歡迎我們。他家的四間瓦屋還算敞亮，滿院子向日葵開得正熱鬧。我們才要喊，他的爹已經出來了。他壓低了嗓門問：

你們有什麼事？

「花豬」說：

聽說大志兄弟退了大學，我們想來勸他，讓他別犯糊塗。

他爹搖搖頭，說：我和他娘把嘴唇都磨薄了！這孩子，從小主意大，認準了理兒，十頭老牛也拉不回轉。

我說：

我們不忍心看著他這樣把自己的前程糟蹋了，勸勸，興許勸回了頭。

他爹說：

各位大侄子，不必費心了，任由著他折騰去吧。

「花豬」說：

不行，我們不能眼瞅著他把自己毀了。咱這個窮村子，五輩子就出了這麼個大學生。

我們正吵嚷著，蔣大志從屋裡出來了。他弓著腰，臉色蠟黃，一副大病纏身的樣子。他摘下眼鏡，在衣襟上擦擦，戴上，對我們說：

各位老同學，你們的話，我都聽到了。

我們剛要勸說，他伸出一隻手，舉起來，晃晃，說：

老同學們，你們知道唐山大地震吧？

「花豬」說：

怎麼能不知道！唐山地震那會兒，俺家的房梁還咯崩響呢。

他問：

你知道唐山地震死了多少人嗎？

我們不知道。

他說：

唐山地震死了二十四萬人。這還算少的呢，一五五六年陝西大地震，死了八十三萬人。還有日本大地震、智利大地震，死人都在十萬以上。

我們說：

我們想來勸你回去念大學哩，你給我們說地震幹什麼。

他說：

老同學們，你們不知道，我們這個地區，處在地震活躍帶上，隨時都有可能爆發大地震。

「花豬」說：

那你更不應該回來了。真要來了地震，砸死俺這樣的，給國家省糧食，減人口，死一個少一個，砸死你可不得了，你是有用的人，不能死。

他說：

老同學，要是家鄉的人都砸死，我當了國家主席又有什麼意思？我退學回來，就是為了研究地震預報。

我說：

這事兒國家還能不搞？

他搖搖頭，說：

我去參觀過他們的設施，那些東西根本不靈。當然，更落後的，還是他們的觀念。他們的地震理論的大前提根本是錯誤的，所以，他們研究手段愈先進，他們背離真理就愈遠。這與「南轅北轍」是一個道理。

我們迷茫地看著他。

他很無奈地說：我看出來了，我說的話，你們既不相信，也不明白。他指指自己的腦袋，說：你們不相信我，總該相信它吧！

他的衣襟上沾滿了紅藍墨水，他的腦袋上，似乎冒著繚繞的白氣，那不是仙氣又是什麼？我們心中的敬畏油然而生，嘟嘟囔囔地說著：兄弟，我們相信你，你研究吧，有什麼活兒要幹，就跟我們打個招呼。我們倒退著離開他的家門。

河邊的沙地上，種著一望無際的碧綠西瓜。這是魯迅先生用過的句子，我們在小學生語文課本上讀到過的。瓜田有張三家的，有李四家的——幾乎家家都有一塊。我們這地方的土質最適合種西瓜。這裡的西瓜個大皮薄，脆沙瓤兒，屈指一彈，便能暴裂。家家的瓜田裡，都有一個瓜棚，遠看像一座座碉堡。蔣大志退學之後，在家貓了一冬，我們不敢去打擾他，見面問他爹，他爹說他沒日沒夜地寫、畫。我們問他寫什麼？畫什麼？他爹說寫一些彎彎曲曲的外國字，畫一些奇形怪狀的科學畫。這小子，他爹不無自豪地說，沒有幹不成的事，這小子，沒準真能下出個金蛋呢。

開春之後，我們有一半時間泡在西瓜地裡，眼見著西瓜爬蔓、開花、坐果。當小西瓜長到毛茸茸的拳頭大時，蔣大志出現在他爹的瓜地裡。半年多沒見，他臉更白，眼更大，瘦弱的身體，似乎已承擔不了腦袋的重量。我們原以為他是出來看風景呢，沒想到他是來搞研究呢。

他拿著一個放大鏡，跪在他爹的西瓜地裡，照完了瓜秧照西瓜，翻來覆去地照，一照就是一上午。河裡水明光光的，他的頭也是明光光的。我們想他是不是不研究地震而研究西瓜了？研究課題的轉變使我們高興，他如果能研究出西瓜的新品種，栽培的新技術，對我們大大有利。我們不敢直接問他，間接地問他爹，他爹說他也不知道。那時候他爹還是幸福的，天氣略有些乾旱，正適合西瓜生長。在長勢良好的西瓜地裡，還成長著一個即將震驚世界的兒子，老頭怎能不幸福？

他的娘有時把午飯送到地裡來。老太婆看到兒子腦袋上亮晶晶的汗珠和滿身的塵土，忍不住地說：兒啊，歇會兒吧，讓你那個腦袋瓜子歇會兒吧。

他的刻苦精神讓人感動，我們通過他認識到：當個科學家比當農民還要艱難，當農民是要出大力流大汗，但幹完了活跳到河裡洗個澡，躺在四面通風的瓜棚裡睡一覺，享受的也是人間至福。可是我們在瓜棚裡吹著涼風睡覺時，科學家還跪在西瓜地裡冥思苦想。時間一天天熬過去，西瓜一天天長大，我們眼見著他瘦。他的身子快成了瓜秧，腦袋不見瘦，快成了西瓜。我們勸他爹：大叔，讓大志兄弟歇會吧，他那膝蓋上是不是扎了根？這樣下去，你兒子就變成一顆西瓜了。

布穀鳥飛來又飛走。槐花盛開又凋落。麥子熟了。西瓜長得比蔣大志的腦袋還要大了。天氣熱了。有一天，忽喇喇一個閃，喀隆隆一個雷，第一場雷雨下來了。雨點中夾雜著一些花生米大小的冰雹。我們都躲在瓜棚裡避雨。科學家還跪在西瓜地裡，擎著頭，直瞪著眼，思考著最最深奧的大問題。西瓜葉子被風吹著，翻捲出灰白的、毛茸茸的葉背，閃出了滿地油漉漉、圓溜溜的大西瓜。稀疏的冰雹打穿了一些西瓜的葉片，也在西瓜上打出了一些傷痕，我們有些心疼。但我們更心疼正遭受著風吹雨淋雹打的科學家的腦袋。稀疏的頭髮淋溼後緊貼在頭皮上，更像西瓜了，冰雹打上去，潔白的，亮晶晶地彈跳起來，落在一旁。我的瓜棚離他爹的瓜棚最近，我大聲喊：蔣大叔，你難道不想要這個兒子了嗎？

他的爹冒著風雨跑到我的瓜棚裡來，渾身哆嗦著，眼淚汪汪地說：怎麼辦？怎麼辦？他說了，天上下刀子也不要打擾他，他思考的問題已到了最關鍵的時刻，今天是最後解決的時間了……

我說：也不能眼睜睜地看著他被雨淋死呀。

我們拿著斗笠、蓑衣，走到科學家身邊，似乎聽到了他腦袋裡發出隆隆的響聲，這是一台偉大的思想機器在運轉。我試探著用食指戳了一下他的肩膀，感覺到了冰冷和僵硬。不好，大叔，你兒子已經凍僵了。

我們往他的嘴裡灌了薑湯，又用燒酒搓了他的全身。他灰白的肉體上漸漸洇出了一些粉紅的顏色，凝固了的眼珠慢慢地轉起來。

他試圖站起來，但分明是沒有力氣。他的眼睛裡閃動著滿天飛舞的鳥兒也許才有的興奮，他哆嗦著嘴唇說：

夥計們，我想明白了！

說完了這句話，科學家一頭栽倒。伸手試試他的額頭，老天爺，燙得像火炭一樣。我們從瓜棚上拆下一頁門板，幾個人抬著科學家，涉過河水，跑到了鄉衛生院。

頭批西瓜摘下來時，科學家出院了。我們齊集在他爹的瓜棚裡，等待著他向我們宣布他的思想成果。

他雙手端著一顆大西瓜，氣喘吁吁地說：

兄弟爺們兒們，老同學們，我知道這個問題很複雜很深奧，三言兩語說不清楚，我盡量地把問題簡單化、形象化，便於你們理解。通過觀察研究，我發現：西瓜的生長發育過程，與地球的生長發育過程完全一致，西瓜是一個縮小的地球，或者說，我現在雙手端著一個縮小了無數倍的地球……因此，研究西瓜就是研究地球，解剖西瓜就是解剖地球，我已經明白了地震的生成原因，我已經能夠準確地預報地震……

他把西瓜放在木板上，從鋪下抽出明晃晃的瓜刀，嚓，把西瓜切成兩半，指點著那些紅瓤黑籽筋筋絡絡對我們說：

瞧，這是地殼，這是地幔，這是地核，這是灼熱的岩漿，這是移動的板塊……

我們呆呆地看著他。他寬容地笑了，把那顆熟透的西瓜一陣亂刀剁成了無數小塊，分給我們，說：你們一定在想，這小子是不是神經病？我不怪罪你們。吃西瓜，嘗嘗新鮮，嘗嘗我爹的勞動成果。

我們捧著那一牙西瓜，感到非常非常沉重，這是一部分地球呀，也許這一牙西瓜上，就有半個中國，這上邊有大城市、大森林、大沙漠、大海洋、大雪山……

我們膽戰心驚地咬了一口紅色的瓜瓤——他說，這是岩漿——我們感到今年的地球成色很好，冰涼的岩漿水分充足，又沙又甜，進口就能溶化……

他說：你們為什麼不反駁呢？你們應該問我，蔣大志，我問你：如果西瓜代表地球，那麼地球上的海表現在西瓜的什麼位置上？長江在哪？黃河在哪？喜馬拉雅山在哪？哪是北京哪是華盛頓？西瓜長在瓜秧上，地球呢？是不是也結在一棵秧上？太陽系是一片西瓜呢還是一顆西瓜？宇宙中是否布滿四維爬動的西瓜藤？這個枝丫裡結著一個太陽？那個枝丫裡結著一顆月亮？……你們為什麼不問呢？

我們捧著地球皮更加發呆，每個人都感到腦袋發脹，那麼多的星球在我們的腦袋裡像西瓜一樣碰撞著、翻滾著，我們頭痛欲裂，腦漿子變成了灼熱的岩漿……

他悲哀地看著我們，咬了一口岩漿，吐出一塊地幔，扔掉一塊啃完的地殼，說：

我知道，你們不需要我的解答了。但是，兄弟們，爺們兒們，人類們，我是愛你們的……

從此之後，我們再也無法安寧，尤其是夜晚在瓜棚裡看瓜時，抬頭看到滿天的星星，低頭看到遍地的西瓜，就感到一種巨大的恐懼，無數疑問像成群的螞蟻一樣在腦子裡爬：西瓜是地球，瓜葉是什麼？瓜花是什麼？瓜籽是什麼？玉米是什麼？大豆是什麼？吃瓜的獾是什麼？沙地是什麼？尿素化肥是什麼？……人又是什麼？

良醫

那時候高密東北鄉總共只有十幾戶人家，緊靠著河堤的高坡上，建造著十幾幢房屋，就是所謂的「三份村」了。村名「三份」，自然有很多講說，但本篇要講治病求醫的事，就不解釋村名了。

卻說我們這「三份村」裡，有一個善良敦厚的農民，名叫王大成。王大成的老婆沒有生養，老兩口子過活。這年秋天，雨水很大，河堤決了口。田野裡一片汪洋，穀子、豆子什麼的，都滂死了，只有高粱，在水裡擎著頭，挑著一些稀疏的紅米。過了中秋節，洪水漸漸消退，露出了地皮。黑土地上，淤了一層二指厚的黃泥，這黃泥極肥，最長麥子。雖然秋季幾乎絕了產，但村裡人也不十分難過，因為明年春季如果不碰上風、雹、丹、銹，麥子就會大豐收。那時候人少地多、廣種薄收，種地比現在省事得多了。種麥子更簡單：一個人揹著麥種，倒退著在泥地裡走，隨手把麥種撒在腳窩裡，後邊跟著一個人，手持一柄二齒鐵鉤子，挖一點地，把麥種蓋住即可。王大成和他老婆一起去窪地裡種麥子。他老婆踩窩撒種，大成跟在後邊抓土埋種。他老婆自然是小腳，踩出來的腳窩圓圓的，好像驢蹄印一樣。大成和老婆開玩笑，說她是匹小母驢；他老婆說他是匹大叫驢。兩口子說笑著，心裡很是愉快。然而世界上的事，總是禍福相連，悲喜交集，所謂「樂極生悲」就是這道理。大成和老婆正調笑著，忽覺著腳底一陣刺痛，彷彿被什麼東西扎了一下。莊戶人家，一年總有八個月打赤腳，腳上挨下扎，是十分正常、經常發生的事情，所以大成也沒在意，繼續與老婆一起點種小麥。晚上洗了腳上炕，感到腳底有點癢，扳起來看看，見腳心正中有一個針鼻大的小孔，正在淌著黃水。大成讓老婆弄來一點燒酒，倒在傷口上，便倒頭睡了。因為白日裡與老婆調笑時埋下了一些情欲的種子，夜晚又被她扳著腳塗酒吹氣，吹燈之後，便親熱了一番。臨近天亮時，大成做了一個夢，夢見自己把一條腿伸到灶下，點火燃著，煮得鍋裡的綠豆湯翻浪頭。醒來後，感到一條腿滾燙，忙叫老婆打火點燈，藉著燈光一看，那條腿已腫到膝蓋，腫得明光光的，好像皮肉裡充滿氣，充滿了汁液。

天亮之後，不能下地了，老婆要去「黑天愁村」搬先生，大成說：「我自己慢慢悠逛著去吧。」「黑天愁」距「三份」三里路，三里路的兩邊，都是一個連一個的水窪子。大成的腿不痛，只是腫脹得有些不便，一拖一拖地挪到「黑天愁」，見到先生。先生名叫陳抱缺，專習中醫外科，用藥狠，手段野，有人送他外號「野先生」。大成去時，「野先生」還在睡覺。大成坐在門口，抽著菸袋等候，一直等到日上三竿，「野先生」起床，大成進去，說請先生給瞧瞧腿。「野先生」皺皺眉頭，伸出三個指頭搭了搭大成的脈，說：「家去吧，讓你老婆弄點好吃的你吃，把送老的衣裳也準備準備。」大成問：「先生的意思是說我不中了？」「野先生」說：「活不過三天了。」大成一聽：心裡很有些難過，但既然先生這麼說了，也只好回家等死。當下辭別了先生，長吁短嘆地往家裡走。看到道路兩邊一汪汪的綠水和水中嫩黃的浮萍，鮮紅的水荇，心裡不由地一陣難受，眼中滾出了一些大淚珠子：心想與其病發而死，不如跳進水汪子淹死算了。邊想著邊走到水汪子邊。水汪子邊上有一些及膝高的野草，他一腳踏下去，忽聽到下邊幾聲尖叫，同時那傷腳上、腿上感到痲酥酥一陣，低頭一看，原來踩中了兩隻正交尾的刺蜎。大成腿上被刺蜎毛扎破的地方，嘩嘩地淌出黃水來。腿淌著黃水，堵悶的心裡立時輕鬆了許多。於是也就不想死了。他把腿伸到水裡泡著，一直等到黃水流盡了，才上了路回家。回家睡了一夜，早晨起來一看，腿上的腫完全消了。三天之後，健康如初的大成去見「野先生」，走在路上想了一肚子俏皮話兒，想羞羞他。一進門，「野先生」劈口便問：「你怎麼還沒死？」

大成把腿伸給「野先生」看著，說：「我回到家就等著死，等了三天也不死，特意來找先生問問。」

「野先生」說：「天下真有這麼巧的事？」大成問：「什麼事？」「野先生」說：「你的腳是被正在交尾的刺蜎咬死的那條雄蛇的刺扎了，夜裡你又沾了女人，一股淫毒攻進了心腎；治這病除非能找到一對正交尾的刺蜎，用雄刺蜎的刺扎出你腿上的黃水，然後再把腿放在浮萍水荇水裡泡半個時辰，這才有救。」

大成愕然，說先生真是神醫，便把那天下午的遭遇說了一遍。

「野先生」道：「這是你命不該絕，要知道刺蝟都是春天交尾啊。」

父親說，像陳抱缺這樣的醫生，其實是做宰相的材料，只因為各種各樣的原因牽扯著，做不成宰相，便改道習了醫。這種人都是聖人，參透了天地萬物變化的道理，讀遍了古今聖賢文章，幾百年間也出不了幾個。這樣的人最後都像功德圓滿的大和尚一樣，無疾而終，看起來是死了，其實是成了仙。父親說陳抱缺一輩子沒有結婚，晚年時下巴上長著一把白鬍子，面孔紅潤，雙目炯炯有神。每天早晨，他都到井台上去挑水。那時候的年輕人還講究忠孝仁義，知道尊敬老人，見他打水吃力，便幫他把水從井裡提上來，他也不阻攔，也不道謝，只等那幫他提水的人走了，便搬倒水桶，把水倒回井裡去；然後自己打水上來，挑水回家。

父親說愈到現代，好醫生愈少，尤其到了眼下，這幾年，好醫生就更少了。日本鬼子來之前，還有幾個好醫生，雖然比不上陳抱缺，但比現在的醫生還是要強，算不上神醫，算良醫。

父親說我的爺爺三十幾歲時，得過一次惡症候，那病要是生在現在，花上五千塊，也要落下殘疾。

父親說有一天爺爺正在廂房裡彎著腰刨木頭，我的三叔跟我的二叔嬉鬧，把一塊木頭弄倒，正砸在我爺爺的尾骨上，痛得他就地蹦了一個高，出了一身冷汗。當天夜裡，腿痛得就上不到炕上去了。後來，痛疼集中到右腿上，看看那條腿，也不紅，也不腫，但奇痛難挨，日夜呻吟。

我的大爺爺也是一個鄉村醫生，開了無數的藥方，抓藥煎給我爺爺吃，但痛疼日甚。大爺爺託人把一位懂點外科的李一把搬來，李摸了摸脈，說是「走馬黃」，讓抓一隻黃雞來，放在爺爺的病腿上。李說如果是「走馬黃」，那黃雞便臥在腿上不動，如果不是「走馬黃」，牠便會跑走。抓來一隻黃雞，放在爺爺病腿上，果然咕咕地叫著，靜臥不動。直臥了一個時辰。李說這雞已經把毒吸走了。李又用蠍子、蜈蚣、蜂窩等毒物，製成一種黑色的大藥丸子。此藥名叫「攮藥」，由患者雙手攮住。他說此藥的功效是逼走包圍心臟的毒液。爺爺腿上臥過黃雞，手裡攮過藥丸，但病情卻日漸沉重，眼見著就不中了。大爺爺眼含著淚，吩咐我奶奶為我爺爺準備後事。這時，一個人稱「五亂子」的土匪來了。這「五亂子」橫行高密東北鄉，無人不怕他。他因曾得到過我爺爺的恩惠，聽到我爺爺病重，特來看望。

父親說「五亂子」是個有決斷的人，他看了爺爺的病，說：「怎麼不去請『大咬人』呢？」大爺爺說：「『大咬人』難請，他不治經別人的手治過的病。」

「五亂子」說：「我去請吧。」

父親說「五亂子」轉身就走了，第二天就用一乘四人轎把「大咬人」抬來了——「大咬人」出診必坐四人轎。父親說「大咬人」是個高大肥胖的老頭子，身穿黑色山繭綢褲褂，頭戴一頂紅絨子小帽。鑽出轎來，先要大菸抽。「五亂子」吩咐人弄來菸槍、豆油燈，搓了幾個泡燒上，讓他過足了癮。

抽完了菸，過足了癮，「大咬人」紅光滿面。「五亂子」一掀衣襟，抽出一枝匣槍——腰裡還有一枝——甩手一槍，把房檐下一隻正在結網的蜘蛛打飛了。然後他用青煙裊裊的槍筒子戳著「大咬人」的太陽穴，說：「『大咬人』，要坐轎，我雇了轎；要抽大菸，我借來了燈；要錢嗎，我也替你準備好了。這位管二，是我的救命恩人，你仔細著點治。——你咬人，能咬動槍筒子嗎？」

父親說「大咬人」給嚇得臉色煞白，連聲說：「差不了，差不了。」

「大咬人」彎下腰察看爺爺的病情，看了一會，說：「這是個貼骨惡疽，再拖幾天，我就治不了了。」

「五亂子」說：「你有把握？」

「大咬人」說：「有把握。」

「五亂子」說：「你放心幹吧！」

父親說「大咬人」用手指戳著爺爺的腿說：「裡邊都是膿血，要排膿。」

「大咬人」吩咐人找來一根鐵條，磨成一個尖，又吩咐人剪來一把空的麥稈草。然後，他挽挽袖子，用鐵條往爺爺的腿上插孔，插一個孔，戳進一根麥稈去。綠色的惡臭膿血嘩嘩地流出來，父親說爺爺的大腿根處流出的膿血最多，足有一銅盆。排完了膿血，爺爺的腿細得嚇人，一根骨頭包著皮，那些肉都爛成膿血了。

排完了膿血，「大咬人」開了一個藥方，都是桔梗、連翹之類的極普通的藥。「大咬人」說：「吃三副藥就好了。」

「五亂子」問：「你要多少大洋？」

「大咬人」說：「為朋友的恩人治病，我分文不取。」

「五亂子」說：「好，這才像個良醫。不給你錢了，給你點黑貨吧！」

父親說「五亂子」從腰裡掏出拳頭那麼大一塊大菸土。這塊菸土，起碼值五十塊大頭錢。

「大咬人」接了菸土，說：「都叫我『大咬人』，我咬誰了？我小名叫『狗子』，就說我『咬人』。」

「五亂子」笑著說：「你真是條好狗！」

父親說爺爺吃了「大咬人」三副藥，腿不痛了。又將息了幾個月，便能下地行走：半年後，便恢復如初，挑著幾百斤重的擔子健步如飛了。

父親說，「大咬人」的外科其實還不行，遠遠比不上陳抱缺。陳抱缺能幫人挪病，譬如生在要害的惡瘡，吃他一副藥，便挪到了無關緊要的部位上。父親說，大凡有真本事的人，都是性情中人，有他們古道熱腸的時候，也有他們見死不救的時候。愈是醫術高的人，愈信命，愈能超脫塵俗。所以，陳抱缺那樣的醫生，是得了道的神仙，是呂洞賓、鐵枴李一路的。像「大咬人」這樣的，要想成仙，還要經過不知多少年的苦修苦煉才能成。而一般的醫生，大不過診脈能分出浮、沈、遲、數，用藥能辨別寒、熱、溫、涼而已，至於陰陽五行、營衛氣血、經絡穴道上的道理，百分之百的是參悟不透了。

神嫖

民國初年，高密東北鄉出了一個瀟灑人物，姓王，名博，字季范，後人多呼其為季范先生。我的老爺爺十五歲時，就在這位季范先生家當小伙計，所以就有很多有關季范先生的軼聞趣事在我們家族中流傳下來，大爺爺對我們講述這些軼聞趣事時神采飛揚，洋溢著一種自豪感，這自然是因為我的老爺爺給王家當過差。大爺爺每次給我們講季范先生的軼事時，開首第一句總是說：你們的老爺爺那時在季范先生家當差……

春光明媚，季范先生要出去春遊，吩咐備馬。馬夫從槽頭上解下那匹胖得像蠟燭一樣的大紅馬，刷洗乾淨，備好鞍韉，牽到大門口拴馬樁旁。季范先生穿著淺藍色竹布長袍、淺藍色竹布長褲，足蹬一雙千層底呢面布鞋，叼著一根象牙菸嘴，款款地出了門。由我的老爺爺伺候著他老人家上了馬。他說走了，我的老爺爺便牽著馬韁走。街上人聽說季范先生要春遊，都跑出家門觀看。五里橋下的化子們聽到消息，便飛快地通知了住在關帝廟側草棚裡的化子頭李子虛。我老爺爺牽著大紅馬走到關帝廟前，光著脊梁赤著腳的李子虛便跪在了街當中，攔住了馬頭。

「季范先生開恩吧。」化子頭說。

「什麼事？」季范先生問我的老爺爺。

我的老爺爺說：「化子攔路乞討。」

「告訴他老爺身上沒錢。」

「老爺身上沒錢。」

我老爺爺大聲說。

「季范先生把身上那件袍子賞小的穿了吧。」

「化子要老爺的袍。」我的老爺爺傳達著。

季范先生說：「這袍子有人喜歡了，我穿著就是罪過，對不對，漢三？」

我老爺爺外號叫漢三，聽到東家問，忙說：「對對對。」

於是季范先生便在馬上脫了長袍，一欠屁股抽出來，扔給化子頭李子虛，說：「不爭氣的東西，怎麼闖的？連件袍子都穿不上。」

「季范先生，小的腳上還沒有鞋。」

於是季范先生又脫下腳上的鞋，扔給化子。

我的老爺爺牽著馬往前走，才到獅子灣畔，又一群化子湧出來。

後來，季范先生只穿一條褲頭騎在膘肥體壯的大紅馬上，搖頭晃腦，嘴裡念念有詞，在城東的槐樹林子裡走。他穿衣戴帽時，顯得文質彬彬；脫掉衣服後，露出一身瘦骨頭，坐在馬背上，活像隻猴子。成群結隊的孩子在馬腱後，嘻嘻哈哈看熱鬧。季范先生不聞不問，半眯著眼，手捋著下巴上那撮黑鬍鬚，怡然自得。大爺爺說我老爺爺知道季范先生的脾氣，便牽著馬，專揀樹林子茂密的地方走，不一會兒便甩掉了那些胡鬧的娃娃。槐葉碧綠，淹沒在槐花裡，城東的槐樹林子有幾十畝地大小，槐花盛開，像一片海。槐花有兩種顏色，一雪白，二粉紅。千枝萬朵，團團簇簇，擁擁擠擠。成群結隊的蜜蜂嚶嚶地飛著，在花朵上忙碌。城裡養蜂人家的蜜幾天就要割一次，淺綠色的槐花蜜，只要十幾個制錢一斤。老爺爺牽著馱著季范先生的大紅馬，擠進槐花裡，走不快，只能一步半步地挨。沉悶的花香薰得人昏昏欲睡。紅馬邊走邊尖著嘴巴揪花葉中那些尚未完全放開的小小的槐葉吃。老爺爺那時矮小，頭頂與馬腿平齊。他走動在樹幹間，行動比較自由。馬肚子以上的部分他看不完全。季范先生移動在槐花裡，像漂浮在白雲中。老爺爺從花的縫隙裡看到季范先生嘴角叼著一枝槐花，一臉的傻相。大爺爺說每年槐花開的季節，老爺爺與季范先生也都要在槐林裡遊蕩好幾天，有時候夜間也不回去。家裡人都知道季范先生怪癖，無人敢勸；又知道季范先生樂善好施，人緣極好，也不擔心他遭匪。

老爺爺說月亮上來後，花香更濃，一縷縷的清風把香氣的幕帳掀起一條縫，隨即合攏後香氣更濃。銀色的光灑在槐花上，那些槐花就活靈活現地活動起來，像億萬的蝴蝶在抖動翅羽，在求偶交配。花在月光下長，像雲在膨脹，這裡凸出來，那裡凹進去，一刻也不停頓地變幻，像夢一樣。紅馬的皮毛在槐花稀疏的地方偶一閃現，更像寶物出了土，放出耀眼的光來。蜜蜂搶花期，趁著月光採花粉，星星點點地飛行著，像一些小金星。老爺爺說也有四川、河南來放蜂的，在樹林子中間尋個空隙撐起帳篷，夜晚在竹竿梢上掛一盞玻璃燈，閃閃爍爍，像鬼火一樣。人間的煙火味兒一出現，大爺爺說我們的老爺爺便趕緊拉馬避開，否則季范先生就要發脾氣了。後半夜，稀薄的涼露下來，花瓣兒更亮。從樹縫裡看到天高月小，滿地上都是被槐樹花葉過濾了的銀點子。

老爺爺說季范先生身上被槐針劃出一些血道道。遊幾天槐花海，他癡迷好幾天，說是「花醉」。

大爺爺說天地萬物，都有靈有性，有異質的高人，能與萬物相通，毫無疑問，季范先生就是那樣的高人了。

老爺爺說季范先生家長年養著四個裁縫，一個製冬衣，一個製夏衣，一個製春秋衣，一個專門製鞋襪。四個裁縫不停地製作，季范先生還是缺衣穿。大爺爺說季范先生的時代裡，高密城裡穿著最漂亮的，往往是叫化子。這傳統至今未絕，外縣來的化子總是破衣爛衫招狗咬，高密縣出去的叫化子抽血賣也要製套新衣穿上，像走親戚一樣，狗見了搖尾巴。人說：有這麼好的衣裳還要哪家子飯？化子說：讓季范先生給慣的，成了規矩就不能改。青州、膠州、萊州的人諷刺那些沒錢窮講究的人為：高密叫化子。有一種現在已被淘汰的、外皮鮮豔酸苦的瓜就叫「高密叫化子」。老爺爺說季范先生總是光光鮮鮮出去，赤身露體回來，嚴冬臘月也不例外。

季范先生好賭，從來都是夜裡賭。滿城的頭面人物都來，大廳裡擺開十幾張八仙桌，一桌子一局，一摞摞大洋閃著光，在季范先生家賭的人，掉了地上大洋沒有好意思彎腰去撿的。這麼多人賭通宵，總有十塊、八塊的大洋滾落到桌下，這些都歸了伺候茶水的我老爺爺。我老爺爺一離開季范先生，就在城裡買房子城外置地，拍出一摞摞銀大頭，都是在賭桌下撿的。

季范先生從不過問田地裡的事，百分之百的玩主。但他家的長工老來都是撇腿弓腰，給季范先生家幹活累的。老爺爺說有一年打麥時有一個長工用毛驢往自家偷馱麥子，另一個長工來告狀。季范先生罵道：傻種，傻種，他用驢馱，你為什麼不用車拉？那長工一賭氣，果真套上車，拉回家一車麥子。季范先生知道後，說：這才像個長工樣子。季范先生家裡有一個正妻六個姨太太。正妻一臉大麻子，六個姨太太卻都是如花似玉的美人。大爺爺對我們說：你們的老爺爺說季范先生從來都是自己單屋睡，那些姨太太年輕熬不住，有裹了錢財跟人跑了的，有跟長工私通生了私孩子的，季范先生不管也不問。那些小私孩大搖大擺地在院子裡跑，見了季范先生就叫爹。季范先生光笑不答應。你們老爺爺說，只有麻老婆生的那個癡呆兒子才是季范先生的真種。

大爺爺說，有一年春節，大年初一日，季范先生要嫖。大家都感到驚奇，好像天破了一樣。管家的勸他過些日子再嫖，季范先生說：過了日子就不嫖了。管家說：這事我不幫你操持。季范先生叫：

「漢三！」

十七歲的我們的老爺爺應聲道：

「漢三在。」

季范先生說：

「他們都是些俗人，只好咱爺倆一塊玩了。」

我們的老爺爺問：

「老爺是到窯子裡去呢，還是把娘們搬回來？」

季范先生說：

「自然是搬回來。」

我們的老爺爺問：

「搬『小白羊』還是搬『一見酥』？」

季范先生說：

「你給我把高密城裡的婊子全搬來。」

我們的老爺爺吐了吐舌頭，也不好再問，便帶著滿肚子狐疑去搬婊子。

大爺爺說，那時的高密城西部小康河兩岸有兩條煙花胡同，河東那條胡同叫狀元胡同，河西那條叫鯉魚巷。那時的人們把逛窯子叫作「考狀元」、「吃鯉魚」。每條胡同裡都有五六家窯子，各養著三五個姑娘。還有一些「半掩門子」，白日經營著一些賣針頭線腦的小店，晚上也插了店門留客住宿。大爺爺說去窯子裡的人形形色色，有泡窯子的老嫖客，也有偷了爹娘的錢前來學藝的半大小子。

老爺爺那時十七歲，像個「學藝」的。大年初一，家家都是祭祀祖先，即使患色癆的老嫖也不來了。高密城裡的窯子過年也放假，婊子們都打扮得花紅柳綠，嗑瓜子兒，賭銅錢兒，陽光好時也上街，混雜在人群裡看耍。老鴨們也允許婊子們回家去看父母，但十個婊子裡有九個是被父母賣進了火坑的，誰還要回去？那些提大茶壺的、扛杈桿的也放假回了家。所以老爺爺一進窯子就被婊子們圍住，搶著要當他的師傅。

老爺爺有沒有拜師傅大爺爺自然不說。大爺爺說我們的老爺爺常常給季范先生牽馬，眼尖的婊子認出他來，笑著說：這不是季范先生的小催班嗎？你東家閒著那麼多姨娘，下邊都生了銹，還用得著來找我們。

老爺爺說不是我要找你們，是季范先生要找你們。

老爺爺一句話，把那些婊子們歡喜得七顛八倒，喊喊喳喳地說：這可是破了天荒！季范先生花起錢來像流水一樣，伺候好了他老人家，一年的脂粉錢不發愁了。

老鴇子說：大年初一、例假，姑娘們累了一年，就是鋼鑄鐵打的也磨出了火星子，該讓她們歇歇。

老爺爺道：季范先生難得動一次凡心，你們別糊塗，過了這個村就沒有這個店了。

老鴇子堆著笑臉說：伺候季范先生，俺們也不敢推辭，孩兒們，可別怨為娘的心黑。

婊子們搶著說：老娘，能讓季范先生那神仙棒槌杵杵，是孩兒們的福氣。

老鴇子問我們的老爺爺：小先生，我這裡有五個姑娘，不知季范先生看中哪一個。

老爺爺說：全包，讓她們梳洗打扮等著，待會兒轎車子來拉。

大爺爺說老爺爺辦事幹練，就把兩條煙花巷轉了一遍，找來了二十八位婊子，又到大街上雇了十幾輛帶暖簾的轎車子，把那些個婊子，或兩個一車，或三個一車，裝載進去。十幾輛轎車子十幾匹健騾，十幾個車夫，在縣府前大街上排成一條龍，轟轟隆隆往前滾。看熱鬧的人擁擁擠擠，把街都擠窄了。轎車夫見了這情景，又拉著這樣的客，格外地長精神，啪啪地挫著鞭梢，嘴裡「得兒—駕兒——」吆喝著，把轎車子趕得風快。那些個婊子，不時地打起轎車的簾子來，對著看熱鬧的人浪笑。有厚臉皮的大喊著：婊兒們，哪裡去？婊子們大聲應著：到季范先生家過年去！

大爺爺說你的老爺爺騎著大紅馬，把車隊引到季范先生家的大宅院的門前。他吩咐婊子們在外等著，自己進去通報。季范先生聽說搬來二十八個婊子，高興得拍著巴掌說：「極好，極好，二十八宿下凡塵！漢三，你真是個會辦事的，回頭我重重賞你。快回去，把神仙們請進來。」

大爺爺說季范先生家有一間大客廳，能容下一百人吃酒。神仙會自然就在客廳裡舉行。那時候還沒有電燈，季范先生讓我們的老爺爺去買了幾百根胳膊粗細的大蠟燭，插在客廳的角角落落裡，天沒黑就點燃，弄得客廳火光熊熊，油煙縷縷，好像起了火災。季范先生又讓老爺爺差人發出帖子去，請城裡的軍政要人、士紳名流來赴神仙會。季范先生拉回家二十八個婊子的消息傳遍了城裡的角角落落，那些名流要人們正納悶著，不知季范先生要玩什麼花樣，帖子一到，巴不得插翅就飛來。也有心中忌憚這大年初一時日的，怕褻瀆了列祖列宗，又一想人家季范先生敢作東，我們還不敢作客嗎？於是有請必到。

當天夜晚，季范先生家大客廳裡，燭火通明，名流薈萃，二十八個婊子忸怩作態，淫語浪詞，把盞行令，搞得滿廳的男人們都七顛八倒，醜態畢露，早把祖宗神靈忘到爪哇國裡去。夜漸深了，燭火愈加明晃了起來，婊子們酒都上了臉，一個個面若桃花，目迷神蕩，巴巴地望著風流倜儻的季范先生。有性急的就膩上身來，扳脖子摟腰。季范先生讓我的老爺爺遍剪了燭花，又差下人們在客廳正中鋪了幾塊大毯子。

季范先生吩咐眾婊子：「姑娘們，脫光了衣服，到毯子上躺著。」二十八個婊子嘻嘻地笑著，把身上那些綾羅綢緞褪下來。赤裸裸的二十八條身子排著一隊，四仰八叉在毯子上，等著季范先生這隻老蜜蜂。

在那個漫長的冬夜裡，我們圍著一爐火，聽大爺爺給我們講季范先生軼事。

「他是不是有神經病？」我問。

「胡說，胡說，」大爺爺道，「聽你們老爺爺說，季范先生是個天資極高的人，諸子百家、兵農卜醫、天文地理、數學珠算，沒有他不通曉的，這樣的人怎麼會是神經病。」

「他不是神經病，為什麼要幹那些稀奇古怪的事？」

大爺爺道：「季范先生是從書堆裡鑽出來的人，把宇宙間的道理都想透徹了。什麼叫聖賢？季范先生就是聖賢。」

其實關於季范先生的軼聞趣事我們已經耳熟能詳了，但我們還是興致勃勃地引導著大爺爺往下講。

「大爺爺，你講講季范先生點化我們老爺爺的事吧。」我的二哥說。

已經有些疲倦了的大爺爺眼睛又明亮起來。他說：「你們老爺爺二十歲那年，有一天陪著季范先生在街上走。季范先生說：『漢三，你已經二十了，該離開我自己去打江山了。』你老爺爺眼淚汪汪地說：『讓我再跟你幾年吧。』季范先生說：『盛宴必散。』他們走到一棵大槐樹下，看到兩群螞蟻爭奪一條青蟲子，你拖過來，我拖回去。季范先生說：『漢三，你明白了沒有？』你們老爺爺搖著頭說不明白。季范先生抬起一隻腳，踩在那些螞蟻上碾了碾，又問：『漢三，明白了沒有？』你們老爺爺說明白了。季范先生說：『罷了，你其實不明白，不明白就是不明白。』」

「我們的老爺爺果真不明白季范先生的暗示嗎？」我問。

大爺爺答非所問地說：「人要明白事理，非念書不可，非把天下的書念遍不可。你們，還早著哩。」

我的二哥又問：「大爺爺，您真的見過季范先生讀書過目不忘？」

大爺爺說：「這還能假嘛！那時咱家還沒敗落，住在城裡。有一天，我正在念一本《尺牘必讀》，你們老爺爺領著季范先生來了。季范先生問我看什麼書，我把書遞給他。他接過去，翻了翻，還給我。我說：『爺，聽俺爹說您看書過目不忘？』季范先生笑笑說：『你想考考我？』我不好意思地笑了。他把那本《尺牘必讀》要過去，一頁頁翻看，完了，把書還給我，說：『你看著書，我背給你聽。』我看著書，他背一字一句也不差，連個結巴也不打。你們老爺爺罵我：『斗膽的小東西，還不跪下給你爺爺磕頭！』我慌忙跪下，季范先生把我架起來，哈哈笑著說：『老了，腦子不靈了。』」

我們齊聲感嘆著：「天才，真是天才！」

每次聽完這一段，我們都是這樣說。

大爺爺從來不給我們講完季范先生嫖妓的故事，總是講到那緊要處便打住話頭，我們也從不追問，其實那後邊的情形我們都知道：二十八個婊子脫光衣服並排著躺在毯子上，那些士紳名流都傻了，怔怔地看著季范先生。我們的老爺爺說季范先生脫掉鞋襪，赤腳踩著二十八個婊子的肚皮走了一個來回。然後季范先生說：

「漢三，給她們每人一百塊大洋；叫車子，送她們回去。」

長安大道上的騎驢美人

四月一日下午，侯七從西單地鐵站鑽出來，一抬頭就看到了太陽。它有點大，有點紅，正沿著幾座高樓間的縫隙下落。侯七已經好幾年沒沿長安街走過，每次去單位上班時都是坐地鐵在地下穿行，所以他不知道太陽摩擦著的那幾座高樓的名字。侯七從自行車堆裡認出了自己的自行車。他的自行車很破，敢整天扔在地鐵站的自行車幾乎沒有一輛不破的。車鎖也是壞鎖，戳了三分鐘它才不情願地開了。取了車，推著走了十幾步，然後瞅個空子，笨拙地騎上去，正要隨著車流穿越長安街回家，就聽到從西邊傳來一陣喧譁。侯七側目西望，猛然看到……

還是先說說侯七上班的情況吧。這一天其實也沒正經幹活，上午一到辦公室，就聽到同事們又在談論日全蝕與海爾·波普彗星的事。侯七說這日全蝕與海爾·波普彗星不是去年已經出現過嗎？同事們說你真是老糊塗，你一點都不關心天下大事，難道去年出現過的事今年就不能出現了嗎？在他們的批評聲中，侯七諾諾連聲，自己承認糊塗、昏瞶，已經基本上被日新月異的社會所淘汰。見侯七檢討得真誠，那個穿著一條背帶褲、上身特長、雙腿特短的姑娘，遞給他一塊用墨汁塗黑的玻璃，然後對那幾個男青年說：「老侯同志基本上還是個好同志，你們不許罵他了！」那幾個男青年說：「我們罵他是因為愛他，你說對不對老侯？」侯七連聲說對。然後他們就大聲地議論起外星人的問題，聽得侯七神魂顛倒，如醉如癡。九點整，小青年們說：「時辰到了！」侯七拿起黑玻璃，跟著進步的青年，沿著曲折的樓梯爬到樓頂上。原以為會看到輝煌無比的天文奇觀，但除了一個無精打彩的太陽和一個更加無精打彩的破風箏，別的啥也沒看到。不單是侯七，大家都感到很失望。據說那海爾．波普彗星下次露面要二千三百年後，而上溯二千三百年連秦始皇的爺爺都沒出生，一時竟感到灰心喪氣，本來要寫一篇關於觀彗星的文章，也就不寫了。中午吃了一碗韭菜炒豬血，幾個熱愛侯七的青年還捏著他的鼻子灌了一碗啤酒。下午接著議論日全蝕與彗星，熬到五點，下班，走一里路，到了地鐵站，鑽下去，像一匹小耗子，人貴有自知之明，侯七想，其實我哪裡能比上一匹小耗子？地鐵車廂裡，有人坐著，有人站著，站著的比坐著的多。到了復興門，嘩啦啦下去許多人，零落落上來幾個人，這時坐著的與站著的差不多。侯七搶了一個座，坐了幾分鐘，車內的廣播說本次列車的終點站就要到了。終點站說到就到了。侯七跟著人們下車，往前走一百米，坐三分鐘電梯，爬五十四級台階，一抬頭侯七就看到了太陽。看到它時侯七自然想起了去年它被月亮溫存了一會兒的事。緊接著發生的事情剛才說過了……侯七側目西望，猛然看到：

一個身穿紅裙的少婦，騎著一匹油光閃閃的驢，黑驢，小黑驢，旁若無人地闖了紅燈，從幾乎是首尾相連的汽車縫隙裡穿越馬路。在騎驢少婦的身後，緊跟著一個騎馬男子。那男人披掛著銀灰色的盔甲，胸前的護心鏡閃爍著刺目的白光。他那個渾圓的頭盔上豎著一個尖銳的槍頭，槍頭上高挑著一簇紅纓。他的左手攬著馬韁，右手握著一枝木桿的長矛，矛尖當然也是閃閃發光。他胯下那匹馬是匹純粹的白馬，美麗的白馬，雄偉的白馬，驕傲的白馬，牠完美得過了分，令人懷疑牠的真實性，簡直就是「白馬非馬」。牠昂著白瓷般的頭，昂頭必然地就揚起了脖子。這形態讓侯七立即就聯想到了天鵝。牠邁著優雅的小碎步，從容不迫地緊跟著黑驢穿越馬路。因為這是下班時間，車像擁擠的羊群，所以車速無法快，車速不快，煞車聲就不刺耳，儘管一男一女一馬一驢闖了紅燈，也沒發生車輛追尾現象。而且一向牛氣沖天的司機們表現出了極好的修養，沒有一個罵人，也沒有一個操起刀子殺人，他們甚至連喇叭都沒按。他們腳踩著車閘，讓馬達平緩地運轉著。他們搖下了車窗玻璃，探出頭，看著正在穿越馬路的牲口和人。他們的神色都很平靜，有的人還面帶微笑。十字路口正中崗台上的那個年輕警察呆呆地看著，嘴巴沒有說話，手也沒做動作。大家就這樣很平靜很肅穆地看著一馬一驢馱著一男一女穿過了馬路。

汽車的隊伍沒亂，自行車的隊伍卻大亂了。因為大家都歪著頭看景，一輛車倒下去，就有幾十輛車倒下去。但這天騎自行車的人也表現很好，大家都很克制，很寬容，沒人罵娘，也沒人吵架，當然更沒人動刀子。那個漂亮的小警察對倒在地上那片自行車揮著手，動作很輕柔，滿懷著善意，令侯七感動，心裡熱乎乎的。大家扶起車，有繼續穿越馬路的，有掉回頭往回走的。往回走的意圖十分明顯：想去追蹤那一男一女、一馬一驢。侯七猶豫片刻，也掉頭返回，北京人愛看熱鬧，侯七也沾染上了這毛病，或者說是愛好。此時那馬那驢已經到了鴻賓樓門前，侯七緊蹬車子，飛快地趕上去。車子非常多，騎車人的肩膀幾乎碰著肩膀。大家盡力保持著身體的平衡，好像變成了一個整體。侯七有幸被擠在最前排，與那匹白馬豐滿的臀部僅距一米，只要把腳踏子用力一蹬，自行車的前輪肯定要撞到馬腿上。那樣會發生什麼後果侯七不知道，當然侯七的車技保證了絕不會發生這種不幸。侯七無暇去多看左右的騎車人，別人也一樣，人們掉回頭不回家為的就是看馬看驢看馬上的男人和驢上的女人。當然如果僅有一個騎馬的男人，不管那馬是多麼樣的完美無缺，人們、起碼是侯七，也不會有這麼大的興趣。人們、起碼是侯七，主要的想看那個騎驢的女子。如果那騎驢的女人很老了或者很醜，人們、起碼是侯七，也不會有這樣大的興趣。就在剛才的一轉頭間，人們、起碼是侯七，感到眼前一片紅光閃爍，黑暗的心靈深處出現一道耀眼的光明，就像日全蝕蝕甚之後的貝利珠。

遺憾的是那女人不回頭，她好像並不知道侯七們尾隨在她身後，或者是她根本就沒把侯七們看在眼裡。侯七只能看到她的背和她的側面，只能看到小黑驢的臀和牠的側面。儘管紅牆外邊的玉蘭花已經花蕾豐滿，個別的花蕾也已經開綻變成了花朵，但天氣還是很涼，侯七穿著毛衣毛褲，有的人還穿著羽絨服，但那驢上的女子竟然只穿著一條單薄的紅裙。那紅裙是用綢子縫成的，綢子是好綢子，朦朧地透著明，人們、起碼是侯七，很喜歡這朦朧的透明。

藉著陽光，侯七看到了她的應該是粉紅色的皮膚，肩是那種溜溜的肩，腰是那種細細的腰，嚴格地說也不是水蛇腰，水蛇腰是沒骨的，她的腰卻挺得很直。她的脖子當然很長，當然不粗。她的後腦袋很圓，頭髮麼，也很繁茂。頭髮的顏色基本上是黑的，但中央一撮卻是紅的，不是純粹的紅，說是金黃也可以。她的耳朵很白，讓侯七想起「耳白於面名滿天下」的話。她的耳朵垂上有扎過眼的痕跡，但她沒戴耳環耳墜什麼的。她的左耳後邊，有一顆像綠豆那般大小的黑痣，侯七忘了相書上對女人耳後的痣是怎麼說的了。她騎的是一匹光腱驢，也就是說那驢背上既沒鞍子也沒搭上條褥子或是毛氈什麼的。騎著這樣的光腱驢是舒服還是不舒服當然只有她知道。她的腰裡還紮著一條棕色的皮帶，是羊皮的還是牛皮的侯七分辨不出，但肯定是條真皮的不是一條人造革的，這一點侯七敢肯定。皮帶上，掛著一柄短劍，侯七看不到劍鋒，只能看到劍柄和劍鞘。劍柄侯七敢說是象牙的，上邊還鑲著幾顆寶石，侯七不認為這樣的一個女人會佩帶一把鑲彩色玻璃的劍。劍鞘是棕色的，應該也是獸皮的，上邊也鑲著鑽石。她的雙腿緊緊地夾著驢腹，如果她給驢備上鞍韉，她就不必緊緊地夾驢腹。因為是一匹小黑驢，她又是個高個子女人，所以她的雙腿幾乎垂到了地面。如果她想下驢，會十分方便。她的胳膊也是長的，紅袖肥大，露出一雙玉腕，腕上套一只碧綠的玉鐲子，也許是翡翠鐲子。驢不能算胖，但也不能算瘦，雖然個頭小，但走起來很快，馱著一個女人並沒讓牠很吃力。牠的速度侯七估計大約在每小時十五公里左右。這在下午六點多鐘的長安街上算得上是行雲流水。轉眼間侯七們就跟隨著她到了六部口，正碰上紅燈，侯七本能地捏了一下車閘，車晃了晃，險些歪倒。藉著這機會，那匹白馬馱著騎手，躥上去幾步，碩大的馬腦袋，在黑驢的屁股上方搖搖晃晃。馬伸出舌頭，舔了一下驢臀，驢卻毫無反應。馬上的騎士身體僵硬，活像個木偶。他的頭盔是那種帶面罩的，有點像節日裡使用的大頭娃娃面具。無論是從正面還是側面，都看不到他的臉，但能看到他的黑洞般的眼窩和從他的鼻孔裡伸出來的那兩撮黑毛。夕陽照耀著他的盔甲，放射出一種含情脈脈的橘紅色，一攤鳥屎從天而降，落在他的頭盔上，發出「啪嗒」一聲響。侯七聽人說鳥屎落到頭上沒有好運氣，但騎士並不在意，騎自行車尾隨著他的眾多市民也沒有在意。

原以為他們會再次闖紅燈，但出乎侯七意料的是，那女子竟在紅燈亮起時勒住了驢韁繩。驢停，馬跟著停。馬低下頭，翻著粉唇，嗅著驢的屁股。嗅一下，就把頭揚起來，屏住呼吸，對著灰蒙蒙的天空幻想。黑驢的尾巴在微微地顫動。驢上的女子回頭與馬上的男人低聲說了一句話。她的話帶著濃重的地方口音，跟外語差不多，也許有人聽懂了，反正侯七沒有聽懂。她的回頭讓侯七們這些追隨者十分興奮。她的確非常美麗。侯七顧不上去仔細地看她臉上的部件，當然沒法子鼻子眼睛地描寫，她的美麗像一道燦爛的陽光，時髦地說像「一道韻麗的風景」，把人們、起碼是把侯七，徹底征服了。可惜好景不長，她說完那句話，就把頭扭了回去。騎車人左顧右盼，你看看侯七，侯七看看你，好像都想說點什麼，但誰也沒說出什麼。其實大家的意思大家都很清楚，大家都想感嘆一聲，為了她的美麗。侯七們在長安大道上發現了她和她的隨從，心裡邊驚訝不已，但人家卻十分坦然，人家根本就沒把侯七們放在眼裡。這時候，站在安全島上的那個警察用戴著白手套的手指向侯七們這邊。他指的肯定是騎驢騎馬的人，可見警察也認為這兩騎不應該出現在這裡。站在安全島下的一個上了年紀的警察小跑步過來，一輛桑塔納轎車險些撞了他的腰。他顧不上收拾桑塔納，直對著侯七們跑來。當他跑到黑驢面前，舉手敬禮時，黃燈跳了一下，綠燈隨即亮了。那女子一驢當先，驢後是馬，馬後是自行車，像一股洶湧的潮水，衝過了斑馬線。那位警察大聲喊叫著，身體宛如一個陀螺，滴溜溜地旋轉著，那樣子的確有點兒狼狽。侯七們跟隨著驢和馬繼續前行，聽到身後那個警察大聲喊叫著，但沒人回頭看他。人多力量大，法不責眾，自行車多了就敢闖紅燈，就敢欺負汽車，甚至就敢不怕警察。何況侯七們前頭有驢有馬，天塌下來有大個頂著，無論如何也整不到侯七們頭上。又往前騎了一段，大家感到有些無聊。有人大聲問：

「伙計，你們是幹什麼的？」

沒人回答問話，騎驢女人和騎馬男人若無其事地往前走，驢蹄和馬蹄踏得地面脆響，蹄鐵閃爍，耀眼明亮。驢和馬都走得瀟灑，邁著小碎步，流暢似水，宛如舞台上的青衣花旦。

「喂，哥們姊們，你們是馬戲團裡的吧？」

問話消散在暮色和空氣裡，問話的人便低聲說了一句粗話，還啐了一口唾沫。侯七猛蹬了幾下腳踏子，想衝到前面去看看那個女子的臉。侯七的自行車往前一躥，那個騎馬的男人，好像是有意的、也好像是無意的，將手中的長矛橫了過來，矛桿子攔在侯七的前胸，好像攔住了一匹馬。侯七嗅到了矛桿發出的香氣，像白檀木的香氣，也有點像芒果的香氣。旁邊的人也想往前擠，是不是想看騎驢女子的臉侯七不知道，但同樣遭到了騎馬男子有意或無意的攔擋。看樣子他是騎驢女子的保護者。侯七用力往前衝，人們都往前衝，終於把他的矛桿衝歪了。矛桿剛歪那一刻，他拔出了懸掛在腰間的長劍。劍光閃閃，恰似藍色的冰凌。侯七本能地伏下身子，感到一陣涼風從頭頂上掠過去。緊接著一個劍花在空中一晃，長劍就劈向了另一邊。侯七看到一個人的頭髮被削去，好像一頂黑帽子在空中飛起，然後就散開，亂髮落在了侯七們肩上，也落在了地上。侯七們這才領略到了騎馬男人的厲害，再也不敢輕舉妄動。他的劍看似很鈍，劍刃上生滿綠銹，想不到竟是如此的利器。既然能削髮好似風吹帽，必然地也能砍頭好似砍爛泥。侯七們領教了騎馬人的厲害，都變成好乖乖，慢慢地穩住車，跟隨在他馬後，不敢逾越。身後一陣摩托響，有人說：

「警察來了！」

果然是警察來了。而且就是剛才那個受了委屈的警察。他緊貼著把人行道和汽車道分開的那道鐵欄杆，追了上來。他身邊的轎車都乖乖地給他讓路。騎馬的人把馬往前一催，馬就貼近了鐵欄杆。摩托與馬平行時，警察側過頭，大聲喊叫著：

「站住！聽到了沒有？我讓你們站住！」

騎馬人彷彿是石頭，對警察的喊叫不做任何反應。看那副穩如泰山的樣子不像在裝糊塗。警察左手扶著車把，伸出右手，摘下腰間的警棍，敲了一下騎馬人的頭盔。頭盔發出空洞的聲音，好像裡邊什麼都沒有。但就在這時，他狼狽地掛在了道路隔欄上，頭上的大蓋帽也掉了。倒地的摩托摩擦著地面躥到了路中央，製造出一起相當嚴重的交通事故。幾十輛汽車鏗鏗鏘鏘地撞在了一起，幸好沒有死人，但碰得額頭流血的人有好幾個。沒人管這起交通事故，也沒人去扶起那位分明傷得不輕的警察。大道上一片嗚笛聲，東去的車輛被出事故的車攔住，好像水閘攔住了河水。

侯七們跟隨著驢馬，大大方方地穿過了府右街路口。紅牆外邊的玉蘭花放出的幽雅香氣穿越馬路飄過來。儘管這香氣被汽車尾氣污染得夠嗆，但還是讓嗅細胞興奮。侯七不由自主地打了一個噴嚏，車子扭了幾扭，險些歪倒。那匹白馬也打了一個噴嚏。白馬上的騎手也打了一個噴嚏。緊接著那頭黑驢也打了一個噴嚏。這時，一個令人心癢難挨的期待產生了——人們、起碼是侯七，期待著騎驢美人的噴嚏。如果她打個噴嚏，那就說明她也是凡胎俗骨，是與侯七們一樣由父精母血結合而成：如果她不打噴嚏，那她的來路就值得懷疑。侯七也弄不清楚她打了噴嚏之後，自己的心情會是什麼樣子。侯七希望美人是凡人，但真要看到美人像自己一樣打嗝噫氣又會感到失望。所以曹雪芹只寫林黛玉吐血而不寫林黛玉吐痰。她沒打噴嚏，讓侯七的期待落了空。她用大腿夾了夾驢腹，黑驢便加快了前進的步伐。

過了新華門，感覺到大街突然寬廣了許多，好像到了大江大河的入海口。因為後邊剛出了車禍，東上的這半邊道路，沒有車輛，顯得空空蕩蕩，讓人的心像一口深井般沒有著落。侯七回頭看看，幾百輛自行車緊緊跟隨，當然不是跟隨著侯七，當然是跟隨著驢上美人和馬上怪客。驢上美人突然叫了一聲，好似春天的黃鸝鳥。侯七吃了一驚，弄不明白她為什麼要叫。但馬上侯七就弄明白了她為什麼要叫。她縱驢往路邊跑去。路邊是一堵高大寬厚的黑磚牆，與路對面的紅牆恰成對照。黑牆上懸掛著一盆盆的花朵，表現出很歐洲的藝術情調。花朵有紅的，有黃的，還有白的和藍的，沒有綠的，但葉子和藤蔓是綠的。她縱驢到了牆邊，在一盆藍花前停住。她先是伸出纖纖玉指，去撫摸花朵上的茸毛；那些花朵便像蝴蝶一樣顫動著，藍色的花瓣變成了藍色的翅膀。然後她就把頭抻過去。她的頭微往後仰，鼻子觸在花心裡。侯七油然想起鼻子是男性的象徵，而花心是女性的象徵……侯七對自己進行了嚴厲的批評，制止了這種幾近流氓的聯想。她在嗅花，或者說是在與花朵交流。她在驢背上側著身體，更顯出胳膊與脖子的長度。她在藍花面前定住，好像鼻子被黏住無法掙脫。侯七心裡有一些煩，但也未必就是真煩。其實侯七就是想看到一點稀奇古怪的事，有的人也許還想看到她的身體。這時，一個碧綠的東西從天而降。

從天而降的東西落在了她的頭上，彈跳了一下，落在了她的肩上：又彈跳了一下，落到了黑驢的臀上；又彈跳了一下，落在了地上：又彈跳了一下，便靜止不動了。這時，侯七才看清楚，從天而降的是一個很德國的啤酒瓶子。美人吃了一驚，驢也吃了一驚。美人仰起臉來，彷彿要尋找天上的飛鳥。這一下侯七大飽了眼福。跟了這麼遠，終於比較長久地看到了美人的臉。美人的五官其實難以描寫，重要的是她的五官搭配在一起所產生的整體效果。效果很好，可以說是古典，也可以說是現代；可以說是東方，也可以說是西方。蒙娜麗莎是她奶奶，戴安娜王妃是她姨；宋美齡是她姥姥，鞏俐是她姊姊。誰是她的娘誰是她的爹侯七就不好說了。接下來一個令人煩惱的問題是：誰是她的丈夫或誰將成為她的丈夫？誰是她的情人或誰將成為她的情人？但侯七心裡清楚，即使她跑到侯七面前，對侯七說：願做你的妻子或者做你的情人，侯七肯定要撒腿逃跑。在這樣的女人面前，只要有一點自尊心的男人，都會變成無能之輩。真正的美人只能供著看，不能摟著玩。所以這世界上真正的美人總是被地痞流氓醜八怪消受，就像俗話說的一樣：好漢無好妻，癩漢娶花枝。鮮花插在牛糞上。鮮花基本上都插在了牛糞上。你們信不信？你們不信，反正侯七信。

侯七在胡思亂想，很多人卻在譴責那個不講社會公德、亂扔酒瓶子的人。有一個人義憤填膺地說：「如果我當了皇帝，一定要下道聖旨，把亂扔啤酒瓶子的人手指剁掉！」

「你太溫柔了！」另一個人說，「如果我當了皇帝，一定要下道聖旨，把亂扔啤酒瓶子的人剁成肉醬！」

「你還是太溫柔，」又有一個人說，「如果我當了皇帝，一定要下道聖旨，把亂扔啤酒瓶子的人做成一只啤酒瓶子！」

「對極了，亂世就應該用重典。」一個很有學問的人說，「現在，對壞人，實在是太溫柔了，要不怎麼會出這麼多的貪官污吏？怎麼會出這麼多的假冒偽劣？怎麼會出這麼多的地痞流氓？怎麼會出這麼多的卑鄙小人？就是應該殺殺殺！殺盡不平方太平，該出手時就出手！」

一個成熟的人說：「你們這是叫化子咬牙發窮恨，說這些，屁用也不管，關鍵的是，真要讓你們當了官，你們腐敗得比火箭都要快！」

「沒勁沒勁！」一個人說，「說這個真是沒勁！」

大家都感到沒勁極了。面對著絕世美人，你們還說這些俗不可耐的話，真是殺盡了風景。當然侯七理解你們，如果這個啤酒瓶子砸在一個撿垃圾的老婆子頭上，你們都會視而不見，甚至還會有人認為砸得好呢！

不知不覺中，人們竟然把驢上美人和馬上男人圍住了。人們把他們圍在了黑牆邊上，擋住了他們的出路。黑驢和白馬顯然有些驚慌，黑驢搖著大耳，白馬噴著響鼻。美人掐了一朵藍花，叼在嘴裡，顯出一種瀟灑之美，好像一個女俠，或者像個女匪。她的眼睛對著侯七們。她讓侯七們都感到她的眼睛脈脈含情，對自己情有獨鍾，美麗的女人大都有這種本事。馬上的男人不動聲色，但從他那柄橫在胸前的長劍上，侯七們知道他處在嚴陣以待的狀態。有這樣一個男人和這樣一柄利劍，無論什麼樣的包圍圈也等同紙糊的障壁。只要他把劍掄圓，侯七們的頭顱就會落在地上，長安大道的這一段，就會變成老百姓的西瓜地。但嘴裡叼著一朵鮮花的女人實在是太迷人了，侯七們這些已經在圈子裡的人本不想再往前擠，但外邊的人卻拚命往前擠。這就把侯七們這些最裡邊的人弄到了最幸福也最危險的地步。幸福當然是來自驢上的美人。侯七的頭距她的頭只有一米，現在侯七可以看清楚她臉上的毛孔，如果她的臉上有毛孔的話。她的臉上根本就沒有毛孔。她的臉光滑得只能用光滑來形容。她的臉嬌嫩得只能用嬌嫩來形容。最讓侯七心醉神迷的是她的氣味。她身上散發出的氣味是赤子的氣味，與那朵藍花的氣味混合起來，便成了大愛的催化劑。不僅僅是愛美人，還愛這地上的一切。

這時候，從人民大會堂西側那條胡同裡，突然出來兩輛摩托和一輛警車。摩托前頭開路，警車鳴著警笛，從寬闊的人行道上逆行而來。侯七心裡有點發慌，很想抽身而走，但侯七被身後許多的自行車阻擋住了，只能等待結果。侯七發現外圈的人還在往裡擠，警察的到來並沒有讓他們害怕。也許他們害怕了才往裡擠，擠到裡圈總比在外邊安全。這樣子最裡邊這些人便不由自主地更接近了驢馬與騎手。侯七們的身體都脫離了自行車。侯七的一隻腳踩在車子的輻條上。侯七聽到了輻條崩斷的聲音。侯七為這輛任勞任怨地馱了自己十幾年的自行車難過。侯七甚至開始後悔跟著人群來看熱鬧。侯七忘了初來北京時父母的教導，父母諄諄教導侯七不要看熱鬧，一定要躲著熱鬧走。但事已如此，千金難買後悔藥，只能想法子保護自己。侯七聽到身邊的人發出哀鳴，有一個人大叫：「天哪！我的腿……」

警察在外邊嚴厲地說：

「閃開！閃開！」

沒有人聽警察的話，這是不可思議的。

就在侯七的鼻子差一點兒要碰到騎驢美人臉上時，白馬上的騎士把長矛舉了起來。他將長矛往人群裡橫著掃了幾掃，就掃出了一條通道。侯七也弄不清自己是怎麼樣地躺在了別人的身體上。在侯七的屁股下，是一個男人堅硬的頭顱。侯七並不想坐在他人的頭顱之上，但那人不管三七二十一，在侯七屁股上咬了一口，痛得侯七大叫一聲。侯七彈跳起來，看到那個咬侯七的頭齜牙咧嘴，嘴裡滿是鮮血。侯七伸手摸摸屁股，摸了一手血。侯七想真是倒楣透頂。但那個咬侯七的人更倒楣，侯七的屁股剛彈起，就有一個更大的屁股蹾上去。侯七看不到那張沾血的嘴了：心裡卻清楚，這個人的頭不破也要扁了，這個人的牙不全部掉光也要掉一半。

一個鬍茬子發青的警察虎虎地走了進來。他說：

「你們，圍在這裡幹什麼？」

侯七們啞口無言，不是不想回答，是不知怎樣回答。

警察睇著眼睛，打量著這兩個怪客。他的臉上紅光閃閃，侯七明知這是被夕陽映照的結果，但卻硬把他想成是因為害羞紅了臉龐。

白馬騎士面對著警察，似乎毫無反應。他將那桿長矛往警察前胸一掃，警察便仰倒在侯七的身上。侯七感到警察的骨頭像鋼鐵一樣，硬，還有稜角。侯七的肋骨疼痛難忍。另外幾個警察也想往前靠，但都被馬上人的長矛撥到一邊去了。就這樣，他一馬當先，美人騎驢隨後，大模大樣地走了出去。他和她沿著寬廣平坦的大道繼續前行。

一陣很大的混亂過後，侯七們各人推著自己的車，散開在人行道上。侯七的車子後輪變形，只能推著走，不能騎著行了。還有幾個人躺在地上，好像睡著了似的。警察上去，很溫柔地將他們扶起來。那個有鬍子的警察說：

「都散了吧，天黑了不回家，難道你們的家人不掛念你們？」

有十幾個人聽了警察的話，推著車子往西去了。大多數的人卻站在原地，望著前方的馬驢和騎馬驢的人。警察又說：

「還有什麼心事？你們沒看過馬和驢？有什麼好看的？真是的！」

又有幾十個人往西去了。

警察也上了摩托與警車。那個年長的警察把頭從車窗裡探出，大聲說：

「散了吧散了吧，回家該幹什麼幹什麼去，別在這裡瞎起鬨！」

又有幾十個人推車走了。

警察也開車走了。

剩下幾十個人還站在這裡。大家相互看著，突然都笑了。侯七也跟著笑了。一個剃著光頭的中年人說：

「我今天不回家了，非要跟著她，看個究竟。」

他跨上自行車，追著焉驢去了。他的車鏈條摩擦著鏈盒，發出嚓嚓的響聲。

侯七到底是個好奇的人，也許還是個好色的人，他不顧自行車負了重傷，硬是騎上去，嚓嚓啦啦，搖搖晃晃，去追隨驢上美人。

侯七們在天安門前面追上了驢馬。如果不是國旗護衛隊舉行降旗儀式，侯七們不可能這樣快就追上。國旗護衛隊的士兵們一個個神色莊嚴，令人肅然起敬。侯七看到驢上美人身體挺直，恰似一尊玉雕；馬上騎士手舉長矛，分明是用古老的姿勢，向國旗護衛隊致敬。

隊伍過去了，天安門前暮色蒼茫。廣場上的華燈通了電，漸漸地放出光明。侯七們跟隨著驢馬從天安門前走過，馬上騎士在行進中又把黑驢讓到頭前。他橫矛在後，擔任護衛。一切都沒變化，過了南池子大街還沒變化，過了王府井大街依然沒變化，到了東單路口還是沒變化……。到了國貿大廈時，跟隨在他們身後的只有十幾人了。這時已是真正的夜晚，大道兩邊華燈齊放，路兩邊的高大建築物裡燈火輝煌，大街上的車輛成了一條電光的河流。侯七們跟隨著驢馬行進在樹木的斑駁暗影裡，路邊烤羊肉串的小販對著他們大聲喊叫：「羊肉串！羊肉串！」

當驢馬後邊只剩下侯七一個人時，白馬停住腳步，黑驢也停住了腳步。侯七的心一陣狂跳，期待已久的結局也許就要出現了，讓他怎能不心跳！

白馬翹起尾巴，拉出了十幾個糞蛋子。

黑驢翹起尾巴，拉出了十幾個糞蛋子。

然後馬和驢像電一樣往前跑去。

國家圖書館出版品預行編目資料

初戀，神嫖／莫言著. -- 二版. -- 臺北市；麥田出版：家庭傳媒城邦分公司發行, 2013.09
面：　公分. --（莫言作品集；11）

ISBN 978-986-173-965-6（平裝）

857.63　　102014170

莫言作品集 11

初戀・神嫖

作　　者　莫　言
責任編輯　林秀梅　莊文松

副總編輯　林秀梅
編輯總監　劉麗真
總 經 理　陳逸瑛
發 行 人　凃玉雲

出　　版　麥田出版
城邦文化事業股份有限公司
104台北市中山區民生東路二段141號5樓
電話：（886）2-2500-7696 傳真：（886）2-2500-1966、2500-1967
麥田部落格：http://blog.pixnet.net/ryefield
發　　行　英屬蓋曼群島商家庭傳媒股份有限公司城邦分公司
104臺北市中山區民生東路二段141號11樓
書虫客服服務專線：(886)2-2500-7718；2500-7719
24小時傳真服務：(886)2-2500-1990；2500-1991
服務時間：週一至週五09:30-12:00；13:30-17:00
郵撥帳號：19863813　戶名：書虫股份有限公司
讀者服務信箱E-mail：service@readingclub.com.tw
歡迎光臨城邦讀書花園　網址：www.cite.com.tw

香港發行所　城邦（香港）出版集團有限公司
香港灣仔駱克道193號東超商業中心1樓
電話：(852)2508-6231　傳真：(852)2578-9337
E-mail：hkcite@biznetvigator.com

馬新發行所　城邦（馬新）出版集團【Cite(M)Sdn. Bhd.(45832U)】
11, Jalan 30D/146, Desa Tasik,
Sungai Besi, 57000 Kuala Lumpur, Malaysia.
電話：(603) 9056-3833　傳真：(603) 9056-2833

封面設計　蔡南昇
印　　刷　前進彩藝有限公司

2005年8月30日　初版一刷
2013年9月1日　二版一刷
售價：NT$320
ISBN 978-986-173-965-6

Printed in Taiwan

書前「莫言親筆手寫毛筆總序」原為大陸雲南人民出版社《莫言文集》序言，代為本書總序。